황토바람에 풀빛

만파 나병식 선생 추모문집

황토바람에 풀빛

초판 1쇄 인쇄   2015년 11월 2일
초판 1쇄 발행   2015년 11월 7일
　　2쇄 발행   2015년 12월 5일

지은이 나병식 선생 추모문집 편집위원회

펴낸이 홍석 | 전무 김명희
편집부장 이정은 | 편집 차정민 | 디자인 고문화 | 마케팅 홍성우, 김정혜, 김화영 | 관리 최우리
펴낸곳 도서출판 풀빛 | 등록 1979년 3월 6일 제8-24호
주소 서울 서대문구 북아현로 11가길 12 3층(북아현동, 한일빌딩)
전화번호 02-363-5995(영업) 02-362-8900(편집) 팩스 02-393-3858
전자우편 inmun@pulbit.co.kr | 홈페이지 www.pulbit.co.kr

ISBN 978-89-7474-489-2 03810

이 도서의 국립중앙도서관 출판시도서목록(CIP)은 서지정보유통지원시스템 홈페이지(http://seoji.nl.go.kr)와
국가자료공동목록시스템(http://www.nl.go.kr/kolisnet)에서 이용하실 수 있습니다.
(CIP제어번호: CIP2015029624)

*책값은 뒤표지에 표시되어 있습니다.

황토바람에 풀빛

만파 나병식 선생 추모문집

풀빛

통이 큰 사람, 원 없이 일을 한 사람

정 찬 용

나병식을 평하는 말들이다.

군사독재의 독기어린 서슬을 무시하고 유신 반대의 활시위를 준비할 때도 그 사람은 통이 컸다. 겁이 없는 건지, 없는 척하는 건지 도무지 무서움을 타지 않았다.

운동자금을 뜯어⑴올 때도 어른들을 망설임 없이 찾아 가서 마치 맡겨 놓은 돈 찾아오듯 돈을 모아 왔다. 본인도 항상 부족했으련만 형편이 어려운 후배들에게 정을 나누어 줄 때도 "너 써라!" 한마디 하면서 스스럼없이 한 다발씩 나눠 주었다. 언젠가 점 보러 간 지인들이 "기왕 여기까지 온 김에 점 한 번 보라."고 권하자, "나는 국가와 운명을 같이 하는 사람인데 일개 점쟁이가 알겠어?"라고 말할 만큼 통이 큰 사람이다.

---

* 송정서국민학교 광주서중 · 일고 서울대학교까지 같이 다닌 후배

일꾼이었다. 민청학련으로부터 민주청년협의회, 균형사회를 여는 모임, 민주화운동기념사업회 등 하나 하나가 엄청나게 중요하고 방대한 일 아닌가! 그 사람은 이런 일들을 쉼 없이 엮고 조정하고 부추기고 지원하였다.

출판문화운동에도 큰 족적을 남겼다. 한국출판문화운동협의회, 민중문화운동협의회를 구성하고 운영하는 중심 노릇을 했다. 개인적으로는 800여 개의 지형紙型을 가진 풀빛출판사의 대표였다. 〈한국민중운동사〉, 〈전통시대의 민중운동〉, 〈현대의 휴머니즘〉, 〈자본주의 경제의 구조와 발전〉 등을 펴내 사회과학서적 출판의 큰 물줄기를 만들었다.

이런 책들이 우리 사회변혁운동의 폭과 깊이가 커지고 넓어짐에 결정적인 역할을 했다. 특히 광주 5월 항쟁의 기록인 〈죽음을 넘어 시대의 어둠을 넘어〉는 숨죽이며 살아가던 이 땅의 지식인들에게 던진 죽비였다. 판매 금지된 이 책의 복사본을 문 걸어 잠그고 몰래 읽으며 분노의 눈물을 쏟았다는 이야기를 지금도 듣는다.

한도 없이 술을 마신 사람, 그에게 이 타이틀을 더해야 온전해진다. 허나 그 사람 술 이야기는 여기에 적을 필요가 없다.

병식이는 질박質朴한 사람이다. 생김새, 차림새가 그러하고 사람을 대하는 태도가 그러했다. 덩치가 커서 우악스러워 보이지만 참 순진하고 자상한 사람이었다.

장한 사람 병식이를 먼저 보낸 선후배들이 뜻을 모아 이 책을 바친다.

그를 더 잘 기억하기 위해, 그의 기상을 배우고 닮기 위해, 그의 뜻한 바대로 열심히 살기 위해서다. 나병식과 그 오랜 세월을 매만지며 한결같은 마음으로 글을 써 주신 모든 분들께 고맙다는 인사를 드린다.

병식이형! 남아 있는 우리들이 주저앉거나 허튼 길로 가지 않도록 하늘에서 늘 눈여겨보고 보살펴 주시게.

2주기를 앞둔 가을에

■ 차 례

제1부

민주, 광주 그리고 풀빛세상

1970년대 학생운동과 나병식

반유신 학생운동 도화선에 불을 당기다

문 국 주

해방, 분단, 전쟁, 이승만 독재를 거쳐 4.19혁명의 봄볕이 일었다. 이도 짧게 지나가고 군부가 난데없이 쿠데타로 집권한 후, 6.8부정선거와 3선개헌으로 겨울이 깊어지고 있었다. 물론 한일회담 반대운동, 3선개헌 반대 등 함성소리 끊이지 않고 있었다. 이 50~60년대의 소용돌이가 전남 광산군 송정리, 어등산 기슭에서 키 큰 사내로 꿈을 키워가던 나병식이 보고 겪은 세월이었다. 그리고 그가 온몸을 던져 돌파하고자 했던 '폭압의 세월' 유신체제가 다가오고 있었다. 민주주의와 반독재투쟁, 학생운동과 반유신투쟁 전선이 당당한 청년들을 기다리고 있었다.

나병식은 1969년 광주제일고를 졸업하고 한 해 늦게 1970년 서울대 문리과대학 국사학과에 입학하여 역사의 복판으로 발을 내딛는다. 이미 광주일고를 다니며 좋은 선생님들의 영향으로 또 도서반장을 하며 많은 책을 읽으며 개발독재의 이면에서 고통

---

* 민주주의 국민행동 조직위원장

받는 서민의 삶과 세상에 대한 기본 인식을 닦은 터였다. 더욱이 그에겐 처절했던 가난이 가슴 속에 어떤 뜨거움을 키우고 있었다. 민청학련 사건 판결문은 앞머리에 그의 인적사항을 이렇게 기술하고 있다. "... 국민학교 시절부터 가계가 빈곤하여 ... 현재 4학년 재학 시까지 고학으로 학업을 계속하고 있는 자로써...", 뼈저린 가난과 고통은 용기 있는 자에게는 더 큰 꿈을 꾸게 만들기도 한다. 당시 누군들 가난하지 않았으며, 누군들 개천에서 난 용이 되어야 할 이유가 없었겠는가만, 기어이 횃불을 드는 사람들은 있기 마련이었다. 그는 이내 광주일고 선배의 권유로 '후진국사회연구회'(이후 후사연으로 표기)라는 서클의 일원이 된다.

운동 서클 후사연

당시 서울대에는 단과대학 별로 운동권 서클이 주류를 이루었다. '후사연'은 문리대, 상대, 법대를 망라한 일종의 연합서클로서 1969년 교양학부에 다니던 심재권, 신동수, 안현수, 손예철, 강우영, 이호웅, 김상곤 등이 주축이 되어 만든 서클이었다. 여기에 70학번에 나병식, 김효순, 김경남, 박원표, 정문화, 손호철, 강영원, 진홍순 등이 참여하고, 71학번에 황인성, 최경락 등이 참여하며 서울대에서 가장 활발한 서클 중 하나로 자리를 잡기 시작한다. 1971년 10월 위수령이 발표되어 강제 해산되기까지 후사연은 반유신 학생운동의 주역들이 자라는 텃밭이었다. 1971년 교양과정을 마치고 동숭동 문리대 캠퍼스로 옮긴 후사연 회원들은 가장 자유분방한 학원생활을 보낸다. 이들은 한 캠퍼스 안에서 선배들을 만나면서 인식의 폭을 넓힐 수 있는 기회를 자연스럽게 갖게 된다.

1971년은 대통령 선거가 있었다. 박정희와 김대중이 맞붙은 선거였다. 당시 서울대 등 12개 대학의 학생대표들이 '민주수호 전국청년학생연맹'을 결성하고 부정선거를 막기 위해 1,250명의 학생선거참관인단을 구성한다. 학생선거참관인단은 투표 하루 전인 4월 26일 '민주수호국민협의회'의 신임장을 갖고 전국으로 가서 부정선거 감시활동을 펼친다. 나병식도 이에 적극적으로 참여하여 경기도 가평으로 참관인단 활동을 나간다. 선거 이후에는 부정선거 규탄대회 등을 하였고, 여당의 공공연한 부정선거에 분노한 후사연 2학년 학생들은 신민당사에 농성을 하기 위해 들어갔다가 구속되기도 한다.

그리고 당시 학생운동의 또 하나의 주된 이슈는 교련반대 데모였다. 1971년 2학기 서울대 연합시위에는 화염병도 등장할 만큼 격렬했다. 교련반대 데모는 교련교육을 주당 2시간에서 3시간으로, 연간 88시간의 집체교육을 받도록 하는 문교부의 교련교육 강화 방침에 대한 반대 데모였다. 3선개헌 반대 데모가 시들해지고 학생운동의 명맥을 유지하는데 이 교련반대 데모는 징검다리와 같은 것이었다. 학원병영화 반대라는 논리가 크게 호응을 얻었다. 교련교육 강화 방침은 거센 데모에 시행되지 못하다 1975년 긴급조치 9호가 발표된 뒤에 실시된다. 나병식은 후에 "71년 10월 15일 위수령 발동 때까지, 이틀이 멀다 하고 데모를 했다."고 술회했다.

대통령 부정선거 규탄, 부정부패 척결, 교련철폐, 학원탄압 중단, 제적학생 처벌 백지화, 민중생존권 보장 등을 내세우며 이어지던 학생운동은 위기를 맞는다. 1971년 10월 15일 서울 일원에 위수령이 발동되고, 학원 질서 확립을 위한 특별명령으로 서울 시내 10개 대학에 무장군인이 진주한다. 10개 대학에 휴업령이 내리고, 1,889명 연행, 74개 서클 강제 해체, 13개 미등록 간행물 폐간, 7개 대학 학생회 기능이 정지되었다. 독재정권에 대한 민심 이반과 저항이 무르익어 갈 무렵 박정희 정권이 역사의 브레이크를 세게 밟은 것이다.

서울제일교회에서 새로운 운동

나병식은 10월 15일 문리대에 갔다가 탱크가 교문을 가로막고 있는 현장을 보고 엄청난 충격을 받는다. 그곳에서 만난 4학년 유초하와 함께 옮겨간 술자리에서 기독학생회가 활동하고 있다는 사실을 처음 듣는다. 이후 잡혀가지 않고 살아남은 자들이 지속적으로 학생활동을 할 수 있겠다는 기대감 속에서 유초하의 안내로 기독학생총연맹(KSCF)을 방문한다. 이를 계기로 해산된 후사연 회원들은 KSCF에서 6.3세대 선배인 최해성으로부터 철학강독을 시작한다.

이후 나병식은 후사연 회원들과 함께 서울제일교회에 둥지를 튼다. 그러나 서울제일교회를 근거지로 한 나병식과 김경남, 박원표, 황인성 등의 활동은 단순한 새로운 모임장소 개척의 의미를 훨씬 뛰어넘게 된다. 바로 학생운동사에 또 하나의 물줄기, 즉 기독교 학생운동 그리고 학생운동과 종교운동과의 결합이라는 새로운 흐름이 만들어지게 된다. 물론 당시에 기독교 운동에는 손학규, 서경석 등의 활동이 활발하였고, 서울제일교회 멤버들은 이들과 교류하며 기독교 학생운동은 커다란 강줄기를 형성하게 된다.

당시 서울제일교회는 박형규 목사가 담임하고 있었다. 기독교계에서는 박형규 목사를 중심으로 조승혁, 권호경, 김동완 목사 등이 사회운동의 중심이 되고 있었다. 나병식 등 후사연 회원들이 서울제일교회에 들어가 모임을 갖게 되면서부터 교회에 대학생회가 만들어지게 된다. 이들은 매주 토론 모임을 가졌고, 박형규 목사가 빠짐없이 참석하여 함께 하였다. 박형규 목사는 "교회에 와서 담배를 피워댄다"고 꾸지람을 하면서도, 언제부턴가 담배를 한두 까치 건네받기도 했다는 후일담도 전해진다. 이들은 활동반경을 좀 더 넓혀 당시 기독학생총연맹 산하에 있던 '학생사회개발단'에도 긴밀히 참여한다. '한국을 새롭게' 한다는 모토를 걸고 기독청년들이 사회적 프로젝트를 수행하던 조직이었다. 나병식과 김경남, 황인성 등은 이 학생사회개발단 여러 사업에 참여하고, 정규적으로 세미나와 토론 모임을 가진다. 당시 고대 노동문제연구소 연구원이던 김낙중 등 외부의 전문가들을 초빙하여 실천적 지식의 확장에 남다른 열정을 보인다.

나병식을 비롯한 10여명의 후사연 회원들은 기독학생총연맹과 서울제일교회 활동을 통해 남들보다 선진적인 학습도 경험하게 된다. 제3세계와 아프리카 민족 민중 투쟁에 대한 세계사적 안목, 아울러 민중교육론 등의 새로운 논리들을 익히게 된다. 학내에서는 접할 수 없는 귀중한 학습들이었다. 서울제일교회가 나병식과 일단의 동지들에겐 폭넓은 반유신 투쟁의 역량을 정비하면서 축적시켜나가는 기회였던 셈이다. 그 뿐만이 아니었다. KSCF를 통해 이대 새얼회, 연세대, 한신대 등 타 대학의 운동권 학생들과 자연스레 네트워크를 형성하는 계기를 갖게 된다. 이러한 인적 네트워크는 이후 대학간 연대 그리고 민청학련의 연결 고리로도 작동하게 된다.

이 당시 노동자 조직 활동에도 참여하였다. 나병식과 중국집에서 식사나 반주를 곁들였던 사람들은 어김없이 중화요식 노동자를 조직하기 위해 뛰어다녔던 무용담을 들었을 것이다. 내막은 이렇다. 당시 한국노총 산하 외기노조가 중화요식 노동자 노조 결성을 주요한 목표로 하여 활동하고 있었다. 외국인투자기업노조 연합의 주력부대가 미8군에 취업하고 있는 한국인 노동자들이기도 했다. 당시 학생사회개발단의 조승혁 목사는 '외국인 투자기업 노동자 실태조사'를 진행했다. 여기에 나병식 등의 일군의 대학생 그룹이 함께 하게 된다. 현장에 대한 생생한 경험과 함께, 사람들을 조직화하는 과제의 중요성을 깨닫는 기회였다.

나병식 등은 이 실태조사를 마치고 중화요식 노동자들의 노조 조직을 결의하고 4개월 정도를 북창동 일대의 중국음식점들을 돌아다닌다. 당시는 70년 전태일 열사 분신 이후 민주적 노동조합 운동의 동이 터오던 시기로서 소규모 기업들에서 일하던 노동자들의 노동조합 결성이 붐을 이루고 있었다. 서울시내 용달차 운전사 노조, 양복점 종업원 노조, 청소부 노조 등이 결성되고 있었다. 당시의 상황에서 나병식 등에게 중화요식 노동자 노조 건설은 매우 의미 있는 과제였고, 새로운 경험이기에 충분했다. 대부분의 중국음식점 주인이 화교였던 관계로 이들은 외기노조 산하의 노동조합으로 편입될 계획이었다. 하지만 기대만큼의 성과는 거두지 못하고, 1973년이 되면서 학생회 건설 등의 목표를 가지고 다시 학생운동의 장으로 돌아오게 된다.

유신체제의 등장

부정선거로 7대 대통령에 취임한 박정희는 종신대통령의 꿈을 꾸기 시작한다. 1972년 10월 17일 대통령 특별담화를 통해 전국에 비상계엄령이 선포되면서 이른바 10월유신이 시작된다. '국민 기본권 제약과 박정희 영구집권체제'를 핵심으로 하는 유신헌법이 제정되면서 억압과 통제의 거대한 얼음장이 전 사회를 덮친다. 이제 민주화투쟁은 새로운 단계로 진입하게 된 것이다. 유신헌법 철폐라는 시대적 과제를 모두가 알고 있었지만, 칠흑의 어둠에서 반짝이는 건 번뜩이는 탄압의 칼날뿐이었다. 비로소 학생운동이 나서야 할 때였다.

그도 그럴 것이, 1972년 10월 17일 전국에 비상계엄령이 내려진 가운데 10월유신이 선포되고, 1973년 2월에는 많은 언론기관이 폐쇄조치를 당했고, 8월에는 야당 정치인 김대중이 동경에서 납치당하여 죽음 직전에 구출되는 등 유신체제에 대한 저항에는 금도가 없는 탄압이 기다리고 있었다. 폭압이 일상이었고, 저항은 죽음을 떠올리기에 충분한 시절이었다. 학생운동은 침체기를 넘어 동면에 들어간 듯 침묵이었다. 세상의 적막함은 어쩌면 폭압이 심어놓은 두려움 때문이었다.

그래도 성냥불이 파르르 떨며 불꽃이 피어오르듯 저항은 시작되고 있었다. 전남대에서는 박석무, 김남주, 이강 등이 비상계엄을 비판하는 '함성'이란 잡지를 만들어 대학가와 고등학교에 뿌리다 국가보안법과 반공법으로 구속되었다. 이윽고 1973년 4월 22일 새벽 5시, 남산 부활절 예배에서 반유신 유인물이 배포된다. 박형규 목사, 권호경 전도사 등과 KSCF 학생들이 "회개하라 위정자여" 등의 유신비판 유인물을 배포한 사건으로 유신에 대한 공개적 최초의 도전이었다. KSCF의 학생들은 전날 밤을 인근 여관에서 자고 행사장에서 유인물을 배포한다. 나병식도 유인물을 가슴에 품고 신새벽을 달렸던 20여명의 그들 중 한 명이었다. 이 사건으로 박형규, 권호경, 남상우, 이종란 등은 내란음모죄로 구속되기에 이른다.

1973년이 되면서, 4학년이 된 나병식은 학생회와 서클 등 학생 조직을 건설해야 한다는 뜻을 동지들과 세운다. 학생회 활성화를 통해 운동의 동력을 확보하고자 한 계획이었다. 이를 위해 나병식은 문리대 학생회장에 도종수를 천거하고 그의 후보 등록을 허락받기 위해 실제로 도종수 부모님을 찾아뵙기도 한다. 아울러 한문연(한국문화연구회)라는 새로운 서클의 조직에 박차를 가한다. 한문연은 실천적 활동을 중심으로 하는 서클로 특징을 가졌는데, 유신 선포 후 첫 시위인 10.2 데모의 첫 이야기가 한문연 수련회에서 논의되었다.

유신체제에 대한 첫 시위, 10.2 데모

나병식, 강영원, 정문화, 정찬용 등 문리대 4학년생들은 유신에 대한 학생운동의 본격적인 저항을 행동으로 보여주고 싶었다. 부활절 사건을 보면서 "재야 어른들도 하는데, 학생들이 행동으로 나서야 한다"는 각성도 있었다. 결국 "우리도 한번 해야 된다"는 결심을 굳힌다. 그리고 은밀히 문리대생들의 교내 시위를 준비했다. 준비과정에서 다수의 결정적인 반대에 부딪치기도 했다. 반대 논리는 일종의 준비론 성격으로 후일을 도모하자는 주장이었고, 때론 "문리대 운동권 다 죽일 작정이냐"는 힐난도 들었다. 10.2 데모와 관련하여 많은 이들은 이구동성으로 "나병식은 고집스럽고 집요하게 밀고 나갔다."고 증언한다. 그가 아니었으면,

유신철폐를 전면에 걸고 시위를 한 학생운동의 첫 번째 저항은 한참 더 늦었을 거라는데 이견이 없다. 어찌되었든 나병식의 강경론이 상황을 정리했다. 고아석, 강구철, 이해찬, 신대균 등 2학년생들도 주도적으로 참여하였다. 황인성이 힘주어 강조하는 "반유신 학생운동의 백미" 10.2 데모는 그렇게 시작되었다.

나병식은 정문화, 도종수, 강영원, 정찬용, 황인성, 강구철 등과 시위를 주도적으로 조직하여 10월 2일 11시, 유신체제하에서 첫 반유신 시위를 열어젖힌다. 이날 시위는 250여명의 문리대 학생이 참여하였고, 당시 시위 구호는 '유신철폐와 국민의 기본권 보장, 민족자립경제 확립과 국민의 생존권 보장, 김대중사건의 진상규명과 중앙정보부 해체, 기성 정치인과 언론인 각성 촉구'였다. 반유신 저항의 도화선에 불이 붙었다. 10.2 데모는 사람들을 전선으로 모여들도록 하는 커다란 봉화였다.

당시 시위 상황은 이렇게 기록되고 있다. "1973년 10월 2일 오전 11시 서울 문리대 학생 250여명은 4.19 기념탑 앞에서 비상총회를 열고 '오늘 우리는 전 국민 대중의 생존권을 위협하는 이 참혹한 현실을 더 이상 직시할 수 없어 스스로의 양심의 명령에 따라 무언의 저항을 넘어서 분연히 일어섰다.'면서 자유민주체제의 확립 등을 요구하는 선언문을 낭독하였다... 학생들은 '정권의 유신이냐 국민의 노예화냐'라는 플래카드를 앞세우고 '독재타도'를 외치고 노래를 부르며 2시간 동안 교내시위를 벌이다 교내까지 난입한 기동경찰에 의해 해산되고 180여명이 현장에서 연행되었다. 그 중 20여명이 집회 및 시위에 관한 법률 위반 혐의로 구속되었고 9명이 불구속 처분되었다. 그리고 57명은 즉심에 넘겨져 25일의 구류처분을 받았고 94명이 훈방되었다."(기독교사회문제연구소, 1982. pp.131-132.)

　시위를 준비하면서, 시위를 언론사에 알리는 것이 큰 숙제였다. 아이디어로 성명서를 병에 담아 언론사 편집실에 던져 넣는 방안이 검토되기도 했다. 나병식은 시위대에 참여하지 않고 시위 사실을 내외신 언론사에 알리는 역할을 담당한다. 그는 서울대 의대 쪽 건물에서 시위대를 보며 눈물을 흘렸다고 후에 술회한다. "진짜 성공할까, 그 수많은 논쟁을 하면서 시위를 한다는 게 가능할까, 사실 회의적이었다. 그런데 침묵이나 굴종에 불을 붙이니까 폭발적으로 퍼져 버리더라고." 그는 후배들과 여학생 몇몇과 더불어 한국일보, 동아일보, 중앙일보 그리고 제일교회 네트워크를 통해 성명서 등을 내외신 언론사에 다 뿌렸다. 서울대 데모사실을 신문사에 급하게 알리자 첫 반응은 이랬다 한다. "요새도 데모 있냐? 진짜 데모 났냐?" 유신체제의 절대적인 폭력상황에서 누구도 상상할 수 없는 일이 터진 까닭이었다. 나병식의 구술에 따르면, 시위가 나고 30분이 지나 경찰이 현장에 도착한 것도 언론사가 경찰에 알려준 것이었다고 한다. 이렇게 어렵게 시위사실을 알렸지만, CBS 방송에서 단신으로 '서울문리대 시위' 뉴스가 잠깐 나가고, 동아일보에서 1단 기사지만 기사화되기 직전, 그야말로 인쇄 직전에 삭제되어 해당 기사 부분이 공란으로 발행되기에 이른다.

　일파만파였다. 봉화가 오르자 숨죽여있던 반유신의 투쟁들이 속속들이 이어졌다. "우선 10월 4일에는 서울 법대생 200여명이 교문을 나가 문리대 앞까지 진출하다가 기동대에 의해 해산되었고, 5일에는 상대생 300여명이 '자유민주주의 확립은 우리의 살길이며 지상과제다'라는 선언문을 낭독하고 동맹휴학을 결의한 후 농성에 돌입하였다. 10월 6일과 10일에 이화여대와 숙명여대

22

가 각각 축제 행사 취소를 결의하는 움직임을 보였다. 하지만 당국의 대량 구속과 제적 등의 강경조치와 보도통제로 말미암아 학생시위는 잠시 소강상태에 빠진 듯 했다. 그러나 거의 한 달이 경과한 후인 11월 5일 경북대생 200여 명이 시가행진을 하며 시위를 벌였고, 이를 기화로 사태는 순식간에 전국적으로 확산되었다. 학생들은 시위뿐만 아니라 동맹휴학, 시험거부, 검은 리본 달기 등 다양한 방법으로 유신반대운동을 조직했다. 11월 말에서 12월 초에 걸쳐서는 시위의 방식도 가두 진출로 격화되었고, 전국 각지에서 투석전과 최루탄의 공방이 계속되는 가운데, 고등학교에까지 시위가 확산되었다. 12월 1일 경기고와 대광고가 시위 움직임이 있다는 이유로 조기 방학에 들어갔으며, 5일에는 광주일고에서 시위가 일어났고, 8일에는 신일고생 120여 명이 4.19묘지에서 시위를 벌였다."(기독교사회문제연구소, 1982.)

시위 직후 나병식은 시위 주동으로 수배를 받아 도망하게 된다. 그러다 10월 중순경 서울 신촌로터리 지금은 백화점이 들어서 있는 신촌시장에서 오후 4시경 광주일고 후배를 만나 겨울옷을 받으러 나갔다가 중앙정보부 6국 수사관에게 체포된다. 그와 함께 강영원, 김병곤, 정문화 등 서울대생 30여명이 구속된다. 민주화운동과 관련하여 6번 징역을 갔다고 되뇌던 그의 첫 징역이 '집회 및 시위에 관한 법률위반'으로 구속되면서 시작된 것이다. 불이 붙은 전선의 열기는 고조되었고, 초강경 정책으로 일관하던 박정희 정권은 12월 7일 구속학생을 전원 석방하고 처벌을 백지화하였다. "구속학생 석방" 등을 내걸고 계속되는 시위에 대한 정권이 선택한 일종의 타협책이었다. 나병식도 12월 10일경에 검찰 측의 공소취하로 풀려난다.

10.2 서울문리대 시위 의미

유신체제 최초의 시위로 기록되는 10.2 데모는 선언문에 밝혔듯이 "패배주의, 투항주의, 무사안일주의와 모든 굴종의 자기기만을 단호히 걷어치우고" 유신체제와의 투쟁을 선포한 일대 사건이었다. 시위는 전국의 대학으로 번졌다. 유신체제에 대한 항거에 언론, 지식인, 종교계가 하나둘 모여들기 시작했다. 유신체제 이래 숨죽이던 학생운동의 침체기를 돌파하는 첫 포문이었고, 언론, 지식인, 종교계에 커다란 자극이 되었다.

언론자유수호 운동 촉발에도 한몫을 했다. 이 시위에 대한 보도기사 누락을 계기로 동아일보 기자들의 철야농성이 일어나고, 여타 신문사들에서도 언론자유 수호운동에 불이 붙었다. 지식인들의 행동도 촉발하였다. 1973년 12월 24일에는 '개헌청원 100만인 서명운동'이 공식적으로 시작된다. 함석헌, 장준하, 천관우, 김동길, 계훈제, 백기완 등이 중심이 되어 유신헌법에 대한 본격적인 저항이 시작된 것이다. 이듬해 초 문학인들의 성명도 나오고, 유신에 대한 저항이 번지기 시작하자 유신정권은 긴급조치를 발표하면서 긴조시대의 막을 연다.

아울러 10.2 시위는 시대적 과제와 목표를 공론화하고 확산하는 계기이기도 했다. 우선 유신체제 철폐라는 목표가 10.2 데모를 통해 "정보, 팟쇼 통치의 즉각 중지", "중앙정보부 해체", "국민의 기본권 보장", "자유민주주의 실현", "학원의 자유와 언론의 자유 보장", "민주질서 회복" 등의 구호로 전면에 등장했다. 또한 "대일 예속의 청산", "민족자립 경제의 확립", "국민(민중)의 생존권 보장", "소수의 매판자본만 살찌우는 대외의존적 경제정책의 청산", "소수 특권층만 살찌우는 반민중적 경제시책의 포기", "올바른 경제 분배 질서의 확립과 빈부격차의 해소", "매춘관광 중지" 등 민중지향적 학생운동의 사상적 방향이 이 데모에서 새롭게 제기되었다. 60년대 학생운동에서 질적으로 성숙한 70년대 학생운동의 새로운 흐름, 민중지향성이 자리잡아가는 결절점이었다.

10.2 데모 사건으로 구속되었다 출소한 이후 나병식은 조사과정에서 고문을 받았다고 고문폭로 기자회견을 한다. 이 고문폭로는 뉴스위크, 타임즈 등 내외신에 크게 기사화되어 유신체제의 폭압의 치부를 여지없이 폭로하는 사건이었다.

민청학련

최초의 반 유신시위로 구속된 후 출감하고 나서 그는 다시 학생운동의 복판으로 들어간다. 약간의 유명세와 대표성이 그를 보다 더 자신감 넘치고 왕성하게 만들었다. 이내 민청학련 사건에 참여한다.

민청학련 사건에 대한 개요를 가장 명쾌하게 정리하고 있는 기술 중의 하나는 민주화운동기념사업회 사료관의 민청학련 사건 설명이다. 이를 인용한다.

"1973년 12월경, 대학생들은 1973년 10월 이후의 반유신 학생시위를 평가하면서 재야세력도 힘이 약화된 상황에서 유신과 긴급조치라는 폭압적인 통치에 대항하기 위해서는 전국적인 규모로 조직된 학생들의 투쟁이 있어야 할 것이라고 판단하고 이를 준비해 왔다. 1974년 1월 중순 각 지역 대학 대표들이 회합을 거쳐 3월 하순 경 일시적인 전국 시위 계획과 유인물의 공동 사용을 결정하였고, 유인물의 공신력과 대중적 설득력을 갖기 위해 '전국민주청년학생총연맹'이라는 명칭을 사용하기로 했다. 4월 3일을 기해 학생들의 전국적인 시위가 준비되었다. 그러나 사전에 학생들의 움직임을 파악한 박 정권은 3월 29일에 대학생들을 대대적으로 검거하기 시작하였다. 학생들이 계속 검거되는 상황에서 4월 3일 서울대 등 몇몇 대학에서 소규모 시위가 있었으나 곧 압도적인 경찰 병력에 의해 진압되었다."

10.2 데모로 반유신의 투쟁이 치솟기 시작한 이래, 1974년의 봄은 더 뜨거워질 준비를 하고 있었다. 10.2 데모 주동자로 구치소에 들어가 있던 나병식 등의 귀에도 전국적인 대학가 데모 소식을 교도관들을 통해 들을 수가 있었다 한다. 이렇듯 분위기가 고조되면서, 자연스레 학생운동의 지도급 인사들의 머릿속에는 거대한 연대 연합시위의 상이 형성되기 시작했다. 실제 73년 12월부터 74년 봄의 대규모 시위 준비가 극히 일부에서 암암리에 논의되기 시작했다.

더욱이 각각의 대학에서 연쇄적으로 일어나는 시위를 보며, 학생운동의 충분한 역량이 있다는 자신감을 갖게 하였다. 아울러 대학에는 3선개헌 반대 시위로 제적되었던 학생들이 복학해 있었다. 더욱이 언론 등에서는 끊임없이 74년 3, 4월 위기설을 보도하고 있었다. 이러한 시점에서 유신철폐를 향한 광범위한 연합시위를 조직하고자 하는 아이디어는 몇몇에서 수십으로 하나둘 공유되고 네트워크를 맺어가기 시작한다. 이 흐름에 이철, 유인태, 서중석, 안양로 등이 있었고 10.2 데모의 주역들 나병식, 김병곤, 정문화, 황인성 등이 함께 하기 시작한다.

민청학련 사건 경찰조서와 공소이유가 담긴 판결문 등을 토대로 전국적 연합시위 준비 당시의 나병식의 활동을 요약하면 다음과 같다.

그는 유인태, 이철, 서중석 등과 수시로 회합을 하며 전국적인 연계를 위해 논의하는데 주도적으로 참여한다. 이 모임은 전국적인 연계를 위해 과제들을 점거하는 일종의 컨트롤 타워 역할을 한다. 다양한 조직적인 계획도 세우는데, 1974년 3월 7일의 회합과 논의를 기록한 판결문을 인용하면, "… 유인태의 거주지로 장소를 옮겨 동소에서 회합하면서 당시까지 개별적으로 활동한 상황을 총 정리하고 각자 맡아야 할 책임과 부서를 결정하기로 합의하고 피고인 서중석의 사회로 회의를 진행하여 개별적으로 추진하여 오던 활동을 지양하고 전국적인 조직을 전열을 가다듬어 … 효과적으로 완수할 수 있도록 기준을 세워 단체를 구성하기로 전원의 일치된 합의에 이르자, 동인의 제의에 따라 동 조직을 이원화하여 제1선 데모책임과 제2선 데모책임을 분류하고 제1선에는 이철, 김병곤, 정문화, 황인성, 제2선에는 나병식, 서중석, 유인태, 정윤광 등이 그 지휘책임을 분담하되, 이철은 동 조직을 총괄하여 지휘하는 동 단체의 책임자로, 유인태는 이철을 보좌하는 동시에 제2선 데모 지휘의 총책임자로 하고 김병곤은 서울시내 대학의 조직책임을, 정문화는 서울대의 각 단과대학의 조직책임을, 황인성은 지방대학과 이화여대의 조직책임을, 나병식은 교회계통과 노동자의 조직책임을, 서중석은 이철을 보좌하는 동시에 대학 선후배간의 연락책임을, 정윤광은 시내대학 중 동대와 성대의 조직책임을 각기 분담하여 임무를 수행하기로 결정함으로써…"가 나온다. 이때를 검찰 측은 민청학련 결성일로 조작하였다. 이렇듯 나병식은 핵심 논의 그룹에 적극적으로 참여하였다.

1974년 초부터 나병식은 전남대를 중심으로 한 전남북 대학과의 연계를 위해 고향인 광주를 오가며 전남대의 김정길, 이강 등과 회합하고 연합시위와 조직적 연계 등을 논의한다. 판결문에 적시된 모임만도 예닐곱 차례가 넘는다. 또한 그는 선배그룹과의 연계를 위해 많은 사람과 만나기도 한다. 당시 중앙일보에 있던 선배 유근일를 만나 자문을 구하는 사실 등이 지속적으로 나온다. 아울러 선배 그룹인 조영래, 이현배 등과도 지속적으로 만나 정세 인식과 시위 방향에 대해 협의를 한다. 유인태는 "당시 나병식은 10.2 데모로 유명인사가 되어 있었고, 선배 그룹들을 만나는데 매우 적극적으로 나섰다."고 회고한다.

나병식은 교회그룹과의 연계도 적극적으로 나선다. 서울제일교회의 박형규 목사, KSCF의 정상복, 안재웅, 김경남 등과 지속적으로 만난다. 여기서 주목할 점은 나병식이 상당한 자금을 끌어오는데 적극적으로 나섰던 점이다. 박형규 목사로부터 30만원을 받아 이철, 유인태, 황인성, 김병곤 등에게 전달하였고, 조영래에게서도 10만원을 지원받는 등 자금을 마련하고 나누는 통로역할을 했다.

이들은 전국적인 연대 시위를 준비하면서 몇 가지 유인물을 준비하였다. 이후에 사건명이 되고, 정부 전복을 위한 무시무시한 조직으로 불리게 되는 전국민주청년학생총연맹이라는 조직명은 이들이 여러 유인물에 신뢰성을 높이기 위해 표기한 이름이었다. 당시 몇몇 아이디어가 있었으나 황인성이 제안한 민청학련이 채택되었다고 한다. 아무튼 당시 준비된 유인물은 '민중, 민족, 민주선언', '결의문', '민중의 소리', '지식인, 언론인, 종교인에게 드리는 글' 등이 준비되었다. 이 중에서 '민중, 민족, 민주선언'은 나병식이 초안을 쓰고 이철이 마무리를 하여 완성되었다.

탄압은 거세지는데, 기대했던 만큼 시위가 불이 붙지는 못했다. 유신체제에 대한 대중적 반감은 컸으나 탄압과 공포로 인해 집회, 시위 등의 본격적인 저항운동은 발현되지 못하고 있는 실정이었다. 연합시위 거사일은 차일피일 미뤄지기도 했다. 하지만 일단의 네트워크는 가동되고 있었다. 나병식은 인쇄된 유인물 등을 서로 나누고 유인물 배포와 시위를 준비하는 등의 노력을 지속하다 체포된다.

1974년 4월 6일 오후 1시경, 나병식은 긴급조치 1호, 4호, 국가보안법, 내란예비음모, 반공법 위반 혐의로 동교동 로터리에서 서울 남부경찰서 형사대에 체포된다. 곧바로 중앙정보국 6국(국장 이용택, 부국장 모성진)에 끌려가 참으로 혹독한 고문을 받고 서울구치소에 수감되었다. 7월초에 비상보통군법회의에서 사형선고를 받고 일주일 후에 국방부 장관 확인조치로 무기형으로 감형되었다. 같은 해 비상고등군법회의에서 20년 형을 선고 받았다. 상고를 포기하고 11월에 안양교도소로 이감되었다가 1975년 2월 15일 형집행정지로 출소한다.

1974년 내내 민청학련 사건에 대한 군법회의 공판정의 사형, 무기징역, 20년, 15년 형의 유례가 없는 중형을 선고하는 방망이 소리가 온 나라를 위협하고 있었다. 이철, 유인태, 나병식, 여정남, 김병곤, 김지하, 이현배 등 9명에게 사형이 유근일 등 7명에게 무기징역이 선고되었다. 그러나 구속자 석방을 요구하는 집회 시위가 연일 계속되며, 각계각층의 반독재 민주화투쟁은 오히려 증폭되고 뭉쳐지기 시작했다. 향후 민주화운동의 버팀목이 되었던 천주교정의구현전국사제단이 시국기도회를 전개하며 출범했으며, 동아일보 자유언론실천선언이 나왔고 동아일보 광고탄압을 거치며 언론운동의 거대한 흐름이 형성되었다. 자유실천문인협의회의 선언 등이 뒤를 이으며 문화예술계도 반독재민주화 깃발을 들었다. '민주회복국민회의'가 조직되어 재야운동권의 구심이 만들어지면서, 유신헌법 철폐의 지난한 투쟁의 밑돌을 놓기 시작했다.

10.2 데모가 유신체제 저항에 첫 불을 놓았다면, 민청학련 사건은 유신철폐 투쟁의 전국적 확산과 전사회적 저항의 기폭제가 되었다. 학생운동 역량이 결집하여 연합시위를 준비하고 네트워크를 만들던 노력은 탄압에 비록 꺾였지만, 그들의 구속과 법정투쟁과 판결, 재야의 지원활동 등을 통해 광범위한 저항을 촉발시켰다. 전국적으로 연대하여 유신정권과 한판 제대로 붙어보고자 했던 학생운동의 열정과 용기와 전투성이 시대의 물줄기를 바꾸는 일대 기폭제가 된 것이다. 이 와중에서 민청학련의 배후조직으로 제2차 인혁당 사건이 조작되고, 8명이 초유의 사법살인으로 죽음을 맞는다. 이들의 희생이 헛되지 않아야 한다는 다짐은 사건 관련자와 동시대를 살았던 모든 사람들에게 아직도 이어지고 있다.

구속되어 있던 나병식에게도 평생 한으로 남을 사건이 발생한다. 1974년 11월 11일 고향 송정리 집에서 두 동생과 어머님이 연탄가스에 중독되어 동생들이 하늘나라로 떠나고 어머니는 중태에 빠진 것이다. 열여덟의 여동생, 열두 살 남동생이었다. 아버지가 명동성당에서 열린 '구속자를 위한 기도회'에 참석차 상경한 사이 참사였다. 사고 당일 동아일보에는 "민청학련 구속 중인 나병식 두 동생 가스 중독 사망"이라는 제하의 안타까운 기사가 실렸다. 하지만 가족들은 이 사실을 나병식에게 알리지 않고, 석방되던 날 버스 안에서 아버지가 소식을 전해준다. 석방 후 언론 인터뷰에서 처참한 심정을 "서로 부둥켜안고 울다보니 식구대로 한숨도 못 잤습니다."라는 말로 대신하고 있다. 거구의 가슴 가장 깊은 곳에 멍울이 들고 40년 내내 남몰래 눈물이 흘렀으리라.

출소 후 나병식은 다시 한 번 언론 앞에 선다. 1975년 2월 17일, 석방된 지 이틀 만에 고문을 폭로하는 기자회견을 연 것이다. 민청학련 수사에서 중정이 저지른 구타, 물고문, 전기고문 사실은 영국의 〈더 타임즈〉 등 내외신을 타고 세계 각국으로 전해졌다. 1975년 2월 12일 유신헌법에 대한 찬반 국민투표에서 승리했다고 판단한 박정희 정권은 민청학련 사건을 비롯한 긴급조치 위반 구속자들을 전격 석방했다. 하지만 이 고문 폭로 사태로 다시 민주화 열기에 불을 붙였다. 결국 박 정권은 긴급조치 9호를 발동하면서 기나긴 긴조 9호 시대를 겨우 연명하는 상황이 되었다. 나병식은 10.2 데모 이후 고문폭로, 민청학련 고문폭로로 박정희 정권의 폭압의 상징인 고문에 대한 최초의 그리고 두 번째 폭로 기자회견 주인공이 되었다.

1975년 2월 17일 동아일보 3면에는, "내 신념 누가 꺾으랴" 제하의 석방자 인터뷰기사가 전면을 채운다. 김지하, 김동길, 박형규, 백기완, 김정길(전남대), 나병식의 인터뷰가 실린다. 이 기사에서 박형규 목사 인터뷰 제목은 "羊이 가는 길을 함께 - 투쟁했던 문제 하나도 해결 안 돼"였다. 나병식 인터뷰 기사는 "갖은 고문 다 당했다 - 집행정지 술책은 기만적인 회유"라는 제목을 달고, 앞으로의 계획에 대한 다짐으로 맺는다. "구속되기 전과 달라진 것은 아무 것도 없다고 봅니다. 현 정권의 퇴진만이 유일한 사태 수습책임을 믿고 그것을 위해 계속 노력하겠습니다."

이후, 1978년 나병식은 '민주청년인권협의회' 창립에 주도적으로 나선다. 민청학련 사건으로 구속되었던 김병곤과 김봉우의 재구속이 계기가 되었다. 당시 나병식은 등촌동에 살고 있었는데, 지근거리에 시인 고은의 집이 있었다. 고은의 집에서 나흘 동안 연인원 100명 정도가 모여 동료의 석방을 요구하며 단식농성을 벌이며 운동 조직을 만들 것을 논의한다. 서중석, 나병식, 정문화, 최열 등이 나서 정세분석과 청년운동 구상을 설파한다. 학생운동 경험이 있던 사람들이 공개적으로 청년운동 조직을 만들어 운동에 기여하고자 한 것이다. 이후, 인권문제만이 아니라 민주화 문제 전반을 다루는 조직으로 확대하며, '민주청년협의회'로 이름을 바꿔 민주화운동의 구심점이 된다. 이들은 '구속자 석방, 유신철폐, 중앙정보부 고문 폭로' 등의 여러 활동에 다각적으로 참여한다. '80년 봄'의 전국대학 연합시위를 조직하는데 관여하고, 또 1980년의 조작사건인 '김대중 내란음모'사건에도 연루가 된다. 민주청년협의회는 긴급조치 1, 4, 9호로 구속되었다가 석방되었던 청년 학생들과 대학졸업이나 제적 이후에 사회운동을 지속하는 사람들이 모이는 거점조직이었다.

평생의 동지를 만나다

1973년, 이화여대 학보사 편집 일을 하던 이화여대 김순진은 한 명의 키 큰 남자를 만난다. "키가 크고 삐쩍 마른, 보자기에 책을 싸가지고 다니던" 나병식을 이대 민속극연구회 공연장에서 만난 것이다. 서울대에 가면극회가 만들어지고 여타 대학에 비슷한 서클이 만들어지면서 서울대 가면극회 회원들은 자문, 지원, 후원을 이유로 몰려다니며 여타 대학생들과 교류를 나누고 있었다. 이른바 민중예술의 새로운 영역이 개척되는 순간이었고, 그들은 민중예술은 민중에게 돌려줘야 한다며 망원동 등의 도시빈민지역을 찾아 공연을 하기도 했다. 그런 공연 자리와 이어지는 뒤풀이 자리에서 몇 번 얼굴과 이름을 기억하고 있던 차였다. 그리고 이대 학보사에 나병식이 데모자금을 마련하기 위해 신동수와 함께 박은식의 〈한국독립운동지혈사〉 책을 팔러 오기도 하면서 흐릿한 인연이 이어지고 있었다. 그러다 1975년, 서울대 5.22 시위가 나고 이 사건으로 수배를 받던 장만철의 도피를 도와주던 연락병으로 다시 긴밀하게 만나게 된다. 장만철은 나병식의 후배였고, 장만철의 여자 친구가 이대 음대를 다니던 김순진의 여동생이었던 까닭이다.

1975년 5월 22일 서울대생 4천여 명이 시위를 벌인 5.22 시위가 발생한다. 그리고 서울대 의과대학 간첩단 사건이 나고 나병식을 이 사건과 엮어보려는 보안사는 그의 뒤를 다시 쫓는다. 그는 당시 중앙일보 과학부장을 하던 선배 김영치의 집에 숨어 있다가, 새벽에 범진사(보안사 서울분실 505부대) 수사관에 의해 끌려가 보안사령부 서빙고동 대공분실로 연행되어 한 달 동안 모진 고문을 받게 된다. 이후 1976년 1월 27일 반공법 위반으로 서울 구치소에 수감된다. 재판을 받은 결과 반공법 혐의는 벗겨지고 5.22 데모 주동자였던 장만철의 은닉혐의로 실형 8개월을 선고받았다. 그는 10개월이 지나 다시 세상에 나온다.

김순진과의 인연은 그가 징역을 살던 때에 면회를 오가며 급속히 깊어졌다. 그리고 나병식이 여동생과 함께 합정동, 종암동에서 튀김 포장마차를 하던 시절로 이어졌다. 그 무렵, 동네 깡패들이 포장마차에 매번 와 무전취식을 일삼았고 이를 물리치려 대여섯 주먹들과 일합을 겨루자며 합정동 절두산 성지 언덕으로 갔다. 봉변을 당할지 영웅담이 탄생할지 판이 시작되기 직전, 나병식을 늘 주시하며 미행하던 경찰이 나타나 동네 깡패들에게 "쟤가 사형수였던 놈인데, 니들 어쩌려고 그러냐?"며 상황을 정리해줘, 뤼 김집은 한동안 평화를 구가했다는 일화도 있다.

사랑은 가난을 넘어 깊어지고 깊어지다, 을지로입구 지하상가에 '풀빛' 와이셔츠 가게를 여동생과 함께 차리게 된 이후, 1977년 11월 26일 결혼에 이른다. 그리고 1979년 풀빛출판사를 시작한다. 전사에서 전사를 키우는 역할을 맡은 것이다. 시대의 나침판을 만들고 싶었던 것이다. 1979년이 저물어 갈때, 풀빛출판사를 창립하고 나병식과 김순진은 망원동 지하방에 나란히 엎드려 출간할 책들의 교정을 보았다.

70년대 격동의 10년이 3번의 구속을 뒤로 하고 역사의 페이지가 넘어가고 있었다. 선연한 풀빛으로 황토바람에 맞서 뚜벅뚜벅 걸어갈 출판문화운동의 긴 여정이 오월 광주의 핏빛과 함께, 또 몇 번의 구속을 기약하며 다가오고 있었다.

이 글은 나병식의 삶의 궤적을 찾아가는 첫걸음이다. 그가 직접 남긴 기록이 많지 않은 현실에서, 원고 정리자의 한계가 너무 큰 탓이다. 후일의 더 나은 작업을 두려운 마음으로 요청 드린다.

나병식과 오랜 활동을 함께 해온, 김경남, 황인성과의 인터뷰를 통해 원고의 큰 기둥을 세웠다. 아울러 민주화운동기념사업회의 구술사료수집사업 중 나병식의 구술채록 〈1970년대 학생운동—서울대 10.2 시위 사건〉도 밑바탕이 되었다. 민청학련 사건의 '판결문'에서도 많은 부분을 참조하였다. 김순진 형수의 구술도 큰 도움이 되었다. 모든 분들께 감사드린다.

출판문화운동과 나병식

유 대 기

    내가 나병식 선배를 만난 것은 1982년, 우연인 듯 필연인 듯 출판계에 몸담은 것이 계기가 되었다. 당시 풀빛출판사는 사회과학 출판계의 단연 선두 주자였다. 이 쳐다보기에도 까마득한 선배님과 맺은 인연은 벌써 30년을 넘겼다.

    이 분이 출판계에 몸담으시기까지 잠시 살펴보면, 나병식 선배는 1974년 4월 민청학련 사건으로 투옥되어 고초를 겪고, 1975년 출옥 후 을지로 입구 지하상가에 풀빛이라는 와이셔츠 가게를 내셨다. 1970년대 중반 박정희 유신체제의 억압 상황을 겪어보지 못한 세대는 사형 언도를 받은 강인하고 투철한 학생운동 지도자가 와이셔츠 가게를 연 상황을 흥미롭게 여길지도 모르겠다. 지금의 지하철 2호선이 개통하기 전에 생긴 이 을지로 상가는 전국 최초의 지하상가였다. 이곳에 한 칸을 빌려서 낸 가게는 나 선배의 생활의 터전인 동시에, 사람들이 자연스럽게 모이는 공간이기

---

* 전 한국출판문화운동협의회 사무국장

도 했다. 거주지 담당 경찰서의 형사들이 모든 활동가들의 일거수
일투족을 감시하며, 하루하루의 동선까지도 점검하던 시절이었
다. 서로 얼굴 보기조차 쉽지 않은 상황에서, 이 가게는 그 자체로
활동가들이 서로 만나 정보를 나누고 서로를 위로하고 고무하는
보물 같은 공간이었다.

1979년 3월 6일, 나 선배는 가게를 정리한 자금으로 내자동에
도서출판 풀빛을 열었다. 풀빛은 종로구 내자동에서 시작됐는데,
옷가게로 자금을 마련한 고 나병식 사장의 개인적인 출판 의욕으
로 출범했다. 출범 당시에는 특별하게 출판의 이념이나 지향점을
정한 바가 없었고, 일반적인 대중 도서 가운데 수필이나 소설 등을
위주로 출간했다. 당시의 상황에 본인 명의가 아닌 부인 김순진
여사의 명의로 출판사 등록을 하였으며, 당시 〈하버드대학의 공부
벌레들〉이라는 베스트셀러를 낸 일월서각과 같은 건물의 한 켠에
자리 잡았다. 1979년 한 해 동안 펴낸 책들은 다음과 같다.

〈바람과 별도 잊을 수 없는 사람들〉, 서정주 편.(수필집)

〈쪼다 파티〉, 박범신 저, 꽁트.

〈에드워드 케네디〉, 지미번스 저, 국홍주 역, 전기.

〈사육신의 꿈〉, 김동길 저, 수필.

〈글쎄, 있잖아요〉 황인용과 강부자, 좌담 글.

〈Q씨에게〉, 박경리, 수필.

〈사라진 너는 왜 여자인가〉, 알베르딴느 사라장 저, 심민화 역, 소설.

잠시 1970년대의 출판운동에 눈을 돌려 보면, 유신체제의 해직
언론인과 해직 교수들이 출판사 발행인, 편집인, 저 · 역자로서

체제의 반민주성과 반민족성을 파헤치고 비판하는 출판문화운동을 전개하여, 지식인들에게 반민주적 현실과 분단체제에 각성을 촉구하였다. 당시 지식인들에게 사상적 개안을 해 준 이영희 교수의 〈전환시대의 논리〉와 〈8억 인과의 대화〉, E. H. 카Carr의 〈역사란 무엇인가〉, 박현채 선생의 〈한국경제론〉, 한완상 교수의 〈민중과 지식인〉, 백낙청 교수의 〈민족문학과 세계문학〉, 유동우 씨의 〈어느 돌멩이의 외침〉, 황석영의 〈객지〉 정기간행물로 〈창작과 비평〉, 〈월간 대화〉, 〈씨알의 소리〉 등이 당시 지식인들에게 끼친 영향은 이루 다 말할 수 없다.

1979년 10월, 민중의 이반과 항거, 권력 내부의 분열로 절대권력자가 사망하자, 비상계엄으로 정국을 장악한 신군부가 언론과 출판의 자유에 중대한 제약을 가했다. 1980년 7월 31일 전두환, 노태우 등 신군부가 〈창작과 비평〉, 〈씨알의 소리〉, 〈뿌리깊은 나무〉 등 172종의 정기간행물을 폐간시키고, 무실적·소재지 불명 등의 이유로 617개의 출판사 등록을 취소한 뒤, 정기간행물과 출판사 신규 등록 금지, 출판물의 사전검열, 판매금지 등 출판자유에 대한 원천봉쇄 조치를 시행했다.

나 선배는 서울대 국사학과 출신이라서 역사학에 남 다른 애정을 가졌고, 1980년 〈역사학보〉, 〈사학연구〉 같은 영인본 서적도 펴냈는데, 이 책들을 서울시청에 납본하러 가면, 군인이 권총을 찬 채 "납본필納本畢"이라는 도장을 찍어 주었다. 계엄 상황에서 신규 출판물의 사전 납본과 허가를 시행했으며, 군부 권력은 이런 방식으로 방송, 신문, 잡지와 출판을 한 손에 틀어쥐어 여론을 장악하고자 했다. 이러한 상황의 전개는 1970년대 출판사들에게 감당하기 어려운 치열함을 요구했다.

1980년 5월 17일, 아침에 일어나니 신문 호외가 길거리에 나뒹굴었다. 김대중, 고은, 이문영 등 정치인과 재야 지도자들이 연행되었음을 알았다. 5.17비상계엄 전국 확대 이전에 서울대학교 총학생회는 군부가 무력으로 민주화를 짓밟고 나올 경우 영등포 로터리에 집결하기로 한다고 공표해 놓았다. 나는 그때 어린 나이에 함께 살림을 차린 신혼의 아내를 두고 영등포로 나갔다. 누군가가 외치는 구호에 따라 공포를 떨치려고 고함을 쳤다. 군인들이 오른 발로 철벅철벅 힘차게 포장도로를 차면서 대오를 지어 다가왔다. 그들이 대검을 꽂은 총을 어깨 높이에 들고 고등학교 교련 시간에 배운 "찔러!" 동작을 집단으로 취하자, 오월 봄 햇살이 대검들에 부서지면서 번득거렸다. 그때의 군홧발 소리와 햇빛을 튀기던 대검의 공포는 35년이 지난 지금도 너무 선명하다. 그리고 남도에서는 잔혹한 학살이 진행되었다. 나는 광주의 죽음을 소문으로 듣다가, 그 만행을 전하는 유인물을 뿌리다가 2년 전처럼 다시 경찰에게 붙잡혔다. 유인물 뿌리기는 나하고 인연이 잘 안 맞았다.

1980년 봄, 나병식 선배는 김대중내란음모 사건에 연루되어, 서울대 총학생회장 심재철의 배후로 지목되었다. 터무니없는 혐의였다. 나는 남부경찰서(지금의 금천경찰서)에서 심재철 등 많은 이들이 전국에 공개 수배되는 것을 텔레비전 화면을 긴장된 눈으로 바라보았다. 우리들의 봄은 그렇게 주저앉았다. 풀빛출판사의 가족들은 나 선배가 이번에는 살아나오지 못할 것으로 믿었다. 6년 전에 사형 선고까지 받던 그가 아니었던가? 그러다가 전국에 수배되어 도망 다니던 심재철이 자수했다. 그가 자기에게 돈을 준 사람이 나병식이 아니라 이해찬이라고 진술하여, 나 선배는 사지에서 벗어났다. 그리고 풀려났다.

1981년부터 나병식 사장은 당시의 학생운동 분위기나 이념 등을 출판에서도 적극 반영하면서 본격적인 인문·사회과학 서적을 출간하기 시작했다. 그래서 나온 것이 풀빛신서 시리즈였다(2003년까지 총 182종 발간). 풀빛은 신서 1권으로 논문 모음집 〈전통시대의 민중운동〉(1, 2)를 펴내면서 사회과학 출판사로 변신했다. 이러한 출판 기획은 1970년대 후반에 박현채 선생의 〈민족경제론〉이나 이영희 선생의 〈전환시대의 논리〉, 〈8억 인과의 대화〉 같은 정치·경제 평론서들의 흐름을 잇고 있었다. 이 책들이 비민주적인 정치 현실에 대한 피상적 분노와 저항을 넘어서 다수의 노동대중의 삶의 고단함의 원인을 과학적으로 파헤침으로써 지식인 독자들에게 현실인식의 깊이를 더해 주었다. 반면 풀빛출판사의 이러한 역사 논문 편집물은 독자들에서 반민족적이고 반민주적인 현재를 있게 한 역사의 뿌리를 파헤치는 작업으로서, 체제에 대한 저항에 역사적 정당성을 확신시켜 주었다. 풀빛은 이 분야의 책을 통해 군부 권력과 대결하는 멀고 먼 장정을 시작했다.

70년대 말부터 등장하기 시작한 이 새로운 출판문화의 주체는 해직 언론인이나 해직 교수들이 주도하던 유신시대의 출판문화와는 달리, 학생운동 출신들이 주류를 이루었다. 20대에 유신체제라는 억압체제와 80년의 폭력을 경험한 이 세대는 치열한 청년기의 경험을 배경으로 새로이 출판운동의 전면에 등장했다.

1982년 당시 사회과학 출판계는 풀빛, 광민사(이후 동녘출판사로 개칭), 돌베개, 석탑, 산하, 한마당 등 새로운 출판사들이 등장하여 출판문화운동의 주체가 변화한 상황이었다. 풀빛출판사 나병식 사장은 그 선두에 서 있었다. 그 해 가을에 거름출판사가 생겨났고, 나는 거름출판사 발행인 박윤배 씨의 권유로 개업한 지 채

석 달이 지나지 않은 출판사에 편집부장으로 입사했다.

당시는 서울시가 출판사 신규 등록을 받아 주지 않아서, 거름은 인천시에 출판사 등록을 해 놓은 시절이었다. 그래서 서울시민인 박윤배 발행인은 아기는 서울시에서 낳았으면서 다른 도시에 출생신고를 하고, 살지도 않는 그 곳에 아기의 주민등록을 유지하는 이상한 주민이었던 셈이다. 이런 상황을 악용한 제5공화국 정부는 '소재 불명'이라는 이유로 출판사들의 등록을 취소하여 합법 출판의 길을 막아 버리는 횡포를 저질렀다. 그래서 서울시에 등록을 가진 출판사들이 출판 사업을 접으면서 출판사 등록증에 웃돈을 얹어서 파는 경우도 있었다.

철학과 동기생인 박윤배의 권유로, 나와 4년 전 유신 반대 유인물 살포 사건의 공범이었던 황광우와 함께 나병식 선배한테 인사드리러 갔다. 출판사를 설립하려는 뜻을 밝히는 신고식을 하자는 것. 당시 풀빛출판사는 내자동에서 개업한 뒤, 마포구 신수동으로, 다시 종로5가 효제동을 거쳐, 1982년 말에는 은평구 역촌동으로 옮겨가 있었다. 풀빛출판사로 찾아가서 고개를 꾸벅 하고는, 곧 조그만 한식당으로 내려가 소주잔을 받았다. 그랬다. 그 선배와는 첫 만남부터 소주였다. 간간이 오른손으로 검은 테 안경을 만지작거리면서, 선배는 술잔이 비기도 전에 술을 권해 가면서 술자리를 주도했다. 민청학련 사건이 어땠고, 인혁당이 저땠고... 말로만 듣던 그 어마어마한 사건들에 관하여 대선배에게 듣는 호기심에 술잔을 고분고분 받았다가, 그 날 나는 대취했다.

이제 풀빛출판사를 먹여 살린 책들을 보기로 하자. 봉천동 관악구청 아래에 대학서점이라는 서점을 운영하던 김문수 씨가 풀빛출판사에 일본인 무다이 리사쿠의 〈현대의 휴머니즘〉이라는 일본어 책을 번역해 출판해 보라고 권했다. 이 책은 당시 청년 활동가들이 일본어를 배워서 널리 읽던 교양 필독서였는데, 이 김씨의 제안대로 번역, 출간했다(1982년). 이 책이 대박을 쳐서, 풀빛은 이후 수 년 동안 50만 부 이상 팔았다. 그리고 당시 편집부에 근무하던 신형식 씨가 자기가 대학 다닐 때 읽은 일본어판 책 하나를 번역해 펴내자고 하여 나온 책이 〈자본주의 경제의 구조와 발전〉이었다(1984년). 이 책도 수년에 걸쳐 50만 부 이상 팔렸다.

이 두 책은 외국어로 읽히던 영인본 책자들이 우리말로 번역되어 언어 장벽을 넘어서 다가오자 일반 지식인들에게 폭발적으로 수용된 사례들이다. 원서 영인본으로서 지식인들에게 돌려 읽히던 책들은 번역되면 거의 예외 없이 베스트셀러가 된다는 당시 한국 출판문화의 하나의 경향성을 보여 준다.

김지하 시인이 쓴 시집 〈황토〉는 당시 교보문고에 2,000부를 매절(잘 팔리리라 예상되는 책을 서점에서 대량 주문하는 행위)로 팔 정도로 잘 나갔다고 한다. 1980년대를 상징하는 노동시인 박노해. 그가 쓴 시집 〈노동의 새벽〉은 당시의 문학 독자들에게 엄청난 파문을 일으키면서 팔려 나갔고, 노동자들이 노동자들의 삶을 생생한 감성으로 담아냄으로써 한국 문학계에 민중문학의 시대를 선포했다. 이 책은 당시 풀빛출판사에 편집위원으로서 문예물의 기획에 관여하던 채광석씨가 발굴해 낸 역작이었다.

그리고 1985년, 전남사회운동협의회와 소설가 황석영의 합작으로 쓴 〈죽음을 넘어 시대의 어둠을 넘어〉 20,000부의 인쇄물이 녹번동의 모 인쇄소에서 압수되었다. 출판사로서는 엄청난 타격이었고, 발행인 나병식은 수배되었다. 이 책은 1980년 광주민주화운동의 전개과정과 광주시민의 고난을 그린 실록이었다.

풀빛은 결국 이 대량 인쇄물을 오프셋 인쇄가 아닌 마스터 인쇄로 제작해 서점가에 뿌렸다. 출판물의 인쇄 품질을 중시하는 공개 합법 출판사가 마스터 인쇄로 책을 펴낸다는 것은 생각도 할 수 없는 일이었으나, 이 비상한 상황에서는 어쩔 수가 없었다. 전국 어디서든 규모가 좀 되는 인쇄소에서는 이 책을 인쇄할 수가 없었다. 제5공화국 정권에게 5년 전의 학살의 책임을 묻는 이 책을 정권은 어떤 방법으로든 빛을 보지 못하게 막아야 했다.

거름출판사의 첫 책인 〈세계경제입문〉을 내고 나서 얼마 안 지나 효자동의 문화공보부에서 사장을 호출하여 내가 대신 찾아갔다. 셔츠 입은 공무원이 별로 두껍지도 않은 책의 곳곳에 밑줄을 긋고는 자기들이 문제 삼는 페이지들을 접어서 두툼해진 납본도서를 내 앞에 내밀었다. 판매금지 조치(도매서점과 소매서점 에서 일부 서적들을 팔지 못하게 하는 압력을 넣는 불법적 행정지도 조치)를 당하는 순간이었다. 발행인 박윤배는 애당초 그런 곳에 왜 들어갔느냐면서, 기분도 별로 안 좋으니 술이나 마시자고 했다. 그랬다. 당시 살면서 곳곳에서 쌓이느니 스트레스고 마시느니 술이었다.

박윤배 사장이 나를 돌베개출판사에 소개한다고 마포 가든호텔(지금의 홀리데이인) 옆 창제인쇄소에 나를 데리고 갔다. 거기서 박승옥 선배라는 분을 만났다. 박 선배는 이 조판소에 와서 빨간 볼펜을 손에 쥐고 직접 교정 작업을 하고 있었다. (지금은 컴퓨터로 전산조판을 하지만, 당시에는 활판인쇄라고 해서, 원고지에 쓰인 글자 한 자 한 자를 보면서 문선공이 능숙한 손놀림으로 쇠로 된 활자를 찾아내고, 조판공이 원고 내용대로 활자들을 배열하여 페이지별로 사각으로 꽉 묶고는 열에 강한 종이를 눌러서 지형이라는 거푸집을 만들고, 이 거푸집에 끓인 납을 부어서 인쇄판을 만들었다.) 박 선배는 열심히 하라고 당부하고는 이 책은 군데군데 빨간 글로 교정 표시를 한 교정지를 내려다보면서, "이 책은 판금 되면 안 되는 책인데..." 하면서 걱정을 했다. 그 책도 서점에 나오자 곧 판금조치를 당했다. 우리 사회에 장기 스테디셀러로 잡은 〈전태일 평전〉이 그 책이다.

80년대 초반, 풀빛출판사는 누가 뭐래도 사회과학 출판계의 선두 주자였다. 먼저 규모가 다른 출판사들보다 훨씬 컸다. 당시 사회과학 출판사들이 매우 영세해서 직원이 서너 명을 넘기 어려웠다. 발행인 1명이 편집부 한두 명, 영업 책임자 1명, 경리 1명을 두면 4~5명 규모가 되는데, 여기에 자체 디자이너를 두면 그래도 큰 곳이었다. 편집부원 1인이 한 달 신간 1종을 마무리하기 어려웠는데, 원고들이 내국인 저술이 아니고 번역물이 많아서 더 그랬다. 그런데, 풀빛출판사에서는 조판소나 인쇄소에 2종 이상의 신간 원고가 인쇄 작업에 걸려 있기 일쑤였다. 당시 풀빛의 편집부에 친구 오인두가 근무하고 있었다. 이 친구의 말로는, 책을 하루라도 빨리 펴내기 위하여 어떤 때는 인쇄소에 가서 다른 출판사가 인쇄 일정에 잡혀 있어도 그 책을 빼고 자기 출판사 책을 인쇄기에 걸게 하기도 한다고 했다. 큰 출판사의 '횡포'이기는 했지만, 이처럼 풀빛출판사는 부러울 만큼 힘이 셌다. 이 힘이 없었다면, 1984년 교황 요한 바오로 2세의 방한에 맞추어 발간한 〈노동현장과 증언〉(한국교회산업선교회 편)이라는 원고 10,000매 분량의 국배판 대작은 빛을 볼 수가 없었을 것이다.

80년 말, 스물네 살에 딸을 낳고 두 해 뒤에 낳은 아들이 걸음마를 하면서 목구멍은 지엄한 포도청이 되었다. 1983년 3월 말, 넉 달을 몸담은 거름출판사를 떠나 학교로 돌아갔다. 마지막 남은

43

학기를 채우고 졸업논문을 쓰느라 그 해 봄 내내 무척 바빴다. 그러고 나서 가을, 나는 4년제 대학 졸업장으로 대기업 쌍용양회에 영업사원으로 취직했고, 부산영업소에 배치되어 평범한 직장인 생활에 들어갔다. 직장생활은 하루가 정시 퇴근하여 귀가할 꿈도 꾸기 어려운 조리돌림이었다. 계획을 세워 책 한 권이라도 읽기는 언감생심, 일간신문 하나 때 거르지 않고 읽어내기가 쉽지 않은 생활이었다. 스스로 마음에 위로라도 하자고 나는 빡빡한 이론 서적보다는 가벼운 읽을거리 쪽으로 눈이 갔다.

> 황톳길에 선연한
>
> 핏자욱 핏자욱 따라
>
> 나는 간다 애비야
>
> 네가 죽었고
>
> 지금은 검고 해만 타는 곳
>
> 두 손엔 철삿줄
>
> 뜨거운 해가
>
> 땀과 눈물과 모밀밭을 태우는
>
> 총부리 칼날 아래 더위 속으로
>
> 나는 간다 애비야
>
> 네가 죽은 곳
>
> 부줏머리 갯가에 숭어가 뛸 때
>
> 가마니 속에서 네가 죽은 곳
>
> — 「황톳길」(김지하, 〈황토〉, 풀빛출판사, 1984)

풀빛에서 펴낸 이 김지하 시집을 옆구리에 끼고 출퇴근하면서 스스로를 유지하고자 애를 썼다. 내일 모레 환갑인 나이에, 아직도 이 시구가 뇌리에 선연하다. 20대 젊은 시절에 하루가 멀다 하고 호통 당하는 동료들 위로한다고 한 잔, 스스로 상사에게 꾸중 들었다고 한 잔, 정신없이 지나가는 생활에도 나를 부여잡고 곧추 세워 주었던 것이 바로 이 시구이기 때문이리라. 그래도 팍팍한 회사 업무는 황소처럼 나를 끌고 다니고, 출판계는 내 기억 속에서 잊혀 가는 듯했다.

1985년 봄, 쌍용양회 부산영업소에서 1년을 보내고 을지로 본사의 중앙연수원으로 올라왔다. 을지로 쌍용빌딩에서 업무를 보고 있으면, 느닷없이 부장님이 "문 닫아!" 하고 소리를 지르곤 했다. 또한 〈신동아〉에 나온 윤재걸 르포 기자의 광주사태 기사를 본 차장님이, "세상에, 시민군이 M60을 빼앗아 갔네. 이 총이 어떤 건지 알아?" 하는 상황이었다. 대기업 고층 빌딩 사무실에 최루 가스가 날아들고 정권과 회사의 눈치를 볼 대기업 간부가 광주사태 르포 기사를 인용할 만큼, 시대는 국민의 귀를 막고 입을 봉하려는 정권의 기도를 무력하게 좌절시키고 있었다. 이 르포 기사는 〈죽음을 넘어 시대의 어둠을 넘어〉가 압수되고 서점에 깔 수가 없게 되자, 출판사에서 인기 월간지의 유명 기자에게 책 내용을 넘겼고, 기자는 이 내용을 축약하여 세상에 공개해 버린 것이다. 박정희 시대의 비사를 까발리면서 대중의 호기심을 부추기기로 치열하게 〈월간 조선〉과 경쟁하면서 당시 월 30만 부 이상 나가던 〈신동아〉에 5년 전 광주의 고난과 참상이 공개된 것이다.

자양동에서 봉천동으로 자취방으로 옮겼다. 당시에는 노동운동 지도자로 존중을 받던 김문수 씨가 봉천동 관악구청 밑에서 대학서점을 운영하고 있어서, 퇴근 후 가끔 가벼운 읽을거리들을 구해 읽었다. 그러던 어느 날, 시커먼 표지에 파란색 제목을 단 책을 집어 들었다. 황석영 저, 〈죽음을 넘어 시대의 어둠을 넘어〉, 풀빛출판사 발행, 광주민주화운동의 참상의 기록이었다. 책을 군데군데 펴 보고는 주변을 살피면서 얼른 사서 숙소로 들어왔다. '병식이 형이 사고 치셨구나. 이거 정권이 가만 안 둘 텐데...' 그 전에도, 그 이후로도 나는 책을 읽느라고 밤을 지샌 적은 없다. 이 책은 손에 한 번 잡고는 놓지 못하고 울면서, 울면서 읽었다.

'이렇게, 이렇게들 죽어 갔구나...'
'이런 세상에서 직장생활을 한다는 게 도대체 무슨 의미가 있단 말인가?'
'2년만 회사생활하며 생활 안정시키고 방 보증금 마련해서 공장 가자던 내 계획은 어디 갔는가?'

1980년 5월에 남도의 참상을 고발하는 유인물을 뿌리다가 남부경찰서로 끌려가서 한 달 남짓 고생을 한 뒤로, 무의식 속에 잠복해 있다가 간간이 출몰하던 광주. 그 광주는 결국 더 이상의 직장생활은 무의미하다는 결론을 내리게 했다.
직장으로 찾아와서 거름출판사로 복귀하는 것이 어떻겠느냐고 설득하는 박윤배에게 복귀를 약속했다. 그 해 여름, 직장 상사한테 대학원 간다고 거짓말을 하고 퇴사했다. 화이트컬러 생활이여, 안녕! 1980년대를 산 수많은 사람들에게 광주는 삶의 방향을 바꾸게 했고, 나도 그런 셈이다. 그러나 내 경우에는 풀빛출판사의 책 한 권이 인생 방향을 바꾸는 직접적 계기가 되었다.

떠난 지 채 3년을 못 넘기고 출판계로 복귀해 보니, 출판계가 많이 변해 있었다. 우선 출판사들이 많아졌고, 하루가 다르게 신간 서적들이 쏟아져 나왔다. 정부의 출판통제 정책은 예전부터 진행해 온 판매금지 정책에 더하여, 1985년 5월의 대대적인 서점가 압수수색은 전국에 걸쳐 당국과 출판사, 대학가 서점들을 벌집 쑤신 듯한 대립을 초래했다. 이 무리한 단속은 여론의 비판을 받는 형국이었고, 이후의 출판사와 서점의 기세를 제압하지 못했다.

나 선배는 그 동안 부쩍 늘어난 인문사회과학 출판사들의 발행인들의 모임인 '금요회'를 이끌고 있었다. 1970년대 말부터 선명한 색깔의 책을 내면서도 뜻밖에 〈나의 라임오렌지 나무〉를 펴낸 광민사(이후 동녘출판사로 개명)를 비롯하여, 일월서각, 형성사, 한마당, 돌베개, 녹두, 거름, 석탑, 백산서당, 사계절 등 여러 출판사의 발행인들이 당국의 강경한 출판탄압을 맞으면서, "너무 힘들어서, 정보도 교류하고 서로 위로도 하려고 모인" 단체였다. 이 금요회는 1970년대 출판문화운동을 주도하던 해직 언론인과 해직 교수들이 중심이 되어 반정부 출판을 하던 한길사, 창작과비평사, 전예원 등의 '수요회' 출판사들이 1980년 이래 군부정권의 탄압으로 정권과 날카로운 대치선을 형성하지 못하고 제2선으로 물러선 이래, 가장 투철하게 언론·출판의 자유, 사상의 자유의 전선을 채우고 있는 젊은 출판사들이었다.

1985년 출판계의 주요 이슈는 당국의 출판탄압과 미국의 외국 저작권 보호 요구였다. 나 선배는 〈죽음을 넘어 시대의 어둠을 넘어〉 건으로 수배되어 있으면서도, 사회과학 출판계의 선배로서 빈번한 압수수색과 연행으로 정신적·물질적으로 고통 받는 금요회 발행인들을 격려하는 한편, 문예출판사나 동국출판사 등

47

한국단행본협의회 소속 출판사 발행인들과 함께 손을 잡고 미국의 과도한 자국 저작권 보호 요구에 맞서는 데 힘을 쏟았다. 나병식 선배가 중심이 된 이러한 노력의 결과로, 1986년 6월, 한국출판문화운동협의회(한출협)을 창립했다. 초대 회장은 정동익(아침출판사 대표), 최영희(석탑출판사 대표) 씨가 맡았고, 사무국장은 내가 맡게 되었다. 이 단체의 의결기구인 실행위원회에는 발행인, 편집인, 영업인이 고루 참가했다. 발행인들의 모임인 금요회의 힘만으로는 하루가 멀다 하고 계속되는 출판탄압에 대처하기가 어려워져, 편집자와 영업자, 경리 사원들까지 참가하여 노사가 함께 하는 출판탄압 대처 투쟁위원회를 발족시킬 필요가 있었다. 금요회 소속 발행인들은 소기업 경영자가 직원들에게 가지는 주도력 말고도, 검소한 경영자 생활과 건실한 출판운동가의 자세로 인하여 직원들인 편집자와 영업자, 경리 사원들에게까지 신뢰를 받았고, 이들 모두를 출판문화운동에 주체로 합류시켜 온 결과였다.

한출협이 생기기 전, 출판인들은 서적을 압수당하거나 발행인 등 구성원이 연행·구속되거나 하면 항의 농성을 하거나 할 곳이 박정희 정권과 전두환 정권에게 해직된 언론인들이 모인 한국민주언론협의회(민언협) 사무실이 거의 유일한 장소였다. 민언협은 내부에 출판분과를 두고 출판계의 주요 의제를 수용했으며, 그 분과는 일월서각 김승균 대표가 맡았으며, 마포경찰서 맞은편의 민언협 사무실은 출판계 사람들이 당국의 탄압을 받을 때 찾아가서 항의 농성을 하고 민언협과 함께 성명을 발표하는 공간이었다.

수배 중인 나병식 선배가 그 해 6월 초에 일월서각 편집부장 장종택과 나를 만나서는 출판계의 현실에 대하여 비분강개하면서, 정부의 출판탄압과 미국의 외국 저작권 보호 요구에 대처하기 위하여 출판계에 독자적인 단체를 만들 필요가 있다고 강조했다. 연하인 장 씨는 이런저런 이유로 사무국장 자리를 고사하고, 선배는 나에게 이 단체의 사무국장을 맡으라고 강권했다. 당시 거름출판사에서 최초로 소련과학아카데미에서 공식 발간한 공산당사를 〈볼셰비키와 러시아 혁명〉(1, 2권)이라는 제목으로 발간하여 당국의 탄압의 표적이 되었는데, 이에 대처하는 과정에서 내부 갈등이 일어나서 나는 편집부장으로서 무척 힘든 상황이었다. 나 본인으로서는 도저히 맡을 수가 없다고 해도, 장종택과 나 둘 중 한 사람이 사무국장을 해야 된다고 막무가내로 밀어붙이는 나 선배는 정말 불도저였다. 잘 마시지도 못하는 소주를 한 잔, 두 잔 끝없이 권하면서 한 걸음도 물러서지 않다가, 결국 그 날 새벽 3시가 넘어서 나에게 사무국장 일을 하겠다는 약속을 받아냈다. 나는 그 날 내가 나 선배한테 졌는지, 소주에게 졌는지 지금도 잘 모르겠다.

1986년 6월 21일, 한출협은 광화문 신문로의 한글회관에서 창립총회를 마치고, 북아현동 능안빌딩 3층의 풀빛출판사 바로 위 녹두출판사 사무실의 한 켠에 책상을 놓고 업무에 들어갔다. 얼마 안 가서, 서울시경 옥인동 대공분실에서 공격이 들어왔다. 아침출판사에서 경남대 극동문제연구소에서 펴낸 책자를 복사하려다가, 한출협 공동회장인 정동익 발행인과 위성부 편집부장, 박태호 편집위원(필명 이진경)이 국가보안법 위반 혐의로 연행되어 구속되었다. 이 사건은 국내 대학에서 펴낸 출판물을 복사하려 한 행위를 문제 삼은 것도 부당한 일이었지만, 출판계에서는 이 사건을 아침출판사에서 펴낸 박사월(본명 김경재) 저 〈김형욱 회고록〉(전 중앙정보부장 김형욱이 쓴 박정희 정권 비판서)에 대한 탄압으로, 더 직접적으로는 한출협 회장이 경영하는 출판사에 대한 탄압으로 규정했다. 그 해 8월 한출협은 사무실을 마포구 공덕동오거리의 허름한 사회복지회관으로 옮겼고, 출판사와 서점들에 대한 당국의 압수수색과 연행, 국가보안법 적용과 구속이 파상적으로 진행되었으며, 그때마다 한출협은 항의 투쟁을 계속하였다.

한편 한출협은 출판계 내부의 편집자들의 모임인 문맥회, 영업자들의 모임인 인문사회과학영업자협의회(인사회), 서적상들의 모임인 인문사회과학서적상연합회(인서련) 등 출판계와 유통계의 자생적 단체들과 연대하여 출판의 자유를 수호하기 위하여 진력하는 한편, 민언협, 자실(자유실천문인협의회), 민교협(민주실천교육운동협의회), 민문협(민중문화운동연합), 민미협(민족미술협의회)의 문화 5단체와 함께 출판을 포함한 문화 전반에 대한 당국의 억압정책에 공동으로 대응하였다.

1984 풀빛 판화 시선의 출간과 더불어 풀빛은 한 걸음 더 도약하게 된다. 사회과학 출판에서 문학에까지 진출하기 시작한 것이다. 이 당시 풀빛이 추구한 문학의 기조는 반민주적 체제에 대한 저항을 담거나 노동자나 농민 등의 민중 정서를 반영한 사실주의 문학이었다. 시집 가운데 〈황토〉나 〈노동의 새벽〉은 풀빛의 문학을 대표하는 작품이었다. 1987년에는 본격적으로 소설까지 출간하면서 풀빛은 80년대의 시대정신을 반영하는 대표 출판사로 성장한다. 또한 이 무렵 나병식 대표는 고향이기도 했던 광주와 그 항쟁에 대한 진실을 밝히는 데에도 앞장서면서 전두환 독재정권의 탄압을 받게 된다.

1986년에 풀빛출판사는 기존 사회과학 출판으로 불어난 몸집

(생산 능력)으로 양산체제를 유지하기에는 개별 신간 기획물들의 시장성이 받쳐 주지 못하는 상황이 계속됨을 절감한다. 편집진과 영업진의 내부 논의를 거쳐, 다수의 사회과학 원고들의 발간을 포기하고 '종합 출판'으로 방향을 잡으면서, 〈밤길의 사람들〉, 〈고삐〉 등 대중 독자들을 겨냥한 책들을 펴내기 시작했다. 출판계에 신규 출판사들이 증가하고, 인문사회과학 출판계의 신간 생산능력이 늘고, 시장이 세분화하는 상황에서 기동성 있게 대응하기 어려운 상황을 타개하기 위한 방향 전환이었다. 이전의 주도적 출판으로 물적 토대가 어느 정도 마련되어 있어서, 이러한 모험적 변화가 그리 어려운 일은 아니었다.

그 대표적인 책들을 보자.

- 풀빛시선(총 38종 출간)
  〈황토〉, 김지하, 1984년 7월.
  〈노동의 새벽〉, 박노해, 1984년 9월.
  〈죽음을 넘어 시대의 어둠을 넘어〉, 황석영과 전남사회운동협의회, 1985년 5월.

- 풀빛현장신서
  〈8시간 노동을 위하여〉, 순점순, 1984년 10월.
  〈운전기사 임금과 세금〉, 장경옥과 최양규, 1990년 3월.

- 풀빛소설선(총 111종 출간)
  〈청년일기〉, 김남일, 1987년 11월.
  〈고삐 1〉, 윤정모, 1988년 11월.
  〈더 이상 아름다운 방황은 없다〉, 공지영, 1989년 12월.

1987년 2월 12일, 서울지검 공안부는 풀빛출판사 발행인 홍석, 사장 나병식, 편집부장 김명인, 영업부장 조기환, 경리 최금숙, 전 편집부장 박인배, 영업부원 이상돈씨가 〈한국민중사〉(Ⅰ, Ⅱ) 발간과 배포로 국가보안법 위반 혐의로 연행했다. 제5공화국 정부는 숱한 출판탄압에서도 한 출판사에서 이렇게 많은 인원을 연행한 사례가 없었다. 서울지검은 이틀 뒤에 나병식 사장을 구속하고, 김명인 편집부장을 불구속 입건했다. 이른바 '한국민중사 사건'이었다. 이 사건은 출판탄압을 넘어서 민족사관, 민중사관에 대한 정면 공격으로 판단되어, 역사학계와 공안 당국 사이에 물러섬 없는 공방이 계속되었다. 이 사건으로 나 선배는 1987년 전국이 시위로 들끓고 제5공화국이 종말을 고하는 동안 내내 감옥에서 지내게 되었다.

1987년 6월 10일, 한출협은 그 동안의 출판계의 각종 사건들을 모아서 〈출판탄압백서〉를 발간하였다. 이 날은 제5공화국 정부가 성고문 사건, 박종철고문치사 사건으로 지지 기반이 허물어지면서 6월항쟁이라는 국민적 저항과 맞닥뜨리기 시작한 날이기도 했다. 곧 이어 노태우의 6.29선언이 발표되고, 나는 1년간의 임기를 마치고 사무국에서 물러났다.

한출협 2기는 1987년 7월 16일 여의도 여성백인회관에서 김승균(일월서각 대표), 이우회(한마당 대표) 씨가 공동대표를 맡고, 사무국장은 돌베개출판사 편집부의 홍종도 씨가 맡아서 6.29선언 이후 불안정한 정세 속에 출범했다. 당일 「출판자유선언」과 「외국 저작권 보호 개시에 즈음하여」라는 성명서를 발표했다. 노태우의 6.29선언 이후 10월 19일에 '출판활성화조치'가 발표되어, 431종의 판금도서들이 해금되고 판금제도가 사라지고, 신규 출판사 등록 규제가 사라지기도 했다. 그러나 유죄 판결을 받은 도서들은 여전히 유통이 묶였고, 181종의 도서가 "사법심사 의뢰 대상 도서"가 되어, 출판인들이 요구하는 전면 해금과는 거리가 있었다. 이에 항의하여 8월 28일 한출협이 주최하고 흥사단 서울지부가 후원한 판금도서전시회는 당국의 강경한 진압을 불러와서, 신임 이우회 회장과 홍종도 사무국장이 국가보안법 위반으로 구속되는 심각한 상황을 초래했다. 출판계에 대한 탄압도 막바지 고개를 향해 올라가고 있었다. 1987년 하반기의 마르크스주의 원전 간행을 둘러싼 출판계와 당국 사이의 긴장을 지나, 1988년 상반기부터 시작된 북한 바로 알기 운동과 그 필연적 결과인 북한 원전 출판은 대부분의 출판사의 발행인과 일부 편집자들을 국가보안법 위반으로 감옥으로 가게 만들었으며, 그 마지막 결전을 통해 사회주의 원전과 북한 출판물이라는 출판계의 마지막 금기들이 다 깨져 나갔다.

1988년 8월 19일, 한출협은 여의도 여성백인회관에서 160여 명이 참가한 가운데 제3차 정기총회가 열어, 회장에 나병식, 사무국장에 장종택씨를 선출하고, 「민족민주출판문화운동의 기치를 높이 들자」는 제하의 선언문을 발표하였다. 이제 나병식 발행인은 민족민주출판계의 대표 단체인 한출협의 산파역이자 지원자에서 대표자로 나섰다. 이후의 과정은 출판계는 마지막 금기의 영역인 북한 출판물 간행으로 돌진하고 당국은 가혹한 탄압으로 대응하였다. 숱한 출판인들이 감옥으로 갔으며, 그 속에서 우리 사회는 언론·출판의 자유, 사상의 자유는 투쟁과 희생이 없이는 결코 누릴 수 없음을 몸으로 확인하였다. 나병식 선배는 한출협 제3기 회장으로서 때로는 분노로, 때로는 넉넉한 자신감으로 동

료 출판인들을 격려하고 위로하고 질타하면서 출판문화운동의
격전장을 누볐다.

풀빛출판사는 1985~6년에 쌓은 힘으로 1987년, '88년, '89년
에 전성기를 누렸다. 그러나 1990년대 초반부터 구 소련 등 사회
주의권의 붕괴와 더불어 출판계에도 인문 사회과학 출판의 퇴조
가 일어나게 된다. 이런 전환기에 풀빛은 전반적인 변화의 흐름에
대응하기 위해 〈사상문예운동〉이라는 무크지를 창간하지만, 대
중적인 호응을 얻는 데에는 실패한다. 이후 풀빛은 출판의 다변화
를 통해 새로운 시대정신을 반영하기 위해 노력하게 되는데, 만화
출판도 그런 변화의 한 방안으로 나온 것이다. 물론 1990년대에
도 풀빛이 지녔던 기본적인 가치를 지키기 위해 '광주 5월 민중항
쟁 사료집'과 같은 대규모의 작업도 진행하게 된다.

- 잡지
  무크지 〈전환기의 민족문학〉, 임헌영, 황석영 외, 1987년 8월 이후.
  계간지 〈사상문예운동〉 창간호, 박인배 편, 1989년 8월. (이후 1989~
      1991 가을호까지 발간.)
- 풀빛광장
  〈소설 창작의 길잡이〉, 우리소설모임, 1990년 1월.
  〈들불의 초상〉, 전남사회문제연구소, 박호재 · 임낙평 정리, 1991년 5월.
  〈광주 5월 민중항쟁 사료집〉, 한국현대사사료연구소, 1990년 5월.
  〈5.18 광주사태〉, 아놀드 A. 피터슨/정동섭 역, 1995년 5월.
  〈5.18, 그 삶과 죽음의 기록〉, 황석영 외, 1996년 1월.
  〈5월의 사회 과학〉, 최정운, 1999년 5월.
  〈만화 장길산 1~20〉, 황석영 글 · 백성민 그림, 1991년 10월.
  〈만화 객주 1~10〉, 김주영 원작 · 이두호 글 그림, 1992년 4월.

사회주의권의 몰락과 범지구적 사상 전환으로 그 숱한 인문·사회과학 출판사들이 이 과정에서 침몰했고, 돌베개, 동녘, 창비 등 소수의 출판사들은 상황을 타개하고 지금 출판계의 선두에 서 있다. 많은 출판사들이 시장의 가혹한 시련 앞에 좌절하고 퇴출되었다. 인문사회과학 출판사들이 그 격렬한 전쟁에서 소멸하지 않고 살아남았다는 것만으로도 박수를 보낼 만하다. 우리가 오늘날 누리는 이만큼의 출판의 자유도 사라져 간 숱한 출판사들, 지금 새로운 시대에 적응하여 새로운 모습으로 살아남은 출판사들, 과감한 결단으로 시대의 함정을 돌파하여 크게 성장한 소수의 출판사들의 노고와 분전에 힘입은 것임을 잊어서는 안 된다.

2006년 어느 날, 민주화운동기념사업회에서 원고 청탁을 해왔다. 1970년대와 1980년대의 출판문화운동에 관하여 글을 써달란다. 어디서 자료를 찾아야 될지 막막하기만 했다. 자료들이 제대로 보존되지 않았음을 절감했다. 50여 개의 출판사들에게 전화를 걸면서, 이들의 20여 년의 적응 과정을 엿보았다. 사람들의 반응은 가지가지였다. 그래도 가장 많은 자료는 한출협에 남았을 터. 이 단체는 제4기와 5기를 거치고 문을 닫았다. 그 시기 한출협을 책임졌던 사무국장들은 단체가 문을 닫을 때, 나병식 선배가 했던 말을 기억하고 있었다. "누군가는 깃발을 지키고 누군가가 간판을 보존해야 되지 않겠는가?"

한출협의 얼마 안 남은 임대보증금과 자료들이 풀빛출판사로 가서 보존되었음을 확인했다. 나 선배는 이미 풀빛출판사에서 손을 뗀 상황이었고 자료들을 찾아서 경기도 파주에 있는 풀빛의 창고로 들어서니 막막했다. 이 넓은 공간에 가득 찬 책들 속에서 어떻게 그 옛날 자료들을 찾는단 말인가? 풀빛에서 펴낸 책들이

종수가 많아서 그리 비좁지 않은 창고 안에서도 찾아내기가 여간 어렵지 않았다. 천정까지 가득 찬 책들 사이로 이리저리 뒤지고 다니는데, 그냥 포기하는 게 좋겠다는 생각이 자꾸 올라왔다. 그러다가, 어느 서가로 올라가 기어 다니면서 라면 상자들을 하나하나 꺼내어 내부를 뒤지기 시작하니, 오, 낯익은 책들이 쏟아져 나왔다. 드디어 내가 편집하여 1987년 6월 10일에 발간한 〈출판탄압백서〉를 찾아내었다. 이제 여기 나오는 일지를 근거로 글을 써 내려가면 되겠다. 먼저 출판탄압백서를 마스터 인쇄를 하고 원본은 민주화운동기념사업회에 사료로 기증했다. 1980년대에 출판사들은 한출협에 납본을 하기도 했다. 적어도 납본이 판금으로 이어지지 않는 곳이었으니까. 한출협 사무실에 있던 많은 책들은 창고에 대부분 두고 나왔는데, 언젠가는 정리가 되는 대로 사료로 기증할 날이 올까? 청탁 받은 원고를 다 써서 넘기고 나니, 마치 20대 중반에서 시작하여 15년을 투여한 세월을 비로소 정리한 듯한 홀가분한 느낌이었다.

나병식 선배는 민족민주출판의 역사에서 어떤 위치를 차지할까? 먼저 풀빛출판사는 1980년대 민족민주출판의 출발점에 서 있다. 광민사, 풀빛, 일월서각... 그들은 해직 언론인과 해직 교수들이 주도한 1970년대 출판이 유신체제 말기의 폭압과 신군부의 광포함에 꺾인 자리에서, 그들의 전통을 이어받은 '80년대 출판의 주체였다. 그 중에서 풀빛출판사는 '80년대 초, 중반을 주도한 출판사였다. 그 출판으로 〈자본주의 경제의 구조와 발전〉, 〈현대의 휴머니즘〉, 〈황토〉, 〈노동의 새벽〉, 〈고삐〉, 〈1970년대 노동현장과 증언〉, 〈죽음을 넘어 시대의 어둠을 넘어〉, 〈한국민중사〉, 〈만화 장길산〉, 〈풀빛 어린이〉 시리즈, 〈5.18민중항쟁사료전집〉 같은 기념비적인 책들을 포함하여 180여 종의 사회과학 책들을 펴내어, 1980년대의 사상의 지도를 그렸다. 또한 나병식 선배는 금요회와 한출협이라는 출판문화운동 주체들의 단체를 만들고, 동참하고, 지원하고, 책임졌으며, 마지막 간판까지 그 오랜 세월 동안 보관했다. 그 역사가 자신의 어깨에 지우는 책임을 결코 회피하지 않았다. 이 점은 반드시 기억해야 될 그의 본 모습이었다.

광주와 오월항쟁과 나병식

전 용 호

저항정신의 산실, 광주일고 학생으로

나병식은 1949년 2월 전남 광산군에서 태어났다. 광산군은 농업이 주된 산업으로 행정구역으로는 전남에 속하지만 광주에 인접하여 주민들의 생활은 광주와 밀접했다. 광산군은 1988년 광주광역시에 편입되면서 공업단지가 조성되어 농업과 함께 공업이 병존하는 지역이 되었다. 나병식은 광산군의 중심지인 송정리에서 초등학교를 마치고 광주의 명문인 서중학교에 입학했다.

광주 서중학교의 모체는 1920년에 설립된 광주고등보통학교(약칭 광주고보)다. 광주고보는 지역 영재들이 모여 드는 제일의 명문학교다. 명문학교가 된 이유는 호남지역의 영재들이 광주고보를 다니며 학문에 정진하여 널리 명성을 떨쳐 왔기 때문이다. 그러나 그보다 더욱 중요한 것은 불의에 항거하고 정의를 추구했던 광주고보 학생들의 저항정신이다. 그것은 일본제국주의 식민지 치하

---

* 작가, 5월항쟁 당시 투사회보 팀

에서 조국광복을 위해 투쟁한 불굴의 민족의식으로 싹이 텄으며 박정희 유신독재정권과 전두환·노태우 군부정권에 이르기까지 면면히 이어져 왔다.

광주고보는 국내에서는 3.1운동이 일어나고 해외에서는 상해에서 임시정부가 수립된 해인 1919년에 설립기성회가 조직되어 이듬해인 1920년에 창설되었다. 그것은 광주고보가 원천적으로 투철한 민족의식을 토대로 설립되었다는 것을 증명하고 있다. 광주고보의 민족정신은 1929년의 광주학생독립운동과 1943년의 제2차 광주학생독립운동으로 뜨겁게 타올랐다. 두 차례에 걸친 광주학생독립운동은 광주고보의 민족정기로 굳건히 자리 잡게 되었으며 이 정신은 빛나는 전통이 되었다. 1938년 광주고보는 광주서공립중학교(약칭 서중)로 명칭을 변경하였다. '서중'의 '서西'가 학교 명칭으로 붙은 이유는 식민지 치하 광주에 이주해 있던 일본인 자녀들을 위한 학교 명칭이 '동東중'이었고 광주고보는 지리적으로 서쪽에 있었기 때문이다. 그 후 한국전쟁이 한창이던 1951년 9월 학제가 변경되어 서중이 3년 과정으로 단축되고 1953년 5월, 고등 3년 과정으로 학생을 모집하여 '광주제일고등학교'가 문을 열었다.

광주학생독립운동의 빛나는 전통을 가진 광주서중·일고 출신들은 해방 후 변화된 정국에서도 국가와 민족을 위하여 민주화운동에 앞장서왔다. 특히 박정희 정권이 미친 듯이 독재의 칼날을 휘두르던 1970년대에 광주일고 재학생들은 누문동 교정에서 크고 작은 집회와 시위를 벌여왔다. 그뿐 아니라 일고를 졸업하고 서울로 유학을 간 일고 출신 대학생들은 정학, 제적 등 학사징계는 물론이고 감옥에서 몇 년씩 구금될 것을 감수하면서 앞장서서 시위를 주도했다.

나병식은 1962년에 서중에 입학하여 1969년에 일고를 졸업한다. 서중과 일고는 교문과 운동장이 모두 한 곳이고 교장도 한 분으로 마치 6년제 학교처럼 운영되었다. 나병식이 학교를 다녔던 60년대 중반은 박정희가 5.16쿠데타로 정권을 찬탈한 후 굴욕적인 한일회담을 추진하고 있던 시기였다.

그가 서중학교 3학년이 되던 1964년 3월부터 한일굴욕외교 규탄시위가 전국적으로 시작되었다. 3월 26일 광주일고와 광주농고 학생들의 한일회담 반대 연합시위가 벌어졌다. 오전 10시 30분 경, 광주일고 학생 약 1,400여명은 '학생탑'을 참배하고 충장로와 금남로를 거쳐 도청으로 시가행진에 돌입했다. 당시 일고는 전체 학생이 약 1,500여명이었는데 시위에 1,400명이 참여하였으니 전체 학생들이 참여한 셈이었다. 이듬해인 1965년 5월 3일 일고 학생 약 1천여 명은 운동장에 모여 '한일회담 반대 성토대회'를 마치고 금남로로 나가 가두시위를 벌였다. 학생들은 교문 밖에 대기하고 있던 경찰과 충돌하여 부상자가 여럿 생기기도 했다. 광주일고 학생들의 시위로 시내 고등학교 분위기가 술렁거리자 일고와 농고를 비롯한 몇몇 고등학교는 다음 날인 5월 4일부터 휴교를 하였다.

나병식은 가정 형편이 좋지 않았다. 농사만으로는 먹고살기 힘들어 어머께서 석탄가루를 뭉쳐 만든 조개탄을 팔아 살림에 보태셨다고 한다. 그는 학비를 대기도 힘든 집안 형편 때문에 일고에 진학하지 않고 장학생으로 광주상고에 진학했다. 그러나 광주상고가 그의 기대에 차지 않아 1년 후 다시 시험을 치러 일고에 입학하고 만다. 일고에 입학해 보니 서중에서 같이 공부하던 친구들은 2학년이 되어 있었다. 그는 다른 친구들보다 경제적인 현실을 훨씬 빨리 체득한 것이다.

초등학교와 서중은 1년 후배였고 일고는 함께 다닌 정찬용(전 인사수석)은 나병식을 자신에 비하면 어른스러웠다고 술회한다. 키 크고 덩치도 큰 나병식은 고등학교 1학년 때는 친구들하고 어울리지 않고 걸핏하면 오전 수업만 마치고 조퇴하거나 도서관에서 철학책에 탐닉했다고 한다. 그것은 어려운 집안 형편에도 불구하고 공부에 전념해야 하는 자신의 처지에 대한 고민의 시기였음을 짐작케 한다. 고등학교 2학년부터는 친구들과 어울리면서 정상적인 학교생활을 하여 반에서 간부를 맡기도 했다.

1968년 1월 23일 미국 정보함 프에블로호가 원산 앞바다에서 북한에 피랍당한 사건이 일어났다. 정부는 이 사건과 1월 21일 무장공비 31명이 청와대를 습격하기 위해 서울에 침투한 사건을 예를 들면서 반공 열기를 고조시켰다. 푸에블로호가 납북된 지점이 공해인가 아니면 영해인가 하는 문제와 승무원 석방 협상 과정에서 한국정부가 배제된 사실이 알려지면서 미국에 대한 적대감정이 고조되고 있었다.

3월 중순 경, 광주일고 학생들은 프에블로호 나포 사건의 진상 규명을 위한 시위를 벌였다. 그 시위는 당시 3학년이었던 정상용(전 국회의원), 김희택(전 평통 사무총장), 주석중(전남대 공대 교수), 박영규(세무사), 김영신(작고), 이양현(5.18유공자), 강상백 등 소위 '광랑'이라는 독서서클 출신 학생들이 주도하였고 나병식도 참여했다. 그들은 각 반 임원들에게 연락하여 학생들을 운동장에 소집시켜 성명서를 낭독하는 등 성토대회를 가진 후 교문을 열고 시내로 뛰쳐나갔다. 학생들은 충장로와 도청 앞을 거쳐 미국문화원으로 향했다. 이윽고 미국문화원에 도착한 학생들은 구호를 외치고 성조기를 내려 불에 태워버렸다. 학생들은 시위를 마치고 학교로 돌아왔다. 돌아오는 길에 경찰과 만났으나 큰 충돌은 없었다.

당시 미국과 불가분의 관계인 한국에서 '반미'를 쟁점으로 고등학생들이 시위를 했다는 것은 충격적인 사건이었다. 나중에 보고를 받은 경찰도 놀랐다고 한다. 경찰은 처음에는 시위 주동자 등에 관하여 조사를 하였으나 그 사실이 알려지면 자신들도 무사하지 못하겠다고 생각하고 학생 처벌 등의 징계조치 없이 사건을 종결하였다.

그 시위는 당시 일고의 이념서클인 '광랑' 회원들이 주도하였다. '광랑'은 1960년에 광주일고 36회 고현석(전 곡성군수), 박창규 등에 의해 '농촌연구반'이라는 명칭으로 창립되었다. 창립 당시 광랑의 활동은 일본제국주의 식민지시대에 펼쳐졌던 계몽주의 운동과 흡사하였다. 이후 70년대를 거치면서 '향토반'으로 이름을 바꾸었다. 광랑은 독서를 통해서 민족과 역사에 대해 탐구하면서 자연스럽게 시대의 요구에 따라 사회참여와 학생운동으로 확대 재생산되는 과정을 겪어 왔다. 1960~70년대 광주일고의 학생운동과 시위는 거의 대부분 '광랑' 출신들이 주도하였다. 나병식은 '광랑'에 회원으로 가입하지는 않았지만 그들 활동에 항상 동참하였다.

의식의 바탕을 일깨운 스승들

나병식이 일고를 다닐 때에 학생들로부터 여러분의 선생님들이 존경을 받았다. 대표적으로는 시인인 문병란 선생님과 수학을 가르쳤지만 진보적 이념을 가슴에 가득 품고 계셨던 강태풍 선생님, 세계사를 가르친 김용근 선생님, 영어선생님이지만 한시를 줄줄이 꿰어 칠판에 위에서 아래로 줄줄이 적어 놓고 해석을 하면서 호연지기와 선비정신을 가르쳤던 이민성 선생님이었다.

문병란 선생은 유신군부독재 체제에 반대하는 시인으로 유명하신 분이다. 선생은 수업 시간에 서정주 시인을 비롯한 문인들의 친일적 성향 등 반민족 문학인들을 신랄하게 비판하였다. 학생들은 문병란 선생님께 민족의식과 비판정신을 배웠다. 선생은 조선대로 옮겨가셨다가 5월항쟁으로 해직되셨다가 1980년대 후반에 복직되어 교단에 섰다가 정년퇴직을 하고 왕성하게 집필활동을 하고 계신다.

세계사를 가르친 김용근 선생님은 탄탄한 체격에 수업시간 내내 교실이 떠나가도록 쩌렁쩌렁한 목소리로 학생들을 가르쳤다고 한다. 수업시간 틈틈이 "사람이 살아가는 도리란 무엇인가?"와 "역사를 올바르게 알지 못한다면 학생탑을 바라보지도 마라!"고 사자후와 같은 고함을 치기도 했다고 한다. 선생은 학생들에게 교과서에서 배웠던 역사가 아니라 기층 민중의 시각에서 역사를 바라보도록 가르쳤다. 소위 '민중사관'을 가르친 것이다. 또한 친일사학자들에 의해 기록되어 있는 식민사관에 대해 신랄한 비판을 하였다. 학생들은 '아하, 역사를 저렇게 바라볼 수가 있구나.'라고 새롭게 느꼈다고 한다. 나병식은 서울대 국사학과에 입학하였고 풀빛출판사에서 민중사관에 기초한 서적을 많이 출판했다. 나병식의 고교시설 역사관에 영향을 끼친 스승이 김용근 선생님이었는지도 모른다.

선생은 일제에 항거하여 두 차례나 옥고를 치른 투철한 민족운동가다. 1917년 전남 강진 작천에서 태어나서 목포영흥보통학교와 평양숭실학교를 졸업하신 선생의 첫 번째 감옥생활은 1937년 영광 염산에서 야학 교사를 하다 신사참배를 거부하였다고 하여 치안유지법으로 6월의 실형을 받았을 때였다. 두 번째는 목포유달초등학교에서 교편을 잡으면서 연희전문학교 사학과에 다니던 1941년에는 독립운동으로 2년 6개월간 전주교도소에서 옥고를 치르고 해방 4개월 전인 1945년 4월에 석방되었다. 해방 후 경복고등학교와 전주고등학교에서 국사를 강의하다가 1960년대에 광주로 내려와 일고와 인연을 맺었다.

선생이 광주일고에서 교편을 잡았던 60년대 후반과 70년대 초반은 박정희 정권이 삼선개헌을 통과시켜 영구집권의 토대를 쌓기 시작하던 시기였다. 선생은 일고에서 세계사를 강의하면서 남들이 모두 다 귀찮아 마다하는 이념서클 '광랑'의 전신인 '향토반'의 지도교사를 맡는 한편 농구부를 육성하셨다. 1973년에는 전남고등학교로 옮겨 근무를 하시다 1976년 학생시위에 책임을 지고 사임하신 후에는 아예 고향인 강진으로 낙향하셔서 농사를 지으셨다.

강진으로 내려가셨을 때 선생은 61세로 회갑이셨다. 선생은 강진에서 농사를 짓는 한편 향토문화연구, 작천 노인대학 창설, 지역교회 등에서 강연과 저술활동을 계속하셨다. 그러나 편안히 여생을 보내셔야 할 선생은 1980년 민중항쟁에 관련되어 또 한 번 옥고를 겪으셔야했다. 그것은 수배 중인 제자 윤한봉(고인), 정용화 등을 강진 자택에서 보호하였다하여 범인은닉죄로 징역 8월에 집행유예 1년 6월을 선고받으신 것이다.

선생은 민족사학자이셨으며, 진지한 신앙인이고 민족운동가로서 민족분단의 극복과 민주화를 지향하는 민족교육을 통해 실천하셨던 참스승이었다. 선생이 일고에서 강단에 섰을 때 졸업했던 제자들 가운데 나병식, 정찬용, 이양현, 정상용, 김정길, 박형선, 고아석, 황지우, 최철, 최권행, 최연석, 고정석, 정용화, 특히 '광랑-향토반' 독서회 출신을 포함하여 민주화운동 활동가가 가장 많이 배출되었다. 선생의 영향으로 선생이 재직하였던 1973년에서 1976년 사이의 전남고등학교 출신에서도 민주화운동 활동가가 많이 배출되었다.

선생은 1985년 5월 숙환으로 향년 69세에 소천하셨으며 1987년 독립유공자, 2002년에는 광주민주화운동유공자로 추서되셨다. 선생이 가신 후, 평소에 선생을 존경하여 따랐던 광주일고와 전남고등학교 제자들이 〈석은碩隱 김용근 선생 기념사업회〉를 만들어 선생님을 기리고 있다.

전남대 민청학련 사건과 나병식

1974년의 민청학련 사건은 1973년 10월 이후 서울대 학생운동의 핵심인물이었던 이철, 유인태, 나병식 등을 중심으로 시작되어 대구, 부산, 광주 등 전국 대학으로 연결이 시도되었다. 구체적으로는 1974년 초 서울대와 경북대 그리고 전남대 등의 학생들이 모여서 전국적인 시위를 계획하였다.

전남대 민청학련 조직은 이철, 황인성, 나병식에 의해 연결되었다. 민청학련 사건이 일어나기 전인 1971년, 전남대는 광주일고 출신인 정상용, 김정길, 이양현, 박형선 등이 주도하여 '민족문제연구회'라는 이념서클을 창설하여 독서토론모임을 하고 있었다. 그러다가 1972년 교련반대시위로 정상용, 이양현 등이 군대로 강제 징집되었다. 1972년 말, 김남주와 이강이 '함성', '고발'이라는 제호의 지하신문을 만들어 배포하다 체포되어 구속되었다. 그 사건에 박석무, 김정길 등이 연루되었다가 1973년 중순에 석방되었다.

그 즈음 서울대에서 전국 각 대학연대 조직을 위해 활동이 시작되어 전남대 학생운동 조직과 연결을 갖기 위해 나병식이 함성지 사건으로 구금되었다가 출소한 김정길과 이강을 찾아 왔다. 그 중 김정길은 고등학교 동창이었다. 나병식과 별도로 이철과 황인성도 전남대 학생운동 조직과 연결을 위해 박석무, 김정길, 이강 등을 통해 접촉을 시도해왔다. 김정길은 나병식, 이철에게 윤한봉과 김상윤을 소개하여 전남대의 학생운동이 전국 민청학련 조직과 연결되었다. 전남대학교 민청학련은 4월 9일을 예정일로 정하고 시위에 돌입하여 체포되었다. 관련자는 윤한봉, 이강, 김상윤, 김정길, 박형선, 문덕희, 유선규, 정환춘, 이훈우, 최철, 성찬성 등이다.

〈죽음을 넘어 시대의 어둠을 넘어〉 제작 경위

1985년 5월 출간된 〈죽음을 넘어 시대의 어둠을 넘어〉(이하 〈넘어넘어〉)는 5.18광주항쟁을 기록한 여러 책자 가운데 '최초'이자, 가장 널리 알려진 '고전'으로 꼽는다. 하지만 〈넘어넘어〉의 제작과정은 지금까지 정확하게 알려진 바가 없어 사람들 사이에 꾸준히 관심사가 되어왔다. 이 책이 세상에 빛을 보게 되기까지는 많은 사람들의 노력과 희생 그리고 험난한 우여곡절을 거쳐야 했다.

1985년 5월 〈넘어넘어〉가 완성돼 책자 형태로 세상에 선보일 때까지는 몇 차례 중단될 위기를 겪고서야 가능했다. 기록을 위한 노력은 항쟁의 여진이 아직 채 가시기 전인 1980년 말부터 시작됐다. 초기 자료수집 작업은 정용화(광주전남민주화운동동지회 상임대표), 조봉훈 등에 의해 본격화됐다. 이들은 진실규명을 위해 반드시 책자를 발간해야 한다는 뚜렷한 목표를 가지고 움직였다.

5.18항쟁 직후 살얼음판 같았던 광주 분위기에서 자료 수집 작업은 진행되었다. 이때 자료수집에 협력했던 주요 인사들은 다음과 같다. 기독교계에서는 강신석(목사), 정등룡(목사), 나상기(기독교농민운동), 최철(기독청년회) 등이 도왔다. 부상자나 사망자에 대한 자료는 전홍준(내과의사), 윤장현(광주광역시장. 의사) 등 의료계 인사들이 가져다주었다. 김양래(전 광주천주교정의평화위원회 간사)는 천주교 쪽 자료 수집을 맡았고, 이승용(당시 전남대 총학생회 부회장)은 학생관련 자료를, 황일봉(전 광주 남구청장)은 '양서조합' 독서클럽 회원들을 중심으로 자료를 모았다. 항쟁 당시 투사회보를 제작했던 들불야학 팀들은 김성섭(당시 노동자)이 중심이 돼 윤순호, 나명관, 오경민 등이 나서서 자료를 수집했다. 구속자들의 뒷바라지를 하던 여성모임 송백회 회원들도 협력하였다. 김상집은 5.18 기간 동안 '녹두서점'에서 매일 상황일지를 작성하였고, 스스로 시민군의 일원으로 YWCA 등에서도 활동을 펼쳤다. 출소 후 증언과 자료수집에 적극 참여하였다.

이때 수집된 자료는 항쟁 당시 개인들이 써놓은 목격담, 일기, 수기를 비롯해, 성명서, 병원 진료기록, 판결문, 공소장 등 재판 기록, 사진까지 포함돼 있었다. 수집된 전체 자료의 분량은 대략 사과상자 6박스 정도였다. 일부 사망자나 구속자 명단도 있었고, '전두환 살륙작전'(김현장 집필), '찢어진 깃폭'(김건남 집필) 등도 포함돼 있었다.

1981년 7월초, 자료수집 작업은 뜻밖의 사건이 터지면서 갑작스럽게 중단되는 사태를 맞았다. 조봉훈이 1980년 10월부터 5.18 진상규명과 민주화투쟁을 촉구하는 '자유언론' 등 유인물을 계속 만들어 배포하던 '모임 아들' 사건에 연루되어 구속된 사건이 발생했기 때문이다. 하지만 대부분의 중요한 자료는 정용화와 김상집이 미리 복사하여 감춰 두었기 때문에 나중에 이를 토대로 후속 작업을 이어갈 수 있었다.

1984년 11월 18일 '전남민주청년운동협의회'(이하 '전청협')가 출범했다. 초대 의장에 정상용, 부의장은 정용화가 맡는다. 정상용과 정용화는 '5.18진상규명'을 전청협의 가장 중요한 사업으로 삼았다. 보관해 온 5.18자료를 바탕으로 새롭게 정리하여 극비리에 출판 작업을 추진키로 했다. 1984년 10월 초 정상용은 이재의에게 집필 작업을 제안했다. 당시 전남대 경제학과 3학년 복학생이었던 이재의가 이 작업을 하는데 적임자로 꼽힌 이유는 세 가지였다.

집필에 따른 전반적인 사항은 이재의가 책임지고 수행하기로 하였다. 작업할 실무팀 및 내용 구성, 집필 방향 등을 모두 일임했다. 다만 복사비나 취재에 소요되는 비용 등 작업에 필요한 돈은 정용화가 지원키로 했고, 집필이 완료됐을 때 책을 출판하는 문제는 3명이 함께 방안을 찾기로 했다. 항쟁 5주년을 맞는 1985년 5월 이전까지는 어떤 일이 있더라도 이 책을 출판하기로 목표를 정했다. 늦어도 3월말까지는 원고가 완성돼야 했기 때문에 일정이 빠듯했다.

이재의 집필팀은 정용화가 보관한 자료를 며칠에 걸쳐 분류한 다음, 곧바로 취재에 착수하였다. 이 작업이 본격화된 1984년 말은 이미 수집된 자료가 충분히 있었고, 1981년에 비해 5.18관련자들이 모두 석방된 상태라 상황을 종합적으로 파악하고 확인하기가 훨씬 수월했다. 집필팀은 항쟁당시 주요 사건별로 관련된 핵심 인물 40여명과 목포 등 지역별로 주요 인사들을 골라 취재를 진행하였다.

그때 취재한 주요 인물들은 분야별로 다음과 같다. 투쟁위원회와 도청 최후 상황은 시민군 지도부였던 투쟁위원회 위원장 김종배(조선대 학생), 외무담당 부위원장 정상용, 故 허규정(조선대 학생), 기획위원 이양현(노동운동)과 윤강옥(민청학련 관련 운동가), 민원실장 정해직(교사), 안길정(전남대 학생) 등에게 들었다. 도청 앞 분수대 궐기대회 상황은 홍보부장 故 박효선(교사)을 비롯해 전남대생으로 함께 문화패 활동을 하던 김태종, 김선출 등이 증언했다. 투사회보는 전용호(전남대 학생), 김성섭(노동자)이 그리고 조직적인 무장을 통해 전투에 참여한 시민군 분야는 투쟁위원회 상황실장 박남선(사업), 윤석루(기동타격대장), 김태찬(기동타격대), 김원갑(차량편성, 재수생), 위성삼(조선대 학생), 나명관(노동자), 김상집 등이 증언하였다. 전투지역별로는 화정동, 산수동, 교도소부근, 지원동, 운암동, 백운동 등 광주에서 함평, 담양, 화순, 장성, 나주 방향으로 이어지는 외곽지역 계엄군과 대치지역 전투상황을 주로 취재했다. 목포(故 안철, 최문, 양지문, 명재용), 여수와 순천(김영우, 김추광), 나주(양천택, 김규식, 최광렬), 화순(故 장두석, 정규철, 이선, 신만식), 보성(양해수), 무안(윤금석, 이범남), 영암(김준태, 유지광), 해남(김덕수, 민충기, 김성종, 박행삼, 조계석), 완도(박충렬, 김운기), 전주(이상호, 노동길, 김종훈), 서울(김영모, 김판금, 김홍명), 조선대(김수남, 권광식, 임영천) 등 주요지역도 취재팀을 나눠서 돌아다녔다.

감시가 심하던 때라 취재원을 만나는 것 자체가 어려웠다. 보안이 지켜질지 우려됐지만 끝까지 취재원으로부터 문제는 발생하지 않았다. 진실을 알리고자 하는 열망이 취재원과 공유되지 않았다면 어려운 일이었다. 두 달가량 취재를 마치고 집필 작업을 거쳐 원고는 4월 초순에야 겨우 끝낼 수 있었다.

자료정리와 취재를 위해 필요한 돈은 정용화가 광주 무진교회 강신석 목사를 통해 기독교계에서 5.18 자료수집 활동과 관련 일정 금액을 지원받았다. 또한 운동권 선배 몇 사람들도 자진해서 돈을 내놓았다. 이 가운데 당시 기독교사회문제연구원에 근무하던 임상택은 자신이 쓴 책 〈알기 쉬운 한국경제〉 인세 중 절반인 100만원을 집필자의 생활비로 사용토록 매월 25만원씩 4개월 동안 정상용을 통해 집필팀에게 지원했다.

원고가 완성되자 정상용이 나서서 집필책임자와 출판사를 물색하였다. 전청협과 필진들을 보호하기 위해서는 든든한 방패막이가 필요했다. 책이 나오게 되면 집필자는 물론이고 출판사 대표도 모두 구속될 것이 예상되는 상황이었다. 몇 명의 원로급 인사를 만나 부탁했지만 모두 난색을 표명했다. 여기저기 의사를 타진하던 중 전남사회운동협의회(이하 '전사협') 전계량 대표가 책임을 지겠다고 동의했다. 전계량 대표는 자식을 5.18항쟁으로 잃고 5.18유족회 회장을 맡고 있었다. 전사협 대표자회의에서는 전계량 대표의 제안을 별다른 이견 없이 추인했다. 전사협은 전청협을 비롯해, 5.18유족회, 5.18부상자회, 가톨릭노동청년회, 가톨릭농민회, 기독교농민회, 기장청년회 전남연합회, 광주기독청년협의회EYC, 광주기독노동자연맹, 민중문화연구회 등 전남지역의 다양한 사회운동조직 10여개 단체가 모여 만든 협의체였다.

출판은 정상용 회장이 '풀빛출판사' 나병식 대표에게 부탁하였다. 정상용과 나병식은 고교 3년간 같은 반으로 함께 공부했던 친구였다. 풀빛의 나병식 대표는 추호도 망설이지 않고 승낙하였다. 출판사가 결정되자 그다음 과제는 집필자를 누구로 할 것인가였다. 그 문제를 둘러싸고 서울과 광주에서 민주화운동가들이 몇 차례 회의를 하였다. 서울에서는 나병식, 정상용, 문국주, 광주에서는 정용화, 이재의, 전용호 등이 참석했다. 이 자리에서 황석영 소설가가 좋겠다는 의견이 나왔다. 황석영 소설가가 집필 책임을 졌을 때 몇 가지 효과가 기대됐기 때문이다. 첫째, 유명한 작가이기 때문에 출판했을 때 대중적 파급 효과가 커서 5.18항쟁의 진상을 더 많은 사람에게 알릴 수 있을 것이라는 점이었다. 둘째, 국내외에 널리 알려진 작가이기 때문에 수사당국에서 쉽사리 그를 연행하거나 구속하지 못할 것이라는 점. 셋째, 감수자의 입장에서 책의 완성도를 더 높일 수 있을 것이라는 기대였다.

1985년 4월 중순 서울에서 열린 최종 회의에 김근태(당시 민청련 의장, 전 보건복지부장관), 신동수(민문련, 풀무원 창립위원), 채광석(민통련, 문학 평론가, 작고), 나병식(풀빛출판사 대표), 정상용(전청협 의장), 황석영(소설가) 등이 참석했다. 황석영은 이 자리에서 집필 책임을 맡겠다고 수락했다. 나병식과 황석영이 출판과 집필의 책임을 전적으로 감당한다는 결정을 한 것이다. 당시 상황으로 보아 조직 사건이 될 수도 있으니 출판사와 집필자 두 사람 외에는 그 누구에게도 피해가 확산되어서는 안 된다는 게 참석자들의 생각이었다.

4월 중순 타이핑된 복사본 초고가 황석영 작가에게 넘겨졌다. 초고는 황 작가가 자신의 손으로 전부 원고지에 다시 옮겨 쓰기로 했다. 출판과 동시에 들이닥칠 사찰당국의 탄압에 대비해서 작가가 책임지기 위한 방책이었다. 이후 황 작가는 서울 풀빛출판사 옆에 자그마한 여관에다 자리를 잡고 책이 출판될 때까지 한 달 반 이상 두문불출하며 원고를 완성했다. 본문과 부록은 문장만 다듬고, 머리말과 서문에 해당하는 '역량의 성숙' 부분을 황 작가가 직접 썼다. 독자들이 읽기 수월하게 수많은 소제목도 황 작가가 달았다. 제목 〈죽음을 넘어 시대의 어둠을 넘어〉는 문병란 시인의 '부활의 노래'라는 시에서 따왔다. 이와 같은 우여곡절 끝에 〈넘어넘어〉는 최초의 완성된 책자 형태로 1985년 5월 20일 '전남사회운동협의회 편, 황석영 기록'이라는 명찰을 달고 세상에 얼굴을 보인 것이다.

그러나 출판이 순탄하지 않았다. 〈넘어넘어〉 초판 2만부는 인쇄를 마치고 제본소로 넘겨졌는데 그곳에서 감시를 하던 정보경찰에 의해 압수되고 말았다. 그날부터 황석영 작가와 나병식 대표는 수배가 되었다. 책이 압수되었다는 소식을 들은 나병식은 그때부터 은신처를 옮겨가면서 경찰 감시가 소홀한 인쇄소와 제본소를 찾아 다시 책을 출판하였다. 이번에는 표지에 칼라 인쇄를 못해 활자로 제목만 인쇄한 상태로 출간할 수밖에 없었다.

〈넘어넘어〉는 출간되자마자 전국의 서점에서 비밀리에 팔리면서 지하 베스트셀러가 되었다. 국민들은 〈넘어넘어〉를 몰래 가슴 조이며 읽고서 통탄하며 울분을 터뜨렸다. 잔혹했던 학살과 처절했던 참상의 전모를 비로소 알았기 때문이다. 5월항쟁이 발발한 지 5년 만에 〈넘어넘어〉가 출간됨으로써 항쟁의 실상이 처음으로 전 국민 앞에 밝혀지기 시작한 것이다. 나병식은 피신 생활을 계속하다가 1년 후 구속되었다.

당시 공안 당국은 김지하 시인의 전례를 보아 대중적으로 알려진 황석영을 구속하여 재판을 하게 되면 광주의 진상이 더욱 세상에 널리 알려질 것을 우려하여 출국을 권고했다. 황석영은 그 직후 독일 베를린에서 열린 '제3세계 작가대회'에 참석했다가 유럽, 미국, 일본 등지를 순방하며 해외 민주화운동 인사들과 광주항쟁 보고대회 등을 개최하는 활동을 벌였다. 그 후 풀빛출판사는 저자에게 주는 인세를 정용화에게 전달하였다. 정용화는 그 돈을 광주지역 민주화운동 활동자금으로 사용하였다.

〈넘어넘어〉는 1985년 10월 21일 일본에서 〈광주 5월 민중항쟁의 기록〉이라는 제목으로 번역돼 출판됐다. 부제로 〈죽음을 넘어, 시대의 어둠을 넘어〉라는 이름을 달았는데, 번역자는 '광주의 거추모회', 발행소는 동경에 위치한 '일본가톨릭 정의평화위원회'였다. 영문본은 1999년 미국에서 〈광주일지: 죽음을 넘어 시대의 어둠을 넘어〉Kwangju Diary: Beyond Death, Beyond the Darkness of the Age라는 제목으로 UCLA대학(캘리포니아) 출판부에서 출간됐다. 수많은 난관을 뚫고 5.18항쟁기록이 온전하게 세상에 알려지게 된 것은 진실을 밝히고자 노력한 많은 분들이 오로지 '항쟁의 진상을 제대로 알려야 한다.'는 목표 하나로 매진했기 때문이다.

1985년 5월 20일 풀빛출판사를 통해 세상에 나온
〈죽음을 넘어 시대의 어둠을 넘어〉 초판.

5월항쟁의 처절했던 구술기록들을 펴내고

1988년 5월항쟁으로 구속되어 옥고를 치른 후 해직상태로 있던 전남대 송기숙 교수가 중심이 되어 5월항쟁 관련자들의 구술기록 작업을 시작했다. 5월항쟁은 2백여 명이 사망하고 2천여 명이 부상, 그 외에도 2천여 명이 연행 구금되어 5백여 명이 실형을 받은 사건이다. 무고한 시민이 정규군에게 백주대낮에 대검과 방망이로 구타당하고 총으로 난사당한 처참한 사건이다. 시간이 지나 기억이 사라지기 전에 그 사건을 증언하고 그 증언을 기록해야 한다는 공감대가 확산되었지만 전두환 노태우 군사정권이 권좌에 앉아 있는 상황에서 쉽게 나설 수가 없었다.

1978년 6월 박정희 유신독재정권에 저항하여 전남대 동료교수 11인과 함께 '민주교육지표선언'사건을 주도한 전력을 지닌 송기숙 교수는 5월항쟁구술기록작업을 시작하면서 1985년 〈넘어넘어〉를 용기있게 출간한 나병식 대표에게 함께 해줄 것을 요청했다. 이번에도 나병식 대표는 한순간 망설임 없이 승낙하였다. 그렇게 하여 탄생한 것이 〈한국현대사사료연구소〉와 〈5.18민중항쟁사료전집〉이다. 나병식은 〈한국현대사사료연구소〉의 이사를 맡고 〈5.18민중항쟁사료전집〉을 출간하였다.

〈5.18민중항쟁사료전집〉은 5월항쟁에 참여한 5백 명의 증언으로 원고지 2만 5천매의 분량을 1,652쪽의 단행본으로 엮은 방대한 자료집이다. 수십 명의 연구원들이 5백 명의 증인들을 수소문하여 찾아내고 만나 항쟁의 목격담이나 체험담을 들으면서 녹음하고 다시 풀어 원고지로 일일이 기록해서 책으로 엮어낸 것이다. 1988년부터 시작하여 1990년 5월에 간행했으니 무려 3년에 걸친 큰 작업이었다.

〈5.18민중항쟁사료전집〉 발간주체인 〈한국현대사사료연구소〉 이영희 이사장은 "피로 씌어진 역사를 잉크로 쓴 역사로 가릴 수 없다."고 발간사에서 토로했다. 아울러 "이 사료전집에 수록된 증언 한 마디 한 마디는 글자가 아니라 선혈이다. 10년이 지난 지금도 두려움에 떨면서 증언을 고사하는 사람들의 입에서 한 줄의 목격담, 체험담을 얻어내기란 쉬운 일이 아니었다. 평생을 불구로 살아야 할 군부독재권력의 희생자들의 증언은 그들 자신의 처절한 체험일 뿐만 아니라, 어쩌면 영원히 그 정확한 수조차 밝혀지지 않을지 모르는 무수한 원혼들의 피의 증언이다. 그러므로 이 사료전집을 읽는 우리들은 지금도 눈을 감지 못하고 천지간을 떠돌아다닐 그 날의 영웅적 투사들의 울부짖음을 들을 것이다."고 술회했다.

수십 명의 연구원이 3년 동안 참여하는 방대한 작업이었기 때문에 가장 큰 문제는 재정문제였다. 〈한국현대사사료연구소〉는 발간 후 1권씩 구입하는 조건으로 1구좌 10만원의 후원계좌를 개설하여 재정을 꾸려갔다. 나병식 대표는 〈한국현대사사료연구소〉의 이사를 맡아 송기숙 교수와 함께 후원인 모집부터 연구의 기획과 출간까지 총괄적으로 참여하여 1990년 5월 풀빛출판사에서 〈5.18민중항쟁사료전집〉을 간행하였다. 사료집 출간을 계기로 〈광주5월민중항쟁 10주년 기념 전국학술대회〉를 기획하고 추진하였다. 그는 1997년까지 〈한국현대사사료연구소〉 이사를 맡았다.

나병식 대표는 〈넘어넘어〉와 〈5.18민중항쟁사료전집〉 출간에 적극적으로 참여하였다. 그 이유는 자신이 태어나고 자라면서 의식의 성장기에 자양분을 주었던 고향인 '광주'와 5월항쟁으로

산화하신 동지들에게 자신의 의지와 열정을 되돌려 줄 수 있는
기회가 주어졌기 때문이었을 것이다. 그것은 그에게 주어진 역사
적 과업이기도 하겠지만 그의 인생에서 커다란 행운이다.

제2부

우리는 더불어 파도였다

저 세상에서도 꼭 다시 사귀고 싶은 풀빛

고 현 석

　내게 다가오는 사람을 뿌리치지도, 내게서 떠나가는 사람을 붙들지도 않고 살아 왔다. 시대의 영향도 있었다고 보지만, 본디 성품 같기도 하고, 5대 장손으로 자란 탓 같기도 하고, 그 원인은 잘 모르겠다. 풀빛 나병식이 유신시대 청년학생운동에도, 광주항쟁 기록에도, 출판문화운동에도, 아무런 기여가 없는 나를 그가 주도한 '균형사회를 여는 모임'에 어떤 연유로 끌어넣었던 지를 역시 모른다. 알려고 해 본 적도 없다. 다만, 어느 날 갑자기 내게 나타났는데, 예전부터 잘 알던 사이이기나 한 것처럼 스스럼없이 가까워졌었다. 풀빛출판사에 대한 평소의 호감 정도로는 설명할 수 없는 속도와 깊이였다.

　내 생애에서 새로운 인간관계의 폭을 크게 넓혀주고 이를 통해 새로운 세상을 안내해 준 후배가 두 사람 있는데 풀빛이 그 중 하나다. 비록 후배이지만 내게 많은 가르침을 준 사람이다. 선배

---

* 곡성강빛마을 촌장

를 능히 품에 안고, 그 기댐을 능히 받아주었다. 그런 풀빛이 홀연히 떠나버리고 없다. 많이 모자란 탓으로 무슨 일이 생기면 내가 좋아하고 믿는 사람의 의견에 따라가는 경우가 많은데, 그 중 큰 기둥이던 풀빛이 사라져버렸으니 갑갑할 때가 많아 참으로 아쉽다.

풀빛은 생김새도 우람하지만 행동도 크막크막했다. 거칠어 보이지만 잔정이 참 많은 사람이다. 술도 잘 했다. 내겐 그와의 관계에서 술판이 제일 힘든 일이었지만 딱히 강요하지는 않아서 고통스럽지는 않았다. 다만, 새벽까지 이어지는 경우에는 체력이 달려서 술 때문이 아니라 졸음 때문에 고통스러웠던 적이 종종 있었다. 특히 갈현동 김중배 선배님 댁을 찾을 때 나를 불러 함께 간 적이 몇 번 있었는데, 연령적으로 나를 새에 둔 선배와 후배가 밤새워 술잔을 비워대는 데에 찬탄을 금할 수 없었다. 풀빛은 체구나 우람하지만, 김 선배님은 깡마른 분이신지라 내심 걱정했었는데, 풀빛이 먼저 가고 없으니 이치로 따질 일은 아니지 싶다.

풀빛을 저 세상에 보내고 나서 가장 미안하고 아쉬운 것은 그를 현역정치인으로 키워내지 못한 것이다. 그에겐 정치참여의 소망이 있었다. 당당한 행태로 해내고 싶어 했다. 그 성공은 풀빛 개인에게 생애에 보람 있는 또 다른 족적을 남기는 길이면서 동시에 우리 정치에 신선한 바람이 될 수 있었을 터이다. 아쉽다. 풀빛에게는 자신의 입신에 앞서 항상 좋은 사람을 하나라도 더, 좋은 세력을 조금이라도 더 현실정치에 참여시켜야겠다는 열망이 있었다. 그 길에 도움이 되는 길을 찾아 헤매고 애썼다. 그래서 더욱 아쉽다. 지방자치에 투신해서 정치권에 몸을 담고 있던 나를 이른바 정치판에서 더 큰 자리, 쉽게 말해서 국회에 진출시키고 싶어 했다. 내 놓고 얘기는 안했어도 그럴만한 계기가 있으면 꼭 나를 끼워 넣는 데에서 쉽게 짐작할 수 있었다. 그 때마다 미안하고 민망스러운 것은 공적 직위에 따르는 사회적 서열이다. 그는 나이대접 핑계를 대고라도 어떻게든 전직 군수 이상의 직위에 나를 올려놓고자 해서 민망했다. 남의 직위에 의전상의 서열 이상의 의미를 부여하지 않을 뿐만 아니라 내 직위에는 그마저도 의식하지 않고 사는 것이 내 철학이지만, 남들과의 관계에서는 그럴 수만은 없는 일이다. 종종 민망스러웠지만 언제나 내가 그의 제안을 받아들였던 것은 혹시라도 풀빛을 국회에 진출시키는 데에 작은 도움이라도 되고 싶은 나대로의 소망이 있어서였다. 그러나 풀빛을 크게 돕지 못했기에 그 때나 이제나 미안한 마음이다.

풀빛으로 인연해서, 이명한 선생님을 비롯한 '균형사회를 여는 모임'의 많은 좋은 분들과 교분을 쌓는 복을 누렸고, 이이화 선생님을 모시고 단동에서 압록강 따라 백두산에 오르고 두만강 따라 하구까지 답사하는 행운을 얻었으며, 북아현동과 서대문과 광화문 거리의 술집에서 마음이 통하는 사람끼리 편한 술자리를 즐기는 행복을 누렸다. 고마운 사람, 사무치게 그립다. 그러나 하늘의 일은 사람 맘대로 할 수 없고, 풀빛 나병식이 아무리 그리워도 저 세상으로 가버린 사람을 이 세상에서 다시 볼 수는 없구려. 문득 생각이 날 때면 너털웃음 웃으며 마음으로 술 한 잔 나눌 수밖에. 혹 저 세상에 가서 선택할 기회가 주어진다면 다시 만나 오래오래 사귀며 살고 싶은 사람, 풀빛 나병식. 이 세상에 대한 연민일랑 이 세상 사람들에게 맡겨두고, 부디 풀빛다운 풍모로 저 세상의 나날을 시원스레 보내시구려.

서성이는 젊은 벗들에게

곽 병 찬

천생 전라도 촌놈(박승옥), 그러나 그가 몸을 움직이면 필시 바람이 되고 파도가 되어, 방파제를 타고 넘는 만파였다(홍성담). 아무리 급해도 급할 것 없고, 아무리 어려워도 어려울 게 없었으며, 아무리 난감해도 주저함이 없었고(이철), 살아서 한번 생명을 내줬으니 집착하고 욕심 부릴 게 어디 있을까, 모든 걸 내려놓고 떠났다(함세웅).

나병식. 20일 작고한 그에 대한 기억을, 오늘도 어느 길모퉁이에서 서성이는 젊은 벗들과 함께 나누려 하네.

1974년 11월 13일치 〈동아일보〉 사회면에 실린 1단짜리 단신. "민청학련 사건으로 수감 중인 서울문리대생 나병식 군의 어머니 김○○ 부인과 동생 영순 양, 병문 군이 11일 오전 7시반경 전남 광산군 자택에서 잠자다 연탄가스에 중독돼 남매는 숨지고 어머니는 중태에 빠졌다." 그리고 1975년 2월 17일치 단신. "15일

* 한겨레신문 대기자

밤 9시 10분, 교도소 문을 나서는 나병식 군에겐 슬픈 소식이 기다리고 있었다. 옥살이를 하는 동안 두 동생이 연탄가스에 중독돼 숨졌던 것이다." 빈농의 아들로 태어나 가족의 희생과 헌신 속에서 서울대생이 되었지만, 그는 가족의 아들이 아니라 세상의 아들이 되었다.

1974년 4월 비상보통군법회의는 민청학련 사건 주모자라는 그에게 사형 선고를 내렸다. 1975년 형집행정지로 가석방됐지만, 이후의 삶은 시대의 제단에 바쳐진 그야말로 여생이었다. 모두가 움츠러들었을 때 그는 일어섰고, 주저할 때 앞장섰다. 누이에게 하늘의 별을 따줄 만큼 큰 덩치로 뚜벅뚜벅 걸어갈 때면 그 곁에만 있어도 벗들은 안심했다. 표적은 늘 그였다. 그렇게 그는 제 마음속의 별(민주주의와 정의)을 바라보며 어둠을 뚫고 나갔다. 그 끔찍한 긴급조치 9호를 비웃는, 첫 시위(1975년 5.22 사건)로 다시 구속됐다. 1980년 신군부의 합수부는 그를 내란음모 사건으로 체포했고, 전두환 정권은 광주항쟁의 진실을 알린 〈죽음을 넘어 시대의 어둠을 넘어〉로 수배했고, 수배 중에도 〈한국민중사〉를 출간했다가 또다시 구속됐다…

고리타분한 훈계나 어설픈 교훈을 늘어놓으려는 건 아니라네. 사람은 기억으로 남는다는 것, 그 기억이 아름답고 향기롭기를 바라는 마음이야 세상 누군들 다르겠는가. 그 당신으로 말미암아, 그는 내 마음의 작은 별이 되었지. 외롭고 두렵고 슬플 때면, 조용히 눈을 감고 헤아려보는 그런 별 말일세. 세상 누구에게나 그런 별은 있는 법. 잇따른 저 견고한 벽과 어둠 앞에서 서성이는 젊은 벗들도 마찬가질세. 별은 어두울수록 더욱 빛나니까.

"별이 빛나는 창공을 보고, 갈 수가 있고 또 가야만 하는 길의

지도를 읽을 수 있던 시대는 얼마나 행복했던가?" 기억조차 사라진 이성의 시대의 회복을 꿈꾸던 죄르지 루카치의 말은 오늘 우리에게처럼 절실한 적은 없다네. 왕조는 사라졌다지만, 제왕과 귀족의 자리에 들어선 것은 자본과 자본가, 사람은 그 종이 되어가고 있지. 그 횡포를 막아야 할 권력은 오히려 저항하는 이들을 억압하는 마름이 되었다네. 지금도 모두가 누려야 할 것들(의료, 교육, 물, 가스, 철도 등)을 남김없이 자본에 넘기려 하고, 거부하면 내쫓고 짓밟는 일이 진행되고 있지. 빵과 자유, 종과 인간 사이에서 방황하고, 그나마 배부른 종이 되기도 힘든 형편이니, 서성이는 그 마음이야 오죽하겠는가.

타계하기 전 그의 지인들은 노래 '부용산'을 한영애, 안치환, 이동원 등 여러 버전으로 들려줬다네. 말 못하던 그의 눈가에 이슬 맺힌 걸 보면, 먼저 간 누이에 대한 사무친 안타까움은 여전했던 것 같네. 누이 하나 못 지켜준 못난 오라비... 그러나 지금쯤 아직도 열여덟 꽃다울 누이와 상봉했을지 어찌 알겠나. '오빠, 고생했어. 그런데 왜 이리 늙었다우?' 그래서 국립 5.18 묘역에 안장되는 것도 마다하고, 굳이 가족 곁에 묻히려 했던 걸까.

오늘은 밤이 더욱 어둡기를 기다려 별을 찾아보려 하네. 찬연하게 빛날 오뉘의 별을 말일세. 어찌 알겠나. 그 빛에 내 안의 어둠 또한 씻겨 나갈지.

— 한겨레 2013.12.26 곽병찬 칼럼

만파! 나는 그대의 영원한 하부였다

김 경 남

1974년 5월경, 서울구치소 1사舍 상上 3방房의 펭끼통(화장실)에서 1사 상 10방의 지하芝河 형(그를 한때 우리는 형이라고 존경한 적도 있었다)과 통방通房하는 소리를 듣고, 1사舍 하下 10방房의 한 사람이 말을 걸었다.

"경남 형! 나여~ 원희! 나 어제 들어 왔어여~"

외국어대학교 학생으로 KSCF 회원인 이원희(목사, 현 민청학년사 편집위원) 군이었다.

"그런데, 며칠 전 정보부가 발표한 도표를 보니까 형이 나병식형의 하부下部인 한신대 책責으로 나와 있데여~"

캠퍼스가 닫히면 반정부 시위를 책임져야 할 KSCF의 선배가 왜 '민청학련' 도표에 서울대생 나병식의 하부로 발표되어 있느냐는 말이었으리라.

반정부 시위가 일어나면 계엄령이 발포되고 휴교령이 내려 학

---

* 목사

원의 투쟁이 중단되는 이제까지의 악순환을 벗어나기 위해, 이번에는 휴교령이 내리면, KSCF를 중심으로 운동을 이어간다는 약속이 되어 있었던 것이다. 나는 KSCF 선배인 김동완(목사, 전 KNCC 총무, 작고) 형의 지시로 학원 측의 연락임무를 맡고 있다는 나병식을 만나 양측의 정보를 교환하기로 된 것이었다

그리하여 그해 1월부터 나는 나병식과 매주 한 번 씩 정기적인 접촉을 하여 왔다. 그런 가운데 2월에 대학을 졸업한 나는 이미 결심한 대로 한국신학대학에 학사 편입을 하여, 3월부터 수유리로 등교하게 되었다.

한신대생이 되어 신학을 공부하기 시작한 지 20여일이 지난 어느 날 예기치 않은 일이 나를 기다리고 있었다. 2학년생 김진열(목사) 등 5~6명이 나를 찾아와 시위 준비를 도와 달라는 것이었다. 1월 도시산업선교회 목회자들이 유신철폐를 주장하다 구속되었는데 그중에 한신대 선배들도 구속되어 있어 그들의 석방을 위한 시위를 하겠다는 것이었다. 이들 중 김군 등은 서울제일교회의 중고등부 반사(班師)로, '남산 부활절 예배'사건으로 구속된 박목사 등 성직자들의 석방을 위한 기도회 등을 개최하는 일들을 했는데, 마치 내가 프로 운동권이라도 되는 줄 알고 있었고, 그래서 자기들이 시위를 한다면, 쌍수를 들어 환영하고 도와 줄 것이라고 생각하였던 것이다. 그리고 그들이 하려는 것이 바로 우리가 준비하던 것이 아니었던가? 그들의 용감한 결단에 당연히 해야 했지만, 학원 측과의 약속이 더 큰일이었으므로 그들과 함께 할 수 없는 것이 안타까웠다. 그러나 그 일을 그들에게 털어 놓을 수도 없었던 나는, "나는 신학자가 되려고 한신대에 왔다. 미안하다. 나는 공부만 하려고 한다."라고 완곡히 거절하였다. 수차례 꾸준

히 매달려도 소용이 없자 그들은 마침내, 경멸의 눈빛으로 비겁자라고 비난을 하기에 이르렀다. 그 지경까지 이른 나는 순간적으로 자존심이 상하였다.

하는 수 없이 그들의 뒤를 따라 수유리 버스 종점 옆 산 위로 올라가, 성명서, 플래카드의 문구, 구호 등을 작성해 주고, 시위 순서와 방식까지 가르쳐 준 나는, 내 이름은 절대 불지 않겠다는 다짐을 받고 산에서 내려 왔다.

4월 3일 발포된, 자수하지 않으면 "사형 무기징역 또는 15년의 이상 유기징역에 처한다."는 상상을 초월할 정도의 위협적인 긴급조치 4호에, 시위라고는 처음 시도해보려 했던 '나의 공범자들'이 분명히 자수했을 것이라고 확신했던 나는 전전긍긍戰戰兢兢하며 며칠을 보냈다. 드디어 4월 7일쯤 평소처럼 아르바이트를 끝내고 돌아오던 나는, 천호동에 있던 나의 집 가까운 골목길 어귀에서, 우리 동네 통장을 앞세운 경찰들에게 연행되어 동부경찰서로 끌려갔다.

그러나 동부경찰서도 영문을 모른 채, 단지 상부의 지시로 연행했을 뿐이었는지, 나는 매일 형식적인 진술서를 작성하는 일로 나날을 보냈다. 그들은 오히려 나에게, "자네 무슨 일 하고 여기 들어 온 거야?" 하고 물을 정도였다.

그러기를 1주일 쯤 지난 어느 날, 평소와 똑같이, 진술서를 작성 한다고 책상에 앉아, 노닥거리던 나는 오후가 다 되어 나의 행동을 관찰하고 있는 사람을 의식할 수 있었다. 그동안 나와 친해져서 농담까지 할 정도로 친해진 동부서 형사들과는 달리 그는 날카로운 인상을 지닌 40대 정도의 남자였다. 오후 퇴근 무렵이 다 될 때 쯤 느릿느릿 일어나 나를 정보과 옆의 외사과로 데려 간 그는, "하루 종일 당신을 관찰하고 있었는데, 당신은 거짓말만 하고 있네요! 다 알고 왔으니 솔직히 진술하시요!"

예의까지 갖춘 저음의 그의 목소리는 오히려 위협적으로 느껴졌다.

나는 드디어 올 것이 왔구나 하는 생각에, '나의 공범자들'에게 해 준 일을 생각나는 대로, 아니 그럴 듯하게 덧붙여서 진술하였다. 나의 진술서 작성이 끝날 때까지 한마디 말도 없이 지켜보고만 있던 그는, "나병식이가 체포됐습니다!" 하는 것이었다.

그의 이 말에 나는 갑자기 땅이 꺼져 내리는 것 같은 현기증을 느꼈다. 서쪽 창문으로 뉘엿뉘엿 넘어가고 있는 저녁 해가 눈에 들어왔다.

그때 문득, "해으름 한참 동안은 하염없기가 그지없어라~"라는 어떤 시인의 시가 떠올랐다. 정말 하염없기가 그지없었다.

"어이 김경남이! 우리 10년 후에나 또 볼 수 있을까?!"

하고 비양거리는듯한 형사의 말을 뒤로 하고 그날로, 나는 남산 정보부로 끌려갔다. 그리고 다음 날 아침부터, 정보부식 통과의례(갖가지 고문)를 통해 사상思想 세탁을 받은 후 정식 조사에 들어갔다.

그들은 나에게 나병식과 관련된 일은 한 마디도 묻지 않은 채 오로지 수유리 버스 종점 오른쪽 산 중턱에서의 '우리의 거사'대해서만 심문하였다.

그리고 나서 나는 서울 구치소 1사 상 5방 1.75평의 독방으로 옮겨져, 오래간만의 편안한 나날을 보내던 참이었다.

나중에 안 일이지만, 4월 3일에 '긴급조치 4호'의 발령 후 바로 자수한 '나의 공범들'은 끝까지 내 이름을 불지 않았었다. 나의 자백으로, 전혀 누구의 사주도 받지 않고 오로지 '구국 정신'으로 시위를 준비했던, 그들은 민청학련 주모자 나병식의 하부조직인 한신대 책 김경남의 조종에 따른, 공모자들로 도표에 오른 채, "자수하면 선처한다"는 약속에 따라 전원 석방되었다고 한다.

나와 만파萬波가 중학교 동기동창이었지만, 서로 대면하게 된 것은 1970년 대학 1학년 때였다. 그런데 대학에 들어와 후진국사회연구회(이하 후사연)라는 사회과학 서클에 들어가서야 비로소 우리는 서로 알게 되었다.

그 일 년 동안 나는 후사연 선배들과 나병식으로부터 많은 것을 배웠다. 그들은 나의 무지와 편협한 안목을 넓혀주었고, 이제까지 전혀 몰랐던 다른 세상을 보게 해주었다. 처음에는 난해한 나병식의 언설言說과 후사연 세미나서 배운 지식들이 합하여져 우리가 살고 있는 현실에 대한 비판적인 눈을 뜨게 해 주었다.

내가 넘어야 할 파도는 사법시험이라는 파도 밖에 없다고 생각해 온 나에게 그는 우리가 사는 한국이라는 후진국 사회에 넘어야 할 만파를 알게 해 주었다.

나병식은 이 나라와 세상의 만파를 뛰어 넘으려 몸부림치는 구도자求道者처럼 보였다. 그래서 나는 그를 만파라고 불렀다. 처음에는 진담 반 농담 반으로... 그러나 언제부터인가는 진심으로...

그러나 2학년에 올라가 동숭동 본과로 옮긴 뒤, 나는 교양과정부가 하는 일들은 모두 잊어버린 것처럼 사법시험 준비를 위해 도서관과, 장남으로서 가족들을 부양하기 위해 과외 아르바이트를 오고가는 나의 원래의 일상으로 돌아 왔다.

그러나 당시의 정치 현실과 만파가 나를 그만 놔두지 않았다.

당시 40대 김대중 씨를 위협적인 상대로 보고 있는 독재자 박정희씨가 다가오는 대통령선거에서 대대적인 부정선거를 감행할 것이라 예상하고 부정선거를 감시하기 위한 투표참관을 하자는 운동이 일어나고 있었다. 그리고 서울대에서도 법대, 문리대, 상대 등에서 '투표참관인단'을 조직하여 전국 각지에 파견하기로 결정했다. 그때 만파가 나를 찾아 와 이 참관인단에 참여하자고 권유하여 나는 썩 내키지는 않았지만, 투표참관인단의 일원으로 강원도 어느 산골의 투표장을 참관하러 갔다. 그리고 거기서, 박정권의 갖가지 부정투표의 현장을 목격하고 돌아 왔다.

부정선거를 자행한 박 정권을 비판하며 야당의 강력한 대여투쟁을 격려하는 여론이 뜨겁게 달아올랐다. 그럼에도 불구하고 야당인 신민당은 당 총재라는 사람이 당선이 유력한 지역구를 여당에 팔아넘겨 국민들의 분노를 유발시켰다.

선관인단에 참여했던 서울대생들이 이런 처사에 항의하기 위해 신민당 당사를 방문하기로 했다. 나는 또다시 만파의 권유에 따라 항의 방문단에 동참하게 되었다.

우리들의 방문이 '평화로운 것'이었다는 신민당 측의 주장에도 불구하고, 박정희 정권은 당사를 방문한 40여명의 학생들 중 문리대 · 법대생 7인을 구속한다. 이것이 소위 '1971년 서울대생 신민당사 난입사건'이었다. 그때까지는 간첩단 사건 등 반공법 위반 사건을 제외하고는 이처럼 다수의 학생, 그것도 반공법 아닌, 일반형법으로 구속한 적이 없어, 이 사건은 또다시 사회에 큰 물의를 일으켰다.

구속된 우리의 석방을 요구하는 격렬한 시위가 나병식, 정문화, 강영원, 등 후사연 회원들을 중심으로 서울대 문리대에서 일어났고 그 덕분에 우리는 구속된 지 1개월 만에 무죄 판결을 받고 석방되었다. 그러나 그 사건은 그것으로 끝나지 않고, 우리 사건에 무죄판결을 내린 사법부와 검찰간의 싸움('1차 사법파동')으로 비화되면서 마침내는 유신체제의 빌미가 되었다.

사법파동으로 '정의의 천칭天秤'인 법이 '불의의 칼날'로 변질되는 상황을 목도한 나는 법관이 되는 길이 과연 옳은 것인가 하는 회의를 가지게 되었다.

그럼에도 불구하고 감옥에서 이전의 일상으로 돌아 간 나에게 또다시 만파가 찾아 왔다. 이번에는 학교에서 활동할 수 없게 되어 서울제일교회에서 모이고 있는 후사연 세미나에 동참할 것을 권유하기 위해서였다.

만파의 사주에 따라 나는 강영원, 황인성(이상 문리대) 박원표(법대), 임상택(상대) 등이 함께 사회과학공부를 하고 있는 서울제일교회의 후사연 세미나에 나가게 되었다. 그 후 후사연의 소식은 이리저리 알려져, 서울제일교회의 후사연은 갈 곳을 잃은 학원 '운동권들'의 소굴이 된다.

서울제일교회의 후사연 세미나에서 우리가 함께 공부한 서적들은 이기백 교수의 〈한국사 신론〉, C. 라이트 밀즈의 〈양키들아 들어라!〉 조용범 교수의 〈후진국 경제론〉, 유인호 교수의 〈민중 경제론〉 등이었다. 대학 2년생인 우리로서는 그 때까지 들어 본 적이 없던 이런 서적 목록을 제안한 자는 물론 만파였다.

그런데 선배도 지도교수도 있을 리 없던 '우리의 사회과학 서클'을 지도한 분은 박형규 목사였다. 부산대 철학과를 졸업한 박 목사는, 한국전쟁 당시 일본에 주둔한 미 8군의 통역관으로 복무하다가 제대한 후, 동경신학교를 마치고 목사가 된 분으로 사회과학 분야에 대해서도 폭넓은 지식과 안목을 겸비한 분으로 우리의 훌륭한 지도교수 역할을 해 주셨다.

박형규 목사의 지도를 받는 과정에서 나는 박 목사처럼 세상을 사는 길도 있겠다는 생각이 들기 시작하였다.

1973년 9월, 나는 "나병식의 소재를 알 사람은 너 밖에 없다." 는 말을 자랑(?)스럽게 느끼며, 종로경찰서로 서소문동의 보안사 분실로 개 끌리듯 끌려 다녔다.

일단 그들은 나에게 피 묻은 헌 군복으로 갈아입게 하고 비명소리의 음향효과가 들리는 밀폐된 방에 처넣고 공포감을 주려했지만, 그의 소재를 모르는 나는 두렵지 않았다. 반복되는 갖가지 고문에도 오히려 오기가 났다. 그리고 속으로 중얼거렸다.

"만파~ 잡히지 말고 꼭 해내라! 무엇을 꾸미고 있는지는 모르지만~."

며칠 후, 나는 문리대 시위 사건을 듣게 된다. 그것은 지난 일 년여 동안 온 국민의 입을 막아 온 유신정국의 두꺼운 얼음장을 깨는 쾌거였다. 뿐만 아니라 그것은 다음해로, 그리고 독재자의 암살로 끝나게 한, 6여년의 반유신 · 반독재 투쟁의 시발이었다. 그리고 그 주역은 만파를 위시한 강영원, 황인성 등 서울제일교회의 후사연 회원들이었다.

나는 한편으로는 그들이 자랑스러웠고, 다른 한 편으로는 그때까지도 '출세'의 꿈 자락을 놓지 않고 있었던 나 자신이 몹시도 부끄러웠다. 한참 동안을 밑 모를 자괴감에 빠져 있었던 나는 마침내 작정하였다. 그래 신학교를 가자! 그래서 박형규 목사와 같은 목사가 되자!

민청학련사건 후 1년이 채 못 된 1975년 2월에 석방된 우리는,

본격적인 반정부 투쟁전선을 건설하기 위해 한국민주청년협의회 (민청협)을 결성한다. 그때도 만파가 주동이었고, 우리는 하부下部였다. 그런데 이번에는 정문화를 회장으로 세우고 만파는 홀연히 민청협을 떠나 '출판운동'을 시작했다.

2000년, 만파는, 대안학교 '무주 푸른 꿈 학교' 교장직을 그만 둔 나를 자신의 하부下部로 부른다. 문국주 등과 '민주화운동기념사업회'를 결성하고 상임이사직을 맡은 그는, 나에게 사료관장직을 맡긴 것이었다.

기쁜 마음으로 그의 하부가 된 나는 1980년대 후반 한국민주화기독교민주동지회 동경자료센타의 관장직의 경험을 살려 한국기독교사회문제연구원 등 기독교 단체들에 소장되어 있는 민주화운동 자료들의 수집에 나름대로 헌신하였다.

만파가 우리 곁을 떠난 지 벌써 2년이 되어 간다. 말술도 마다않고 날을 새우며 이 세상의 만파를 붙들어 안고 씨름하던, 우리의 장사壯士 만파가 그렇게 쉽게 떠날 줄을 나는 몰랐다. 내 코가 석자라고, 칭병稱病하고 마지막까지 그의 병상을 찾아 가지 않았다. 그 거한巨漢이 그리 쉽게 부서지지는 않을 것이라고 믿었기 때문이었다.

이제는 이 세상 만파萬波를 내려놓고, 편히 쉬시게! 나의 영원한 상부上部여~

어려움을 겪을 때 진가가 나온다

김 선 택

    내가 고 나병식 선배를 가까이 뵙고 개인사든 세상사에 관한 것이든 깊이 있게 같이 얘기하며 선배의 고견을 들을 수 있었던 것은 2007년 4월 초순경 이후부터로 기억한다. 그전에도 선배의 이름이야 널리 알려져 있었고, 가끔 행사장에서 여러 사람들과 함께 스치듯 만난 적이 있었기에 알고는 있었다. 그러나 개인적으로 만나 선배가 좋아하시는 막걸리 잔을 기울이며 서로의 생각을 터놓고 이야기하기 시작했던 것은 그때 이후였다.

    이 당시는 참여정부 말기로서 수구보수 세력들은 똘똘 뭉쳐 과거 잃어버린 10년을 되찾기 위해 진보진영을 강하게 압박하고 있었던 시기였다. 지금도 그렇지만 이들 수구세력들은 자신들의 정당성을 확보하기 위해서는 역사왜곡까지도 서슴없이 자행하던 때였다. 이를 위해 진보적 원로 지식인들에 대해서까지도 공공연하게 매카시즘적 공세를 퍼부었었다. 이런 상황이었지만 평화개

* 전 민주평화국민회의 사무총장

혁세력은 분열과 방관의 정신적 공황상태에 빠져 있었다. 그러나 그때는 대선과 총선이 다가오는 시기로서 매우 엄중한 시기였었다. 이 다음 정권과 국회가 이들 수구보수 세력에게 넘어갈 수도 있었던 상황이었다. 이를 대비하기 위해 평화개혁세력을 하나로 묶어 국민운동단체를 건설하는 것이 절실히 요구되던 시기였다. 이에 민주화운동을 주도했었던 과거 70년대 학번과 노동운동가들을 중심으로 '통합과 번영을 위한 국민운동(약칭 통번)'을 발족시키기 위한 발기인 대회를 2007년 3월에 가졌었고, 동시에 '통번'이 중심이 되어 보다 광범하게 이 운동을 확대하려고 노력하던 시기였다.

이를 위해 통번과 비슷한 목적을 지향하면서도, 보다 젊은 시민운동세력이 주축이 된 '창조한국 미래구상(약칭 미래구상)'과의 통합을 추진하였다. 두 단체는 여러 번의 회의를 거치면서 통합에는 원칙적인 합의를 했지만 그 이상의 문제에 대해서 서로의 생각이 다름을 확인해 가고 있던 시기였다. 이에 대해 여러 가지를 모색하지 않으면 안 되었다. 그러던 중 2007년 4월 초순경에 통번에서 같이 활동하고 있었던 홍순우 씨와 종로2가 그의 사무실에서 우리가 처한 상황을 타개하기 위한 여러 방안을 논의하면서 이런 문제에 대해 같이 논의하며 방안을 모색할 수 있는 선배를 만나 자문을 구해 보자고 의견을 모았다. 그래 누가 좋겠냐고 논의하다 당시 광화문 동아면세점 뒤편에서 풀빛출판사의 기획업무를 별도로 추진하기 위해 사무실을 운영하는 나병식 선배를 찾아보자는 데에 의견을 같이 했다. 시간을 별도로 정해서 나중에 만날게 아니라 그날 당장 전화를 걸어 사무실에 선배가 계신 것을 확인하고, 그날 저녁 무렵에 선배의 광화문 사무실을 찾았다. 그리고 이런 고충들을 토로하며 자문을 구하고자, 당시 상황에 대해 여러 가지를 얘기했다. 저녁시간이 되어 처음으로 선배 그리고 홍순우 후배와 사무실 근처 광화문 순댓국집에 들려 막걸리를 마셨다. 자연스레 통번에 대한 얘기와 그리고 통번과 미래구상과의 통합에 대한 얘기를 하게 되었다. 그러다 보니 당시 미래구상에서 사무총장을 맡고 있던 김종현 씨를 이미 선배가 알고 있었고, 이에 선배가 김종현 후배도 불러서 밤늦게까지 막걸리를 마셨다.

그 이후 나병식 선배는 통번과 미래구상 두 단체의 통합논의와는 별도로 민청학련세대와 동아투위 중심의 재야언론인들과 당시의 상황을 점검하고 어떻게 단일한 국민운동단체를 건설하고, 국민적 명분을 확보할 것인가에 대해 논의하기 시작하였다. 그즈음 통번과 미래구상 두 단체가 '통합과 번영을 위한 미래구상'이라는 이름으로 2007년 5월 15일에 창립대회를 갖기로 하고, 5.17을 계기로 시민사회인사들의 '5.17 정치선언'을 발표하기로 하였다. 이를 계기로 선배는 새로운 국민운동단체의 건설논의를 보다 신속하게 진행하였다.

이 당시 논의의 핵심은 정치권에서 2006년 5.31 지자체선거의 참패 이후 새로운 정치세력화에 대한 논의가 상당히 진행되던 시기였으므로 '새로운 정치세력(정당)의 건설'이었다. 이미 정치권은 열린 우리당과 민주당이 통합하여 '대통합신당'을 건설하자는 논의가 상당히 구체화되고 있었다. 여기에 재야에서는 시민사회운동 1세대가 중심이 된 '미래창조연대'가 '대통합신당' 건설논의에 이미 깊숙이 참여하고 있었다. 또한 미래구상의 일부 핵심적 활동가들은 통번과의 통합과는 별도로 미래창조연대의 일원으로서 대통합신당 건설논의에 동참하고 있었다.

2007년 5월 12일 경에는 신당에 대한 논의를 위한 6인 소위가 구성되었고, 미래창조연대가 시민사회운동을 대표하여 신당 창당에 대한 논의를 주도하였다. 이즈음 통번과 미래구상은 5월 15일에 '통합과 번영을 위한 미래구상'이란 통합조직을 발족시켰다. 그러나 미래구상의 신당참여자들은 통합조직의 결정과 관계없이 과거부터 논의에 참여해 왔다는 기득권을 주장하면서 개인 자격으로 신당에 참여했다. 이후 대통합민주신당이 발족되면서 미래창조연대의 주요 인사들이 신당의 지도부와 당직을 맡게 된다.

이런 상황에서 민주화운동세력이 중심이 되는 새로운 국민운동단체의 건설에 대한 논의는 시민사회운동세력과 별도로 진행되지 않을 수 없었다. 그 결과 2007년 6월 15일에 '민주평화국민회의'가 결성되게 된다.

이후 미래창조연대 인사들은 신당의 대표를 비롯한 최고위원과 대표 비설실장 등 주요 당직자로 참여하고, 국민회의 인사들은 국민운동차원에서 '민주평화개혁 국민후보 선출을 위한 국민경선추진협의회'의 결성을 주도하게 된다. 대통합신당의 건설에 대한 입장차와 서로 포용하려는 의지의 부족으로 서로 다른 길을 걸어가게 되었다. 물론 이 과정에서 시민사회운동의 일부 인사들이 민주화운동세력을 '찌끼다시'로 매도하는 '찌기다시론'이 제기되기도 했다. 이런 분위기에서 시민사회운동세력과 민주화운동세력은 상호소통은 거의 불가능한 상황이었다.

결국 대통합신당을 바라보는 재야 내부의 의견차와 소통부족 그리고 포용력의 부족은 결국 정치현실의 높은 장벽을 넘지 못했다. 시민사회운동세력의 몇 명이 현실 정치에 참여하는데 성공했을 뿐이었다. 이런 결론은 '찌끼다시론'에서 민주화운동세력을 비판했던 주요근거인 기존 정당에 몇 명의 재야인사가 수혈되는 형국으로 매듭지어졌던 것이었다. 그러나 이런 과정을 통해 나는 정치개혁을 위한 국민운동을 체험했고, 나병식 선배와 남다른 관계를 맺게 되었다.

어떤 단체이든지 건설하는 과정은 활기 넘치고 구성원들 모두가 능동적이어서 일하는 과정이 신바람이 난다. 그러나 일정한 목적을 달성하거나 그 임무가 끝나게 되면 그 단체를 유지하며 지속적으로 활동해 나가는 것은 매우 고통스럽다. 국민회의도 예외는 아니었다. 대선과정에서 당시 이명박 대통령후보를 낙선시키고 여당후보를 당선시키기 위한 선거운동은 모두가 하나가 되어 활발하게 활동해나갈 수 있었다. 예로 당시 이명박 대통령후보를 낙선시키기 위해 BBK 진상규명을 요구하기 위한 광화문네거리 동아면세점 앞에서의 철야텐트농성투쟁을 보더라도 국민회의의 활동은 기존의 정당보다도 더 선도적으로 전개하였다. 하지만 총선과정에서 각자의 이해와 이익이 걸린 문제에 대해서는 내부조정하기가 매우 힘들었다. 특히 2008년 총선에서 지역구나 전국구에 추천할 재야후보를 선정하는 작업에서 보여 졌던 우리들의 모습은 두고두고 나 자신을 돌이켜 보는 반면교사가 되었다. 그 당시 나는 정치위원회 위원장으로서 후보선정의 실무책임을 지고 있었기에 더욱 잘 알 수 있었다. 그 과정에서 나는 선배가 보여준 소탈함에 놀랐을 뿐이다.

일련의 과정에서 국민회의는 새로운 정당건설을 통한 총선과 대선의 과정에서 정치적 운동체로서의 역할은 충실히 다했다. 비록 그 과정에서 성공하지는 못했지만 나름대로 주어진 조건에서 최선을 다했다. 그렇지만 정치적 결사체가 다 그렇듯이 국민회의도 국민운동체로서의 역할을 다한 이후에는 현상 유지자체가 어렵게 되었다. 당연한 귀결이다. 현실 정치참여를 통해 개혁을 도모하기 위한 정치운동체가 현실 정치참여에 실패하게 되면 그 역할도 끝나게 되는 것이다. 그러나 국민운동단체로서 퇴진도 절도가 있어야 했다. 그렇지만 그 과정은 정말 뼈를 깎는 고통을 수반한다. 사무실을 축소해야 했고, 그에 맞는 활동도 찾아야만 했다. 활동의 확대지향은 쉬우나 축소지향은 매우 고통스러운 일이다.

2008년 총선과 대선 이후 국민회의가 그런 상황에 봉착하게 되었다. 명분을 유지하고 절도 있는 퇴각을 준비해야만 했다. 그래서 사무실도 서대문으로 축소하여 옮겼고, 소규모지만 국민운동단체에 걸맞은 활동도 지속해야 했다. 이런 과정을 선배가 솔선수범하여 진행했다. 나도 살림을 책임지는 사무총장직을 맡아서 선배와 같이 국민회의의 활동이 다할 때까지 그 일을 하지 않으면 안 되었다.

이런 과정을 통해 나는 선배와 늦게나마 선배 '나병식'으로서만이 아니라 인간 '나병식'에 대해 남다른 정을 쌓게 되었다. 사람은 잘 나갈 때보다 어려움을 겪을 때 그 진가를 발견할 수 있다는데, 바로 선배가 그랬다. 누구도 맡아서 하기 어려운 뒤치다꺼리를 앞장서서 다 해냈던 것이다. 누구나 알아주는 일을 나서서 하길 좋아 한다. 그렇지만 선배는 논의를 처음부터 주도하여 이끌어왔기에 누구도 알아주지 않는 국민회의의 마지막을 절도 있게 마무리하기 위해 앞장섰다. 그런 자세가 인간 '나병식'이 보여준 진정한 의미의 인간적 풍모라 느꼈다.

또한 선배는 겉모습은 거칠고 투박하지만 매우 자상한데가 많았다. 선배와의 만남을 통해 잊지 못하는 일들이 몇 가지 있다. 주로 술을 많이 마셨기에 술자리에서 일어났던 일화 한 가지만 소개하겠다.

나는 선배와 참 많이도 막걸리를 마셨다. 선배만큼은 아니지만 나도 술을 좋아하는 편이었기에 그랬는지도 모른다. 선배와의 술자리 이야기는 유명하기에 일일이 여기서 쓰지는 않겠다. 다만 사람냄새 나는 한 가지 에피소드만을 얘기하겠다.

선배와 술을 마실 경우 간단히 끝나지 않으므로 나름대로 '오늘은 늦게 집에 가겠구나?' 하고 마음을 먹어야 된다. 그런데 나 같은 경우 천안에 살기 때문에 막차가 11시 30분이라서 시내에서 술을 마시더라도 저녁 11시를 넘길 수 없었다. 그렇기에 선배와의 술자리도 나는 11시 이전에는 일어나야 했다. 그러나 가끔 선배가 나와 오랜 시간 술을 먹어야 되는 경우에는 아예 시작하면서 내 주머니에 10만원을 넣어준다. 내가 여유가 있고 없고를 떠나서 선배의 마음을 전하는 것이라 생각한다. 즉 오늘은 새벽까지 술을 마시고, 택시로 내려가라는 소리이다. 그런 날이면 순댓국집, 시장의 전집, 포장마차 집, 가끔은 호프집 등을 두루 거친다. 거치는 동선도 대략 정해져 있었다. 당시 국민회의 사무실이 천도교회관 내에 있었기에 종로2가 막걸리 집에서 시작하여 무교동 해장국집, 광화문 순댓국집, 아현동 시장 전집 등을 거치게 된다. 두루 거치고 나서 헤어질 때면 언제나 해단식을 갖자며 또 한잔을 더하게 된다. 그러면 어둠이 스멀스멀 물러가는 새벽이 된다. 그리고 나야 나는 택시를 타고 천안 집에 내려올 수 있었다. 이때 선배는 술이 많이 취했거나 덜 취했거나 상관없이 아현동 선배의 집까지 언제나 대중교통을 이용하는 것이 아니라 걸어서 가셨다. 걸으면 술도 깨고 운동도 할 수 있어서 일거양득이라면서. 그런데도 말년에 대장암을 앓게 되어 하늘나라로 일찍이 가시다니 인간사 참 다 말로 표현하기 어려운 측면이 많기도 하다!

선배를 하늘나라로 떠나보내고 가끔 술자리에서 선배를 생각할 때 참 징하게도 선배와 술을 많이 마셨구나 라는 생각이 스친다. 그리고 현재와 같이 허무와 혼돈의 시기에 선배는 어떻게 생각하셨을까 돌이켜보면서 선배에 대한 그리움이 여전히 사무쳐있음에 소스라친다.

만파생각

김 성 동

"사쩜오!"

류처사가 한 말이었다. 만파와 이 중생 사이 칫수를 말한 것이었으니, 이 중생더러 만파를 넉 점 접은 위에 다섯집을 더 얹어주라는 말이었다. 몇 사람이 모여 '리그전'을 벌이게 된 자리였다. '막강기우회莫强棋友會'라는 이름을 지은 회장택 만파萬波는 라병식羅炳是 아호이고, 류처사柳處士는 이 중생이 류인태柳寅泰를 일컫던 별호였다. 세상에서 말하는바 '민청학련사건' 목대잡이[1]로 몰려 사형선고를 받았던 이들이다. 여기에 건축가 조건영趙建永과 화가 김정헌金正憲이 리그전 모람이었으니, 광주피바다를 헤쳐 나온 80년대 첫 때 이야기이다.

밤을 꼬박 새우는 것은 물론이고 어떤 때는 2박 3일에서 3박 4일까지 이어지기도 했는데, 마지막까지 남는 것은 언제나 만파와 이 중생이었다. 결국은 체력싸움이었다. 체력에서 밀리는 이

---

* 소설가
1) 목대잡이=주도자

중생은 마침내 견디지 못하고 만세를 부르고 마는 것이었으니, 3박 4일째였다. 며칠 동안 밤새워 땄던 것 모두를 내주며 그만 찢어지자고 했던 것이다. 그러나 한 번도 잃었던 것을 받아간 적은 없었고, 오히려 다음에 만나면 접때 빚졌던 것을 영락없이 물어내던 것이었다. 지니고 있던 뇐돈2)이 바닥날 경우 외상바둑을 두었던 것이다. 불광동에 살며 그렇게 막강기우회 모람3)들과 리그전을 벌이고 있을 때, 〈노동해방〉 깃발을 올렸다가 군사깡패들에게 쫓기던 김사인金思寅이 이 하늘 밑에 벌레4)를 찾아 왔던 것이 아련한 그리움으로 떠오른다. 한번은 만파한테 택시 삯이나 하고 해장이나 하라며 얼마를 주었더니 씩 한번 살푸슴5)하는 것으로 자빡 놓으며6) 이 중생 집을 나서는 것이었다. 풀빛까지 걸어가겠다는 것이다.

　그렇게 판가름7)을 분명하게 해 놔야 건강한 전의戰意를 이어나갈 수 있다던 그는, 구슬 없는 용이었다. 아니, 용이 못된 이무기라고나 할까. 그렇게 징게맹게외애밋들8) 같이 넓적하니 수굿한 어깨로 화장걸음9)쳐 가는 그를 보며 나는 또 어쩔 수 없이 저 갑오년甲午年의 좌절을 떠올리는 것이었으니— 떨어진 녹두꽃인 개남장開南將과 함께 농촌쏘비에트 건설을 위하여 몸과 마음을 던졌던 김덕명金德明 · 최경선崔景善 · 리방언李邦彦 장군들이며, 척왜

---

2) 뇐돈=현금
3) 모람=성원成員
4) 하늘 밑에 벌레: 사람
5) 살푸슴 : 옅은 웃음. '미소'는 왜말임
6) 자빡놓다=거부하다
7) 판가름=승부
8) 징게맹게외애밋들=김제만경 넓은 들
9) 화장걸음=씩씩하고 힘차게 걸어가는 것

척양斥倭斥洋 깃발 들고 달려가던 농군 싸울아비[10]들이었다.

만파는 한마디로 투구 안 쓴 장수였다. 조선장수처럼 눈에 띄게 걸까리진[11] 몸피며 훨씬 큰 키를 말하는 것이 아니라, 툭 터진 그 마음씨가 그렇다. 그런 그가 그야말로 솥뚜껑 같은 손으로 코딱지만한 바둑알을 집어나르는 것을 보며 나는 여간 마음이 거시기해 지는 것이 아니었으니— 옛날 얘기책에 나오듯이 벌대총伐大驄 높이 올라 용천검龍泉劍 치켜들고 만주벌판 내달리는 조선장수 모습 그려보던 이 하늘 밑에 벌레는 망팔望八이 다된 여태도 아직 낮꿈 꾸는 땡추런가.

몇 대 때였던가, 그가 옛살라비[12] 광주에서 국회의원에 나왔다가 삼등인가 했다는 것을 신문에서 보았으나 정작으로 그와 현실정치 이야기를 해본 적은 없다. 그렇게 큰 기대를 걸지도 않았던 알 만한 사람들이 국회의원도 하고 장차관도 하고 권력자의 앞방석[13]도 하고 또 무슨 무슨 장짜 붙은 자리를 차지하고 앉아 흰목 잦히는 것을 보며 그를 떠올렸을 뿐이다. 그러던 그가 아마 처음이자 마지막으로 앉아보았던 걸상이 민주화운동기념사업회 상임이사 자리였을 것이다. 2002년 여름이었다. 민주화운동기념사업회 기관지인 〈희망세상〉 창간준비호부터 제5호까지 '횃불을 든 사람들'이라는 제목 아래 장일순張壹淳, 리영희李泳禧, 김금수金錦守 선생들 삶을 이어 싣다가 "오가쪽에서 난리"라는 말과 함께 잘렸던 것이 아련한 노여움으로 떠오른다. 이른바 민주화운동이라는 것은 70년대부터인데 왜 자꾸 해방전후사 이야기를 하느냐는 것

10) 싸울아비=전사戰士
11) 걸까리진=체구가 큰
12) 옛살라비=고향
13) 앞방석=비서

이었다. 지어[14]는 〈희망세상〉이 무슨 일제와 해방 8년사 때 조선
공산당 · 남조선노동당 기관지인 줄 아느냐는 말까지 하는 기독
교운동권 상층들이라고 하였다. 현실과 역사의 어름에서 식은땀
을 흘리던 박승옥朴勝鈺이 떠오른다. 십년이 훨씬 지난 이제도 미
안한 것이 리원갑李源甲선생이다. 6호부터 쓰려고 한겨레신문 논
설위원이던 지영선池永善 다리로 사북항쟁 목대잡이였던 그와 만
나기로 언약하였던 것이다. 리어카 행상을 한다던 리원갑 선생만
이 아니었다. 죽산竹山 이야기도 쓰고, 인민유격대 이야기도 쓰고,
통일공작대 이야기도 써서 피어린 해방8년사 이야기를 써보려던
생각이었으니— 생각대로만 되었다면 작년에 박아낸 〈꽃다발도
무덤도 없는 혁명가들〉과 한 짝을 이루었을 것이다. 상임이사를
만나 군사깡패들과 똑같은 짓거리를 하는 까닭을 따져보려 하였
으나 ‘높은 자리에 앉은’ 그를 만날 수가 없었다.

그가 하던 출판사에서 전투적 문예지를 만들던 전투적 문학비
판가 채광석蔡光錫 · 김명인金明仁들과 사흘걸이로 곡차를 나누던
때였다. 황석영黃晳暎과 채광석 그리고 의식화된 여성노동자 장張
아무개들과 불광동 내 방에서 밤새워 토론투쟁을 벌였던 것은
현장노동자들과 전문소설가들이 생산해야 될 ‘집체소설’ 문제였
다. 이 많이 모자라는 중생은 그때 2회 만에 중단된 〈풍적風笛〉과
53회 만에 잘린 〈그들의 벌판〉 언걸[15]로 일체 청탁이 끊겨 많이
힘들던 때였다. 채광석이 열반한 다음에도 만파와 만남은 죽 이어
졌으니, 어떤 신문에 이어 싣던 〈김성동 생명기행〉을 〈김성동
생명에세이〉라는 제목으로 그가 묶어내었던 것이다.

---

14) 지어=‘심지어’의 본딧말임
15) 언걸=동티, 어떤 일로 입은 큰 해로움

삼화상三和尙이야기가 나왔던 때였을 것이다. 땡추 첫한아비16)
였던 궁예弓裔와 묘청妙淸과 신돈辛旽 이야기를 숨 막히던 군사깡패
시절 나는 했던 것인데, 만파가 관심을 갖는 것은 묘청이었다.
묘청 이야기를 꼭 소설로 써보라던 만파였다.

우리 겨레 역사에서 가장 오랜 기간인 열 석 달 동안 이어졌던
반란인 서경전역西京戰役을 일으켰던 정심淨心 스님 묘청. 그 이름
자저 변변치 않은 허접한 떠돌뱅이 무쭝 중들인 수원승도隨院僧
徒들과 밑바닥 농투성이들 모아 일으켰던 인민항쟁인 서경전역을
기획하고 집행하다가 사라져간 묘청. 선가仙家 뒷자손인 낭가郎家
와 손잡은 낭불동맹郎佛同盟이 김문렬金文烈로 대표되는 수구기득권
층 유가儒家와 쟁투에서 밀려난 묘청. 그 묘청 곁에서 뜨겁게 싸우
다 장엄하게 쓰러져 간 농군장수 이야기를 하며 나는 만파를 바라
보았던 것이다.

"스무살이 되매 벌써 앉은자리에서 한말 술을 마시고 고기 열
근을 먹었으며 활을 쏘면 벗나가는 법이 없고 숭례문 같은 큰
성문이라도 단목에 뛰어 넘었으며 또 말을 타고 달리면서 투구를
벗어 멀리 던지고 말에서 뛰어 내려 그 투구가 땅에 떨어지기
전에 손으로 받아 머리에 쓰고 다시 달리는 말을 쫓아가 잡아타는
만부부당지용萬夫不當之勇이……"

이제야 하는 말이지만 만파는 내 소설 모델이기도 하다. 본보
기17)라기 보다 그 그림자그림18)을 떠올렸다고나 할까. 어떤 일간
지에 〈국수國手〉라는 역사소설을 썼는데, 주인공인 아기장수 걸까

---

16) 첫한아비=시조. 비조
17) 본보기=모델
18) 그림자그림=이미지

리진 몸피를 그리는데 만파를 떠올렸다는 말이다.

후미진 포장마차 아니면 늙수그레한 술어미가 있는 밤주막이었는데, 그때만 해도 아직 핏종발이나 있던 터라 하룻밤쯤 보우普愚가 아니라 신돈辛旽, 의상義湘이 아니라 원효元曉, 퇴율退栗이 아니라 죽도竹島,19) 경허鏡虛가 아니라 일해─海20)가 설 자리가 없던 려선불교麗鮮佛敎 이야기를 하며 밤을 새우기는 일도 아니었다. 앞에서 추임새를 넣어 주던 만파는 그러고 보니 울대에서 사학을 공부한 사람이었다.

그를 다시 만난 것은 양평 우벗고개로 부자리21)를 옮겼을 때였으니, 10여 년 전이었을 것이다. 신촌에 있는 어떤 바둑집이었다. 몇 차례 또한 밤을 새워 바둑을 두었다. 배기운·홍기훈 같은 호남 정치인들과 리그전을 벌였던 것인데, 그만 손전화기를 잃어버렸다. 세상과 이어지는 유일한 끈이 손전화기임으로 얼른 새로 장만하였는데, 만파한테서 손전화기가 든 소포가 왔다. 밤새워 리그전을 하고 나서 언제나처럼 때늦은 밥과 술을 먹고 숙박업소에 쓰러졌다가 깨자마자 어마뜨거라 집으로 왔던 것이다. 그러고 보니 그날 밤 두었던 것이 만파와 둔 마지막 바둑이었다.

만파 소식을 듣게 된 것은 〈한겨레〉라는 신문에서였다. 리이화李離和가 쓰는 글 가운데 '라병식이 암투병 중'이라는 대목이 있었다. 그러고 보니 그 얼마 전인가 리이화와 만주 쪽에서 백두산을 올라가 볼 작정인데 같이 가지 않겠느냐는 만파 전화가 있었다.

우리는 꼭 서로 아호로 불렀으니, 만파와 석남이 그것이다.

---

19) 죽도竹島＝정여립鄭女立
20) 일해─海＝서장옥徐璋玉
21) 부자리＝삶터

'만파'는 만백성의 근심걱정을 없애 준다는 '만파식적萬波息笛'에서 따온 것이고, '석남'은 이 중생이 어떤 일간지에 프로기전 관전기를 쓸 때 쓰던 붓이름으로, 새로운 세상(南)에서 바둑(石)을 두고 싶다는 뜻이었다.

만파가 몰록22) 열반하고 나니, 아무도 이 중생을 아호로 불러 주지 않는다. 석남거사石南居士라고 불러주는 사람이 없으니 밤새워 바둑 둘 사람도 없구나. 아흐.

---

22) 몰록: 선가禪家에서 쓰는 말로 '문득' · '갑자기' 뜻

당신들만 요절해 버리면, 이 황량한...

김 승 균

오늘 불기 2559년 사월 초파일, 나는 정중한 마음으로 먼저 저승의 세계로 떠나간 나병식 동지의 극락왕생과 명복을 충심으로 빌고 또 빕니다.

나병식 동지가 우리의 곁을 떠남으로 하여 나는 나의 곁에는 아무도 없다는 외로움과 절망감에 몸부림쳐야만 했습니다.

심재택 동지, 조영래 동지, 김근태 동지 등 고통스러운 나날 투쟁과 생명을 서로에게 부지하던 동지들이 그것도 나보다 젊은 혈기방장한 몸으로 나의 곁을 떠나고 보니 더욱 애틋하지 않을 수 없었습니다.

나병식 동지는 1973~1974년 경 내가 민주수호국민협의회, 민주수호청년협의회, 민주수호청년학생협의회 건으로 1971년 10월경부터 긴 도피 생활 중에 있었는데 이 와중에 박정희 독재 정치는 극악으로 치달아 유신통치에 이르렀고 나병식 동지 등

* 전 일월서각 대표

학생지도자 들은 학생저항운동을 위하여 백방으로 노력하던 중이어서 만나게 되었고 첫 인상이 대단히 강렬하고 시원스런 학생지도자의 인품을 갖추었다고 생각했습니다.

그 후 만날 기회가 없었는데 제2차 인혁당사건과 민청학련사건이 발생했습니다. 안타깝게도 나병식에게 사형이 선고되었는데 설상가상으로 전라도 광산에 살고 계시던 어머님과 동생들이 연탄가스에 중독되어 두 분이 돌아가시고 한 분은 중태라는 라디오 방송을 듣고 한방에서 듣고 있던 조영래 동지와 저는 자지러질듯 놀란 나머지 하염없이 울면서 나병식의 원수는 우리가 갚겠다는 맹세를 다졌던 때가 어제 같은데... 그 소중한 나병식이 세상을 하직한지도 2년을 헤아리게 되었으니 세월이 무상함을 더 이상 무엇으로 표현할 수 있겠습니까?

그 후 세월은 흘러 나병식은 석방되었고 1978년 을지로 입구 지하상가에 나병식은 맞춤식 와이셔츠 사업을 시작했습니다. 우리집이 중구 신당동이어서 매우 가까운 곳이라 오다가다 자주 만나게 되었습니다.

그러던 어느 날 그도 와이셔츠 사업에 애착이 가지 않는다고 하면서 언론탄압 때문에 언론이 제 구실을 못하고 있고 출판도 식민사관을 불식시키지 못하여 출판 투쟁을 할 여지도 있고 하니 출판 사업이 할 만한 사업이라고 생각한다고 하면서 출판 사업을 해보겠다고 제안해 왔습니다. 그 때 나는 1971년부터 수배 중의 생활이 정리가 되지 않았기 때문에 도서출판 일월서각을 처 최옥자가 타인명의로 경영하고 있었고 제법 출판을 짭짤하게 하고 있었습니다. 그러나 내가 보기에는 투쟁의 가치로 보면 출판에 방점을 찍을 수 있겠지만 나병식 같은 투사는 우선 기아선상에 허덕이는 가족의 봉양과 정치적 야망을 위해서는 와이셔츠사업이 낫다고 생각하여 와이셔츠 사업을 계속하라고 종용했습니다.

그러나 그는 고집을 꺾지 않았고 드디어 풀빛출판사를 차렸습니다. 그때 일월서각은 종로구 내자동 2층 일본식 양옥에 있었는데 나병식의 풀빛출판사와 그 후, 문학평론가 임헌영이 상황출판사를, 나중에 조선대 교수가 된 이종범이 동평사를 창립하여 졸지에 조그마한 20평 내외의 건물에 4개의 출판사가 들어섰고 영업은 김재술이 모두를 다 담당했었습니다. 그러던 중에 1979년 10월 4일에 민주투쟁국민위원회(남민련) 사건이 발생했습니다. 그런데 저를 비롯하여 상황출판사 임헌영, 영업부장 김재술, 영업부차장 김영철 등 4명이 구속되었고 나병식은 무사했습니다. 국민투쟁위는 비밀결사였는데 나병식은 석방된 지 얼마 되지 않았고 공개투쟁을 해야 할 거목이라고 비밀결사에 끌어 들이지 않았던 것입니다.

그 후 사업장을 여러 차례 옮겨 다녀도 두 회사는 하나로 붙어 다녔고 영업도 함께 했습니다.

마침, 나병식은 이화여대 국문과 출신의 김순진씨와 결혼을 했는데 마침 제 처 최옥자가 이대학보 편집국장으로 있을 때 학생기자로 있어서 내외간이 더욱 가깝게 되었습니다. 조영래 변호사의 처 이옥경도 이대 학보사 같은 기의 기자여서 모두 가까운 사이로 지냈습니다.

나병식은 자기는 모르는 사람이었습니다. 옆에 사람이 없으면 못자는 사람인데 1980년 5월 18일 광주의거 이후 더했습니다.

그 당시 군부정권은 5.18광주의거를 북과 연결시키고 간첩이 준동하여 광주사태를 야기했다고 몰아가고 있었습니다.

나병식은 분연히 투쟁했습니다. 엄청난 돈을 들여 광주사태를 폭로하는데 앞장섰습니다.

나병식의 술 주량은 끝이 없었습니다. 저녁에 업무가 끝나면 술자리가 시작되었고 식당에서 술이 끝나면 등촌동 신혼방으로 이어졌고 술이 끝나면 바둑이 시작되었고 방안은 담배연기로 눈코를 뜰 수 없었습니다. 한번은 김순진 씨가 말하기를 태아가 있는데 밤낮없이 잠 한숨 잘 수 없게 하니 좀 말해 달라는 것이었습니다. 신혼의 단칸방마저 동지들에 개방해 버린 그의 배포가 크다고 해야 할지 독재자라고 해야 할지...

그렇게 한 형제 같이 지내오며 어느덧 며느리, 사위를 보는 나이까지 살아오게 되었는데 어느 날 비보가 날아들었습니다. 대장암에 걸렸다고... 깜짝 놀라 연락을 했더니 수술이 잘되었다고 곧 나을 것이라고 별스럽지 않게 얘기를 했습니다.

분위기를 좀 조용한 데로 옮겨 정양을 하겠다고 경기도 파주 심학산 약천사 밑에 한적한 거처를 마련하여 텃밭을 가꾸고 정양도 하고 있었습니다. 김재술과 몇 차례, 최옥자와 몇 차례 병문안차 찾았는데 그때 마다 늠름했습니다. 그러던 어느 날 들어서는 안 될 부고를 받고 또 한 번 진한 피눈물을 뿌리지 않으면 안 되었습니다.

세브란스 병원 영안실 그의 영전에 꿇어 엎드려 하염없는 눈물만 토했습니다. 몇 잔의 소주로 인생의 허무를 덮어 버리기에는 끓어오르는 분노를 억제할 수도 없었습니다.

제기랄!! 잘난 당신들만 요절해 버린 이 황량한 쓰레기통은 누가 치워야 한다는 말입니까?!!!

못 오시는 님

김 재 술

선생님께서는 일찌기 서울대학을 다니면서 학생민주화운동의
열혈청년이었습니다.

민주 자주 통일이란 우리 민족의 숙명적 과제에 정면으로 부딪
치게 되었습니다.

박정희 군부독재의 총칼 앞에 온몸으로 맞서서 싸웠습니다.
추후 유신독재로 영구집권을 획책한 박정희 정권은 긴급조치법
을 선포하고 폭압통치를 강화하였습니다. 선생님께서는 여기에
주저하지 않고 투쟁으로 맞섰고 체포되어 고문을 받고 투옥되었
습니다.

옥고를 치르고 출소하였습니다. 그리고 멈추지 않고 투쟁을
계속해 나아갔습니다. 나는 1972년 교도관으로 강원도 춘천시
소재 춘천교도소에서 근무했고, 그해 박정희 정권은 10월유신을
선포했습니다. 긴급조치법도 선포했고, 전국은 술렁거렸습니다.

---

* 전 교도관

정치인, 종교인, 지식인, 학생, 노동자, 농민 등 각계각층에서 들불처럼 유신반대투쟁이 일어났습니다.

선생님은 그때 학생의 신분으로 투쟁대열에 서서 싸우다가 소위 민청학련사건으로 동지들과 함께 투옥되었던 것입니다.

1974년 11월에 나는 춘천교도소에서 서울시 서대문구 현저동 101번지 소재 서울구치소로 전출되어서 근무하게 되었고, 당시 서울구치소에는 수많은 민주투사들이 반공법·국가보안법·긴급조치법·집회시위법 등으로 구속되어 있었습니다. 민주화운동에 관심이 많았던 나에게는 엄청난 경험이자 충격이었습니다. 그리고 해가 바뀌고 1975년 4월 8일은 소위 인민혁명당사건의 여정남 등 8인에게 대법원에서 사형확정판결이 내려졌습니다.

그리고 그 다음날 1975년 4월 9일 새벽에 속결속전으로 사형이 집행되었습니다. 나는 그 사형장의 정문 앞에서 총을 들고 경계경비근무를 하게 되었습니다.

전국은 분노의 소용돌이 속으로 빠져들었고 세계도 일제히 박정희 독재정권을 규탄했습니다. 그 후 세월이 조금 지나고 1976년 여름에 서울구치소 신관 5사 상26방에 수감되어 있었던 나병식 선생님을 처음으로 만나게 되었습니다. 나는 여기서 선생님께 민주화에 관해 여러 가지로 아주 많은 가르침을 받았습니다. 좋은 책도 많이 선정해 주셨습니다. 우리는 점진적으로 친숙해졌고 친구처럼 지내면서 우리민족과 진정한 민주주의와 통일의 문제 등 사회과학적 차원에서 대화를 많이 했습니다. 나에게는 아주 좋은 만남이었고 좋은 공부가 되었습니다. 출소 후에도 친구처럼 대해 주셨고 나의 삶에도 도움을 베풀어 주셨습니다. 선생님은 출판사를 경영하시면서도 직원들을 친형제자매처럼 보살피면서 같이 웃고 같이 애쓰셨습니다. 훤칠한 체격만큼이나 마음이 넉넉한 분이셨습니다. 심학산에서 얼마나 투병에 고생이 많으셨습니까? 그동안 따뜻한 마음 주셔서 감사합니다. 진심으로 선생님의 명복을 빕니다. 부디 안식으로 영면하십시오. 다시 한 번 진심으로 추모하고 고운 마음으로 향을 올립니다. 이제는 天上에서 큰 별 되시어 영원히 빛나십시오. 우리민족과 세계의 인류를 밝게 비추소서. 하늘과 땅과 모든 인류에게 찬란한 빛을 비추소서

天上에서 詩로 노래로 부르소서……

못오시는 님

- 아 - 머슴새 슬피 우는 새벽인가요
서글픈 그 시절이 나를 부릅니다
언덕에 홀로서서 못오시는 님이시어
이 마음 너무 아파 울며 부른다

- 아 - 눈물로 지새우는 새벽인가요
추억의 그 시절이 나를 부릅니다
광야에 홀로서서 못 오시는 님이시어
그리워 목이 메어 울며 부른다

- 아 - 매화꽃 먼 동트는 새벽인가요
지금도 그 시절이 나를 부릅니다
설움에 홀로서서 못 오시는 님이시어

몸부림 치며 치며 울며 부른다

智山 金在述이 두손 꼬옥 모아서 절을 올립니다.
一拜 二拜 三拜.

다정과 격정의 거인

김 종 철

내가 나병식이라는 이름을 처음 알게 된 것은 1973년 10월 초순이었다. 지금은 한국 민주화운동의 역사에 기념비적 사건으로 기록되어 있는 서울대 문리대의 '10.2 데모'가 계기가 되었다.

당시 나는 동아일보 편집부 기자로 일하고 있었다. 10월 3일 오후 2시쯤, 편집국 한가운데 자리 잡은 사회부 옆을 지나던 나는 책상 위에 흩어져 있는 여러 장의 사진들을 무심히 쳐다보다 이상한 느낌이 들어 한 장씩 자세히 살펴보았다. 바로 전날에 서울대 문리대 학생 5백여 명이 박정희의 '10월유신' 헌정쿠데타 이래 처음으로 대규모 집회와 시위를 감행한 장면들이었다. 4월혁명 기념탑 앞에 가마니를 깔고 앉은 학생들은 '유신독재 반대' 같은 글귀를 쓴 머리띠를 질끈 동여매고 비장한 표정으로 주먹을 흔들고 있었다. 그들이 교문 밖으로 진출하려고 경찰과 대치하는 모습은 더욱 처절했다.

---

* 동아자유언론수호투쟁위원회 위원장

나는 고압선에 감전된 것보다 훨씬 더 강한 충격을 받았다. '박정희 철권통치의 서슬이 시퍼런 암흑의 시절에 저 학생들은 어떻게 목숨을 걸고 저렇게 용감하게 떨쳐 일어났을까?' 나뿐만 아니라 그 무렵에 한국의 모든 언론인들은 소심하고 비겁했다. 박정희의 독재를 고발하거나 비판하는 기사와 논설은 단 한 글자도 쓰지 못했고, 학원이나 종교계의 반유신투쟁도 전혀 보도하지 못했다. 그런 글이 나가면 기자는 물론이고 편집국장, 심한 경우에는 언론사 경영자까지도 '남산'이라고 불리던 중앙정보부에 끌려가 고문을 당하거나 투옥되기 때문이었다. 사회부 책상 위에 널려 있던 '10.2 데모' 사진들은 진실을 보도하기를 포기한 한국 언론의 현실을 뚜렷이 보여주고 있었다.

10월 3일자 동아일보(당시는 석간)에는 다른 모든 신문과 방송처럼 문교부의 짤막한 '보도자료'만 실렸다. "각 대학의 학생처장 회의를 소집해 대학생들의 움직임과 지도대책 등을 논의했다"는 1단짜리 기사였다. 기사 작성의 원칙인 '6하 원칙'과는 거리가 먼 뜬구름 잡는 내용이었다.

반유신독재 집회와 시위는 10월 4일 서울법대, 5일 상대로 확산되었다. 동아일보는 5일과 6일자 1판 7면(사회면) 한 귀퉁이에 관련 기사를 1단으로 내보내려고 했으나 인쇄 과정에서 '기관원'(언론사에 상주하던 중앙정보부 간부)의 압력 때문에 보도를 포기하고 말았다. 그 사건은 진실 보도의 책무를 저버리고 잔뜩 주눅 들어 있던 동아일보사의 젊은 기자들이 작은 거사를 일으키는 동기가 되었다. 7일 늦은 저녁, 편집국에 젊은 기자 50여명이 모여 중앙정보부가 기사를 누락시킨 데 대해 항의하는 뜻으로 단 하루 만이라도 밤샘농성을 하기로 결의했다. 동아일보사는 물론이고 한국 언론

118

사들에서 좀처럼 볼 수 없던 일이었다. 당시 편집국장은 기자들이 가장 존경하던 송건호 선생이었다. 기자들의 항의에 말없이 호응한 송 국장은 10월 2일에 벌어진 서울대 데모를 8일자 지면에 처음으로 내보냈다. 시위 발생과 전개에 관한 내용이 아니라 '서울대생 21명 구속'이라는, 수사기관의 발표 문안이었다. 동아일보사 기자들은 집회와 시위에 관한 기사가 누락될 때마다 밤샘농성을 하기로 결의했다.

동아일보사 기자들이 일으킨 '언론자유수호운동'은 11월 하순부터 전국의 주요 언론사들로 번져 나갔다. 거기에 힘입어 반유신 독재투쟁은 학원가로 불길처럼 퍼져 갔고, 함석헌·장준하 선생을 비롯한 재야인사들은 '헌법개정 청원운동본부'를 결성하고 '1백만인 서명운동'을 벌이기 시작했다. 숨조차 제대로 못 쉬고 있던 민주화운동 진영이 기나긴 겨울잠에서 깨어난 것이었다.

나는 수사기관이 발표한 '구속학생 명단'에서 이철, 유인태, 나병식 등의 이름을 보았다. 그들이 유신독재의 철벽에 과감히 도전한 사실이 너무나 인상적이어서 그 이름들이 날마다 머릿속을 맴돌았다.

내가 정작 나병식을 처음으로 만난 것은 1975년 2월 16일이었다. 그때 나는 동아방송 사회문화부 기자로 영등포경찰서에 출입하고 있었다. 바로 그 전날 민청학련 사건 관련자 56명이 1차로 석방되었는데, 이철과 나병식을 취재하라는 지시가 나에게 떨어졌다. 나는 16일 오후 여러 갈래로 수소문을 한 끝에 나병식과 연락이 닿아 종로5가의 기독교회관에서 그를 만날 수 있었다. 키가 180센티가 넘는데다 기골이 장대한 나병식은 첫 인상부터 거인처럼 보였다. '남산'에서 살인적 고문을 당한 뒤 군사법정에서 사형선고까지 받은 청년답지 않게, 굵은 검은 테 안경을 쓴 그의 얼굴은 투지에 넘치고 있었다.

나는 그에게서 풍겨 나오는 강렬한 기운에 압도당하면서 기자로서 여러 가지 질문을 했다. 나병식은 잠시도 망설이지 않고 1974년 봄에 체포된 뒤부터 석방되기까지 겪은 일들을 담담하게, 때로는 격정적으로 이야기했다. 특히 고문을 당하던 때의 정황을 소름 끼칠 정도로 상세하게 들려주었다.

> "1974년 4월 6일 중앙정보부에 연행된 뒤 물고문, 전기고문, 잠 안 재우기, 해전(거꾸로 매달고 양동이로 물을 끼얹는 고문), 육전(전신을 마구 두들겨 패는 고문), 공전(공중에 매달고 빙빙 돌리는 고문)은 보통이고, 총살을 하겠다는 등 갖가지 정신적 협박과 육체적 고문을 날마다 받았습니다. 그런 고문을 못 이겨 결국 용공국가를 건설하기 위해 학생데모를 주도했다고 거짓 자백을 하게 되었지요."

민청학련 관련자들이 폭로한 박정희 정권의 고문과 사건 조작에 관한 기사들은 동아일보와 동아방송에만 대서특필되었을 뿐, 다른 언론에는 전혀 보도되지 않았다. 동아일보사 언론인들이 1974년 10월 24일에 '자유언론실천선언'을 발표한 뒤 치열하게 보도투쟁을 펼쳤기 때문이다. 그 투쟁은 박정희에게는 치명적인 것이었다. 박정희는 12월 하순 중앙정보부를 통해 동아일보와 동아방송에 광고탄압을 가하기 시작했다. 그러자 백지로 변한 광고란을 수많은 사람들이 격려광고로 채우는 민중운동이 거세게 일어났다. 결국 박정희 정권은 1974년 3월 17일, 동아일보사 경영진과 야합해서 제작거부 농성을 하던 기자, 피디, 아나운서 등 160여 명을 폭력배 2백여 명을 동원해 거리로 쫓아냈다. 그 가운데 113명이 동아자유언론수호투쟁위원회(동아투위)를 결성하고 40년이 지난 오늘까지 민주화와 통일을 위해 노력하고 있다.

동아투위 사람들은 민청학련 관련자들이 감옥에서 풀려날 때만 해도 그들 자신이 강제해직을 당하리라고 예상하지는 못했다. 그러나 그것은 현실로 나타났다. 어느 날 갑자기 '거리의 언론인'이 된 나는 나병식을 포함한 민청학련 사람들과 자주 어울리기 시작했다. 주머니가 비다시피 했던 우리는 청진동이나 무교동에서 푼돈을 모아 빈대떡을 안주로 소주를 마시곤 했다. 주량이 '말술'인 나병식은 귀한 술과 안주를 가장 많이 차지했다.

홀어머니와 동생 다섯 명이 셋집에서 함께 사는 처지이던 나는 동아투위 선배·동료들과 함께 '종각번역실'을 꾸리고 주로 영어 원서를 우리말로 옮기는 작업을 하고 있었다. 나병식도 말할 수 없이 어려운 처지였을 것이다. 1977년 어느 날 그는 부인 김순진 여사와 함께 을지로지하상가에 '풀빛'이라는 옷가게를 열었다. 김 여사는 나와는 구면이었다. 1971년에 내가 동아일보 사회부 초년 기자로 서대문경찰서에 출입하던 때 관할지역에 있던 이화여대 학보사를 자주 찾아갔는데 그는 거기서 기자로 일하고 있었다.

'풀빛'이라는 낱말을 유난히 좋아하던 나병식은 그 뒤 같은 이름의 출판사를 내고 출판문화운동에 힘을 쏟았다. 소설가 황석영이 대표 집필한 〈죽음을 넘어 시대의 어둠을 넘어〉는 살벌한 전두환 군사독재시기에 풀빛출판사가 펴낸 획기적 기록물이었다. 광주학살과 민중항쟁의 진상을 본격적으로 밝힌 그 책을 1985년 5월에 서슴지 않고 간행하기로 한 나병식의 용기와 결단은 참으로 놀라웠다.

그 책이 나오기 한 해 전인 1984년 새해 초에 나병식이 강동구 명일동에 살던 나에게 전화를 걸었다. "형님, 긴요한 일이 있으니 강남 찻집으로 나오시지요." 나는 영문도 모르는 채 약속 장소로 나갔다. 나병식과 함께 춤과 마당극 전문가 채희완, 문학평론가 채광석이 앉아 있었다. 나병식이 먼저 입을 열었다. "전두환 군사독재를 깨뜨리려면 청년학생운동도 중요하지만 문화예술인들의 조직적 활동도 필요합니다. 그래서 연극, 영화, 노래, 판소리, 춤, 마당극, 민요 등을 아우르는 조직을 만들려고 합니다. 형님이 얼굴로 나서주시면 좋겠습니다." 그 말을 들은 나는 어안이 벙벙했다. 내가 1982년부터 창비를 통해 문학평론을 하고는 있었지만 어디까지나 언론인으로 생각하고 있는데 문화운동을 대표하는 자리를 맡아 달라니... 채희완과 채광석도 같은 부탁을 했다.

나는 능력 밖의 일이고 그 자리를 맡을 훌륭한 분들이 많을 것이라는 이유로 강하게 거절했다. 거기서 나병식의 끈질긴 성격이 '위력'을 떨치기 시작했다. 그와 바둑 내기를 하던 재야 사람들이 언제나 말하던 바로 그것이었다. "나병식은 바둑으로 내기를 시작하면 자기가 이길 때까지 상대를 놓아주지 않고 밤을 샌다."

옆의 두 사람도 간곡히 부탁하는 것을 뿌리치지 못한 나는 그날 밤 술자리로 옮겨가서, 여러 동지들과 힘을 모아 문화운동 조직을 만드는 데 동의했다. 그렇게 해서 1984년 4월 중순에 출범한 것이 민중문화운동협의회(민문협)였다. 송기숙, 황석영, 여익구, 김종필(신부)과 함께 내가 공동대표를 맡았는데 실질적인 살림은 내가 꾸려야 했다. 그 조직을 만들고 나서 나병식은 언론·출판운동 쪽에서 열심히 일했다.

1987년 6월항쟁 기간에 나는 서대문구치소에서 나병식과 이웃

이 되었다. 나는 1986년 전두환의 장기집권 음모를 분쇄하기 위해 민주통일민중운동연합(민통련)과 신민당이 함께 주관한 '인천 5.3 항쟁'을 주도한 사람들 가운데 하나라는 이유로 수배당해 피신생활을 하다 1987년 6월 5일에 붙잡혔다. 민통련 대변인이던 나는 후배들과 6.10 국민대회를 준비하고 있었는데 닷새 전에 체포되어 서대문구치소 10사 상에 수감되었다. 가서 보니 바로 옆의 옆방에 나병식이 자리를 잡고 있었다. 풀빛에서 펴낸 〈한국 민중사〉가 국가보안법에 걸린다고 해서 구속되었다는 것이었다. 그와 나는 석 달 남짓 장시간 통방을 하거나 운동시간에 자주 만났다. 박정희 정권 때 사형선고까지 받았던 그는 책 때문에 잡혀 들어온 사건은 구류쯤으로 여기는 것 같았다.

2010년께이던가 나병식이 난치병에 걸렸다는 소식이 친지들에게 전해졌다. 그는 입원과 퇴원을 거듭하면서 굳건하게 버텼다. 2012년 여름 어느 날 나는 일산 사람들이 자주 이용하는 농협 하나로마트에 아내와 함께 장을 보러 갔다. 카트를 밀고 가는데 키가 큰 사내가 "형님도 이런 데 다니슈?" 하면서 내게로 다가왔다. 김순진 여사와 함께였다. 그는 파주에서 요양을 하는 중이었다. 얼굴은 밝았다. 나는 나병식이 그 불굴의 끈기로 병마를 이겨내기를 빌었다. 그러나 그는 2013년 12월 끝내 우리 곁을 떠나고 말았다.

억눌리고 소외당하는 이들을 사랑하고 돕던 다정한 나병식, 불의를 보면 참지 못하고 독재를 타도하기 위해서라면 폭풍처럼 치닫던 격정의 사나이 나병식, 그가 열망하던 민주화와 통일을 동지들이 힘을 모아 이룰 수 있기를 간절히 기원한다. 그리고 그가 사랑하던 아내 김순진 여사, 아들 힘찬과 딸 빛나와 슬기가 건강한 삶을 누리기를 축원한다.

그는 시대의 진정한 호걸이었다

김 찬

추억 1

나병식 선배를 나는 1983년 여름 역촌동 풀빛출판사에서 처음 만났다. 덩치가 크고 목소리가 우렁찬 그의 모습은 약간은 위압적이었다. 하지만 그는 다정하고 소박한 사람이었다. 집에 전화를 걸어 '나힘찬'과 '나빛나'를 찾아 목소리를 들으며 즐거워하는 소박한 가장이었고, 찾아오는 후배들과 다정한 술자리를 하며 어려움을 들어주고 고민해주는 자상한 선배였다.

나는 나병식 선배와 술자리를 함께 하는 것을 정말 힘들어 했다. 그는 두주불사에 밤을 새워 술자리를 즐기는 사람이었다. 술을 많이 마시지 못하는 나는 일찍 자리에서 일어나야 했기 때문이다. 간혹 그와 어울려 늦도록 술에 취해 밤거리를 거닌 적도 있지만 나는 언제나 일찍 술자리에서 일어났다. 하지만 나 선배는 그런 나를 항상 이해하고 보내 주었다. 그는 그런 사람이었다.

* 그루터기 회원, 전 풀빛 편집부

나병식 선배와 시내에서 어디를 갈 때도 참 불편했다. 그는 웬만하면 걸어 다니기 때문이다. 더운 여름날 땀이 줄줄 흘러도 시내에서는 항상 걸어 다녔다. 조금만 거리가 되어도 택시를 타거나 지하철을 타는 버릇이 있는 나와는 정말 달랐다. 그 큰 덩치에 아이스크림을 사서 들고 먹으면서 거리를 걸어 다녔다. 조금 민망했지만 그는 신경 쓰지 않았다. 그는 정말 촌놈이다. 도시 생활이 몸에 밴 나에게 그는 정말 불편한 사람이었다.

　'풀빛'은 나병식 선배와 참 잘 어울리는 말이다. '풀빛'은 본래 그가 하던 옷가게 이름이라고 한다. 30년 전 그 이야기를 처음 들었을 때 출판사 이름으로는 약간 촌스럽다고 생각했다. 그의 옷차림도 보통 풀빛처럼 촌스러운 모습이었다. 많이 보지는 못했지만 그가 어쩌다 정장을 입었을 때도 매우 불편하고 어색해 보였다. 그래서 그런지 영정 사진도 점퍼를 걸친 소박한 모습이었다. 먹는 것을 즐기지만 음식도 언제나 소박했다. 술도 막걸리를 즐겼다. 촌사람 기질이 몸에 밴 소박한 사람이었다. 되돌아보면 약간 촌스럽지만 '풀빛'은 정말 나병식스러운 소박하고 다정한 말이다.

　나병식 선배는 문사철文史哲을 갖춘 진정한 인문학도였다. 사람에 대한 진한 애정이 있었다. 삶과 역사에 대한 깊은 성찰이 있었다. 인생사 영욕의 부질없음을 알고 있었다. 욕망을 쫓는 속물이 아닌 진정한 의인이었다. 처연한 삶을 사는 문인과 예인을 좋아했고, 낮은 곳에서 고되고 힘들지만 진지한 삶을 꾸려가는 이들을 사랑했다. 그리고 우리의 웅혼한 역사와 치열한 현대사를 가슴에 담고 살았다. 그와 함께 하는 술자리는 언제나 시대의 아픔을 달래주는 자리였고, 올바른 삶을 고민하는 자리였고, 새로운 꿈과 희망을 찾아가는 자리였다.

나병식 선배에게는 야사野史가 있었다. 문익환, 채광석, 김용태, 김근태, 정동영, 김지하 등등... 수많은 선후배들의 생생한 삶에 대한 이야기가 있었다. 그들이 살아오면서 보였던 인간적인 모습에 대한 애틋한 정과 추억이 있었다. 그들의 사랑, 가족사에 얽힌 한, 자식에 대한 애틋한 마음, 친구에 대한 우정, 삶에 대한 고민을 이해하고 있었다. 의연한 모습 뒤에 가려져 있는 인간적 고민에 대한 깊은 이해심이 있었다. 그래서 그는 보이지 않는 곳에서 그들의 고민을 덜어주려 애썼다. 그에게 서운하게 했던 사람이라도 쉽게 내치지 않았다. 지금의 보이는 모습만이 아닌 그들이 살아온 삶에서 현재의 모습을 이해하고 받아들였다.

나병식 선배도 가장이었고, 정치적으로 나서고 싶은 욕망이 있었고, 출판 사업을 하는 사업가로서 꿈이 있었다. 하지만 그는 일을 하면서 그런 자신의 욕망을 앞세우지 않았다. 대의를 위해 먼저 봉사하였다. 선공후사의 정신에 철저했다. 그래서 그는 빛나는 자리에 가 있지 못했다. 하지만 누구도 원망하지 않았다. 그는 언제나 사람들을 진심으로 대했다. 그는 정말 품이 넓은 사람이었다.

추억 2

2007년 대선을 앞두고 민주평화개혁 진영은 여러 그룹으로 나뉘어 심각한 분열의 늪에 빠져들고 있었다. 국민의 지지를 상실한 민주평화개혁 진영의 패배가 불을 보듯 뻔히 예견되고 있었다. 무엇이라도 해야 했다. 패배하더라도 이런 분열 상태에서 패배하게 되면 미래가 없을 것 같았다. 민주화운동을 함께 했던 몇몇과 나는 민주평화개혁 진영의 분열을 극복하고 단일한 대오를 형성하기 위해 국민경선을 통한 단일한 국민후보 운동이 절실히 필요하다고 생각했다. 그래서 우리는 '통합과 번영을 위한 국민행동'을 조직하는 일에 나섰다.

우리는 여러 선배들을 만나 설득하고 참여와 지원을 요청하였다. 많은 선배들이 새로운 모색과 준비를 하는 것이 부질없는 일이라고 했다. 민주평화개혁 진영 내부에 이미 많은 상처가 나있고 이해관계들이 얽혀 있어 난망한 일이라고 했다. 하지만 나병식 선배는 달랐다. "꼭 필요한 일이다. 이번에는 비록 승리할 수 없더라도 다음을 위해 크게 뭉쳐야 한다."며 격려해 주었다.

당시 시민사회를 비롯한 정치권 밖의 많은 사람들은 열린우리당에 희망이 없다고 보았다. 정치권 밖의 인물을 내세워 새로운 당을 만드는 데 힘을 쏟고 있었다. 하지만 나병식 선배는 이러한 상황에 대해 안타까운 마음을 갖고 있었다. 그도 우리와 마찬가지로 대의를 위해 지금은 여러 세력이 힘을 합해 하나의 전선을 만드는 것이 중요하다고 보았다. 국민경선을 통한 단일한 국민후보를 민주평화개혁 진영이 만들어 내어 어려운 상황을 극복할 수 있기를 희망했다.

나병식 선배는 우리에게 당시 시민단체 등이 준비하고 있던 창조한국 미래구상과 통합하여 힘을 합할 것을 권유하였다. 그리고 진심으로 물심양면으로 힘을 보태주었다. 그런 그의 도움이 있었기에 민주화운동 출신과 시민단체 출신들이 함께 하는 '통합과 번영을 위한 미래구상'이 출범할 수 있었다. 그리고 어려운 시기에 작은 역할이나마 할 수 있었다.

나병식 선배는 후배들의 움직임을 구경만 하지 않았다. 스스로 여러 원로, 선배 중견활동가들과 적극적인 논의를 시작하였다. 논의를 모으고 설득하고 후배들의 노력에 힘을 보태기 위해 동분서주하였다. 그 노력의 결과 사회개혁 의제와 당면한 정치적 의제를 담당할 국민적 사회운동체인 '민주평화국민회의'를 창립할 수 있었다. 그리고 분열에 직면한 민주평화개혁 진영에 국민경선을 통한 단일한 국민후보라는 방향을 주도적으로 제시하고 정치권의 다수를 견인할 수 있었다. 비록 신당 그룹의 일부가 문국현 후보를 끝까지 고집하여 단일 대오 형성에 이르지는 못했지만 지리멸렬 상황에서 나름의 성과를 이룰 수 있었던 것은 나병식 선배의 사심 없는 노력이 크게 기여하였다.

대선운동 기간 중에도 나병식 선배는 정동영 후보와 문국현 후보의 단일화를 위해 쉼없이 노력했다. BBK 주가조작 등을 행한 부패세력의 집권을 막기 위해 부패정치세력 집권저지를 위한 비상시국회의를 조직하고, 엄동설한에도 광화문에서 촛불을 놓지 않았다. 어떠한 보상도 대가도 없는 일이었지만 그는 대의를 위해 헌신했다.

나병식 선배는 당시 정치에 꿈이 있었다. 재야 출신 유력 정치인들과의 친분도 두터웠고, 대선 후보였던 정동영과의 인연도 남달랐다. 고향 광주에는 따르는 동지와 후배들도 많았다. 당시 출마를 준비하는 사람들은 대의와는 상관없이 움직이는 경우가 많았다. 주목받고 논공행상을 요구할 수 있는 자리를 원했고, 자신의 지역을 챙기느라 동분서주했다. 하지만 그는 그렇게 하지 않았다. 대의만을 생각했다. 언론의 주목을 받는 일에 자신이 나설 수는 없다고 했다. 자신의 꿈 때문에 대의가 훼손되는 것을 원하지 않았다. 유력 정치인이 그와 민주평화국민회의가 정치적인 대가를 원하느냐고 물어 왔을 때도 그렇지 않다고 분명하게 못 박았다. 그는 진정 선공후사할 줄 아는 사람이었다.

민주평화국민회의와 국민경선 국민후보 운동에 대해 사람들과 진영에 따라 평가는 다를 수 있다. 하지만 나병식 선배가 보였던 사심없이 대의에 헌신하는 모습은 '민주화의 꿈을 먹고사는' 진정한 사나이의 모습이었다.

나병식, 그가 그립다

국민의 정부, 참여정부 10년 동안은 그래도 숨 쉴 구석이 있었다. 하지만 지난 8년간 정말 답답한 세상으로 바뀌었다. 수많은 노동자가 해고의 고통 속에서 목숨을 끊고, 굴뚝 위에서 피눈물을 흘려도 아무 것도 해결되지 않는 비정한 세상이 되었다. 종북이라는 새로운 반공이데올로기가 횡횡하는 세상이 되었고, 긴급조치는 '고도의 정치행위여서 불법행위가 아니다.'는 궤변을 들어야 하는 세상이 되었다. 부패한 정치인들과 기레기들이 판을 치고, 곡학아세하며 눈속임을 하는 지식 장사꾼들이 휘젓고 다니는 세상이 되었다.

나병식 선배가 세상을 떠난 지 벌써 1년 6개월의 시간이 흘렀다. 그가 있었더라면 지금 세상을 보고 뭐라 했을까? '언제 우리는 다시 숨통을 트고 살 수 있을 것인가?'를 물어 보고 싶다. '민주화의 꿈을 먹고 살던 사나이'인 그에게 묻고 싶다. 아현동 어느 구석 선술집에서 막걸리를 받아 놓고 답답한 속내를 털어놓고 싶다.

지난해 4월 수백 명의 청춘이 눈앞에서 차디찬 바닷물 속에 수장되는 것을 보고도 아무 것도 하지 못하는 무능한 집권세력에 대해 국민들은 분노했다. 하지만 야당은 그들을 응징할 수 있는 기회였던 지방선거와 잇따른 보선에서 무기력하게 무너졌다. 그들에게 뻔뻔스러움을 뽐낼 수 있는 기회를 만들어 주었다.

그리고 또다시 집권세력의 치부와 부패가 드러나 국민 속에서 분노가 들끓고 있음에도 야당은 무기력하게 금년 4월 보선에서 참패하였다. 집권세력이 후안무치하게 고개를 바짝 세우고 나설 기회를 제공하였다. 그리고 그 후유증으로 심각한 내홍에 빠져 있다. 2017년 대선에서 민주개혁진영의 승리를 통해 정권교체를 이루어 잃어버린 10년을 되돌려 놓아야 함에도 야권은 눈앞에 놓인 총선의 이해관계 때문에 심각한 분열의 늪에 빠져들고 있다.

나병식 선배가 계셨다면 2007년처럼 그와 마주 앉아 막걸리를 받아 놓고 희망이 있냐고 물어보고 싶다. 어떻게 희망의 불씨를 만들 수 있냐고 묻고 싶다. 그러면 세상에 대해 종주먹을 들이대고 '4월도, 5월도, 6월도 알맹이만 남고 껍데기들은 가라'고 소리를 쳤을 것 같다. 알맹이들의 난장을 열어 '민주화의 꿈'을 함께 꾸자고 했을 것 같다. 정말 그가 그립다.

'광주가 고향이기 이전에 조국이었던 사람.'
'민주화의 꿈을 먹고 산 사나이.'
'젊은 청춘 오로지 앞만 보고 달려온 의인.'
나병식 선배! 그가 정말 그립다.

그의 친구여서 자랑스러웠다

남 성 우

나병식, 그가 나의 친구여서 자랑스럽다. 더 정확히 말하면 그가 나를 친구라 해서 자랑스러웠다. 고맙기도 했다. 그의 친구라는 것만으로 세상이 나를 달리 평가하는 것 같았다. 그래서 더욱 그와 함께 한 자리들이 그립다.

또 그것을 기대하면서 그가 내 친구임을 자랑하곤 했다. 그가 떠나버린 지금도 그리고 앞으로도 같은 마음으로 그가 내 친구임을 자랑할 것이다. 이 글도 같은 마음으로 쓴다.

친구이긴 하지만 나는 그가 했던 일, 해냈던 일을 다 알지는 못한다. 그가 겪었던 아픔은 더욱 알지 못한다. 그는 자신의 일이건 가족의 일이건 아픔이나 어려움은 말하지 않았다. 큰 덩치만큼이나 큰 목소리로, 큰 마음으로 세상을 걱정하면서도 희망을 이야기했다. 생각은 넓고 깊으면서도 일관되었고 아무리 어려워도 어려워하지 않았고 아무리 난감해도 주저함이 없이 그의 생각들

---

* 전 KBS 편성본부장

을 행동으로 옮겼다.

그래서 그는 내가 존경하는 친구다. 같은 나이, 같은 고등학교를 나온 친구인데 그의 생각과 행동은 보통의 삶을 사는 나에게 많은 것을 생각게 했다. 평범하게 그리고 평안하게 살아가려는 나를 가끔은 부끄럽게 만들었다. 세상에 대해 고민하게 하기도 했다. 나뿐만 아니라 많은 사람들이 그랬을 것이다.

사람은 기억으로 남는다던데 그에 대한 나의 기억은 그가 했던 일의 극히 일부분일 것이다. 그의 삶을 기리고 추모하기에는 턱없이 부족한 기억일 것이다. 그러나 내가 친구인 그를 자랑스러워하고 존경하게 한 것들이다.

1985년 늦여름 때 쯤 만나자는 연락이 왔다. 당시 그는 수배 중이었다. 그해 5월 그는 또 역사적인 일을 해냈다. 그의 '풀빛출판사'가 그 유명한 〈광주 5월 민중항쟁의 기록 ― 죽음을 넘어 시대의 어둠을 넘어〉를 출판한 것이다. 80년 5월 광주의 상황을 체계적으로 기록한 첫 출판을, 그 5월을 우리 모두에게 온몸으로 드러내는 엄청난 일을 친구인 그가 한 것이다. 당시 나는 평소 눈인사 정도 하는 책방 주인이 은밀히 보여 주어서 책을 구입할 수 있었다. 혹시 누가 볼까봐 몰래 집으로 가져와 밤새 한숨과 눈물, 분노로 책을 읽었던 기억이 지금도 잊혀지지 않는다. 이 〈넘어넘어〉는 훗날 내가 〈광주는 말한다〉라는 다큐멘터리를 만들 때 텍스트가 되었다. '80년 5월 광주'를 다큐멘터리로 만들어야겠다는 생각을 갖게 한 것도 이 책이었다. 그는 이렇게 내가 방송사에 있으면서 가장 심혈을 기울여 만들었던 프로그램에 가장 큰 영향을 준 것이다.

신촌 어느 식당에서 수배 중인 그와 만났다. 은밀한 곳도 아닌 일반 식당에서 그와 마주한 나는 내내 안절부절했다. 혹시 이 자리서 그가 검거되면 어떡하나 하는 걱정 때문이었다. 그러나 그는 태연했다. 〈넘어넘어〉가 책으로 만들어지자마자 모두 경찰에 압수당했고 이를 대비해 따로 만든 〈넘어넘어〉를 시중 책방에 유통시켰다는 이야기도 그 자리서 들었다. 그리고 만나자고 했던 이야기를 했다.

수배 중에도 그는 학생운동을 했다가 제적을 당하고 마땅히 일자리도 얻지 못해 고생하는 후배들 걱정을 했다. 그들을 도울 방법을 마련하자고 했다. 그가 제시한 방법은 도울 여력과 마음이 있는 사람들이 그룹을 만들어 매달 얼마씩을 모아 어려운 후배들에게 일정액을 정기적으로 보내 주자는 것이었다. 나에게도 그런 그룹을 하나 만들어 보라고 했다. 수배 중에도 그는 검거의 위험을 무릅쓰고 고생하는 후배들을 돕기 위해 동분서주하고 있었다.

그를 생각할 때 마다 애는 썼지만 끝내 그의 제안을 완성하지 못한 미안함과 함께 이 날 일이 떠오른다. 그가 곁에만 있어도 안심이 됐다는 후배들의 말이 왜 나왔는가도 알 수 있는 자리였다.

꽤 유명했던 KBS 프로그램 중에 〈역사스페셜〉이란 프로그램이 있다. 1998년 가을에 방송을 시작해서 5년 동안 토요일 저녁 8시, 이른바 황금시간대에 방송되었다. 당시 책임프로듀서였던 나는 지금도 이 프로그램을 만든 것을 자랑한다.

첫 프로그램은 '영상복원 무용총, 고구려가 살아난다'였다. 시청자들이 좋아하는 고구려 이야기를 함으로써 시청률도 올릴 수 있고 현장 촬영이 불가능하지만 무덤과 그 무덤의 벽화를 컴퓨터 그래픽으로 잘 복원할 수 있을 것 같아서 첫 프로그램으로 결정한 아이템이었다. 정규 프로그램으로는 처음으로 가상 스튜디오 등 컴퓨터 그래픽을 본격적으로 활용하기로 했던 터였다.

자료 수집을 하던 담당 PD가 큰일 났다고 하소연을 했다. KBS 도서관에 무용총 벽화 화보집이 없다는 것이었다. 무용도, 수렵도, 접객도 등 무용총 벽화를 제대로 찍은 사진을 방송국에 가져와 미세한 부분까지 촬영을 하고 컴퓨터 그래픽으로 복원하는 작업을 해야 하는데 다른 도서관의 것을 가지고는 이런 작업을 할 수가 없다. 몇 전문가들 말고는 개인들이 갖고 있기 어려운 화보집이었다. 결국은 출판사 신세를 지기로 했다.

그런데 이를 출간한 출판사가 '풀빛출판사'였다, 나도 놀랐고 담당PD는 물론 〈역사스페셜〉팀의 PD, 작가 모두들 놀랐다. 대부분 80년대에 대학을 다녔던 PD, 작가들은 '풀빛출판사'를 잘 알고 있었다. 그들의 책장에는 '풀빛출판사'의 책 몇 권씩은 있다고 했다. 그런데 이 출판사가 결코 대중적일 수 없는 그래서 손해가 뻔한 고구려 고분 벽화 화보집을 출간했다는 사실에 놀랐고 역시 '풀빛'이구나 하며 새삼 놀랐다.

제작진들에게 '풀빛'의 대표가 친구라고 자랑하면서 그에게 협조를 부탁했다. 덕분에 프로그램은 차질없이 제작되었고 성공리에 방송되었다. 어떻게 이런 책도 출간했느냐고 물었더니 '누군가는 해야 될 일인데 누구도 하려고 하지 않아 했다'고 했다. 그리고 KBS도서관 정도면 당연히 구입했어야 하는데 하며 탄식을 했다.

그랬다. 그는 누군가가 해야 할 일인데도 누구도 하지 않으려 할 때 아무리 어려워도, 아무리 난감해도 자신의 희생을 감수하면서 그 일을 했다.

'그'의 목소리가 듣고 싶다

남 영 신

'그'가 나를 불렀다.
"영신이형!"
언제나처럼 웃음기가 섞인 목소리였다.
"나 사장, 오랜만이오!"
가만있자, 그런데 뭔가 좀 이상한 느낌이 스친다.
뒤를 돌아본다.
털털한 웃음을 웃으며 있어야 할 '그'가
없다. 휑한 길바닥에 햇볕이 쏟아지고 있을 뿐이다.
그렇다, 있을 리 없다.
'그'가 나를 찾아왔나? 아니면 내가 '그'를 찾아갔나?
광화문에서 한때 '그'와 이렇게 만났던 적이 있었으니
너무 격조해서
'그'가 나를 찾아온 것인가?

---

* 국어문화원 원장, 국어단체연합회 회장

나는 '그'와 마포의 한 오피스텔에서 처음 만났다. 1993년인 것 같다.

전라도 사람들이 모여서 무엇을 하나 결성하기 위해서 모인 자리에서였다.

원래 나는 그 자리에 끼일 만한 사람이 아니었다. 거기에 모인 사람들이 해 온 숭고한 일에 나는 아무 것도 보태거나 그들과 어려움을 함께 한 적이 없었기 때문이다. 더욱이 특별히 초청을 받은 것도 아니고, 거기 모인 사람들과 내가 특별한 관계를 가진 것도 아니어서 마치 이방인처럼 그 자리에 앉아 있었다. 여러 경로로 이름과 얼굴이 이미 알려진 귀한 분들이 많이 있었다. 어떤 이가 말했다. "여기 모인 사람들만으로도 내각을 꾸릴 수 있겠다."라고. 그런 모임에서 나는 이방인처럼 눈을 굴리며 앉아 있었다. 솔직히 말해서 나는 그 자리가 조금은 불편했던 게 사실이었다. 어떻든 그 사람들 중에 '그'가 있었던 것 같다.

나는 '그'가 어떤 사람인지 몰랐다. 내가 '그'의 과거를 알려고 하지 않았고, '그'도 자기 과거를 이야기하지 않았기 때문에 우리 둘은 새로 시작하는 균형사 일에 대해서 이야기하는 것으로 충분했던 것 같다. 내가 '그'의 과거 행적을 조금이라도 알게 된 것은 그로부터 몇 달이 지난 뒤였을 것이다. 그리고 그때부터 내가 '그'에게 빚지고 있음을 깨닫게 된 것 같다.

균형사 모임은 '그'를 중심으로 굴러갔다. 나는 균형사 주위에서 이방인처럼 '그'와 만나고 헤어짐을 이어갔다. 균형사 모임이 비교적 활발하던 3, 4년 동안 내가 은근히 궁금했던 것이 있었다. '균형사 활동에 필요한 돈이 어디서 나오나?' 당시 회비를 거두기는 했지만, 나만 해도 먹고 사는 문제에서 헤어나지 못한 탓에 저녁 밥값을 낼 때에 내 몫을 내는 것으로 겨우 면치레를 하던 터라, 사무실 운영비며 행사 경비를 회비로 충당하는 것은 전혀 불가능하였다. 어떻게 해서 그 비용을 충당하는지 궁금하지 않을 수 없었다. 그래서 균형사 사정을 어느 정도 아는 후배에게 넌지시 물은 적이 있다. 그때 알게 된 사실은 '그'가 대부분 댄다는 것이었다. 솔직히 놀랐고 고마웠다.

김대중 정부가 들어선 뒤에 균형사 모임은 거의 와해되었다. 많은 회원이 이런저런 감투를 받아서 각자의 길로 떠난 뒤의 균형사는 그야말로 이름뿐인 모임으로 바뀌고 말았다. 여기서 또 하나 든 궁금증은 이것이었다. '이제야말로 균형사가 탄탄하게 제 몫을 할 때가 되었는데 왜 이 좋은 환경에서 균형사가 스스로 와해되지?' 이에 대해서 내가 '그'에게 물은 것 같다. '그'는 균형사 일을 잠시 접고 자기 일에 매진하는 것으로 내 질문에 대답했다. 솔직히 아쉬웠고 안타까웠다.

어느 날 '그'가 나에게 전화를 했다.

"영신이형!"

웃음기가 섞인 그 목소리로.

"나 사장님 오랜만이오!"

백두산 답사 여행을 가자는 것이었다. 2009년 봄이었던 것 같다. 나는 기쁜 마음으로 그 여행에 동참했다. 함께 가는 사람들은 내가 평소에 알지 못한 사람들이 대부분이었지만 '그'와 함께 간다는 것으로 충분했다. 우리는 인천에서 배를 타고 단둥을 거쳐 압록강을 따라 난 길로 백두산까지, 연길과 토문을 거쳐 두만강 하구인 방천까지, 장춘과 심양까지 함께 여행했다. 이때 내가 처음으로 '그'에게 걱정을 했다. 내 방에 들어왔을 때였던 것 같다.

"담배 그만 피우면 안 될까?" 그러자 '그'가 내 말을 우스개로 받아들이고 방문을 열어젖히면서 담배 연기를 밖으로 내쫓는 시늉을 했다. 사실 나는 언젠가 '그'의 젊은 시절 이야기를 '그'의 입을 통해서 들어보고 싶었다. 내가 좀 한가해지면 '그'에게 그런 이야기를 시킬 생각이었다. '그'가 꿈꾼 세상이 어떤 것인지, 지금 어떤 생각을 하고 있는지 궁금했다. 내가 추구하는 세상과 얼마나 다른지도 궁금했다. 그래서 그의 건강을 은근히 걱정하기 시작했던 것 같다.

언젠가부터 '그'가 감기에 걸렸다는 이야기를 비롯해서 심심찮게 그가 약해진 모습을 담은 소식이 들려오더니 그가 입원했다는 소식까지 들렸다. 그래서 이번에는 내가 전화를 했다.

"나 사장이요? 나, 남영신."

"영신이형, 잘 계셨소."

전화기 속에서 들려오는 '그'의 목소리는 건강함을 증명하기라도 하려는 듯 강렬하였다. 그 후 '그'가 요양하고 있다는 심학산 자락으로 '그'를 찾아갔다. 그것이 비교적 건강한 얼굴로 '그'를 대면한 마지막이 되었다.

내가 '그'와 알고 지낸 20여 년 동안 왜 나는 '그'를 알기 위해서 좀 더 노력하지 않았는지 모르겠다. 섣불리 시작하지 말자고 생각한 탓도 있겠지만, 그래도 지금 생각하면 너무 아쉽다. 오늘 이 짧은 글을 쓰는 데도 내가 '그'를 아는 것이 너무 없음을 안타까워하고 있지 않은가?

그러나 그렇지만은 않다. 내가 '그'의 과거 행적에 대해서 많은 부분을 모르고 있었지만 '그'의 마음자리만은 제대로 알고 있었다. 나는 '그'의 과거(민주화운동과 투옥 등)를 대상으로 대화하지 않았기 때문에 오히려 '그'의 참 모습을 다양한 형태로 내 가슴에 새겨 놓을 수 있었다.

아무래도 '그'는 우리 사회에서는 보기 힘든, 희생할 줄 아는 사회적 인격을 갖춘 사람이었다. 사회와 사람에 도움이 되는 일이라면 자기의 손해를 마다하지 않는 넉넉한 마음을 가진 사람이었다. 내가 아는 사람 중에서 그처럼 희생하면서 사회와 주위 사람에게 크게 이바지한 사람을 나는 알지 못한다. 그리고 '그'는 순진하고 진실한 사람이었다. 우리 사회에서는 큰일을 하려면 영악해야 하는데 '그'는 영악함과 거리가 멀었다. 순진하다고 말해야 할 정도로 진실한 인격을 가졌다. 그래서 나는 '그'가 어떤 일을 하든지 진실을 배반하지 않을 것이라고 믿었다. '그'가 갖춘 이 두 가지 덕목은 나에게는 부족한 것이기도 했다. 내가 '그'를 존경하고 좋아한 이유였다.

그런 '그'가 내 곁에 없다는 것은 나에게 큰 상실감과 아픔을 준다. 한동안은 가끔 '그'의 전화를 기다렸던 적이 있다. 때로는 맛있는 밥도 한 그릇 사주고 싶기도 했고, '그'가 좋아했던 막걸리에 파전 한 판 대접하고 싶기도 했다. 내가 그다지 술을 좋아하지 않아서 '그'에게 한 번도 술대접을 못한 것이 아쉽기도 하다. 그러나 무엇보다도 내가 가장 크게 아쉬워한 것은 '그'와 깊이 대화하면서 '그'의 개인사를 정리하는 일을 시작하지 못한 것이다.

다행히 '그'와 오래 함께했던 많은 분들이 '그'의 이야기를 책으로 내는 일이 시작되었다고 해서 무척 반가웠다. '그'가 어떻게 시골에서 자랐고, 학생 시절에 무슨 생각으로 고민했고, 사회에 나와서 어떤 가치를 향해서 저돌적인 활동을 하였는지, 부모에게 어떻게 효도했는지, 아내와 자식들에게 어떻게 헌신했는지 꼼꼼히 그리고 진실하게 기록하는 많은 글이 실릴 수 있으면 좋겠다. 내가 이 소중한 책의 한 쪽에 같잖은 글을 쓰는 것이 사실 부끄럽기도 하고 기쁘기도 하다.

'그'가 북아현동의 어느 빌딩으로 사무실을 옮긴 뒤에 만나자고 전화를 해서 만난 적이 있다. 아마 무슨 상품을 만드는 일과 관련해서 의논했던 것 같다. '그'는 역사에 관심이 있고, 나는 국어에 관심이 있는 사람인데, 역사와 국어를 융합하는 어린이용 상품에 대한 계획을 제시했던 것 같고 나는 개념이 잘 잡히지 않아 한두 가지 생각을 보탠 것 같다. 그때 '그'가 내게 웃으면서 한 말이 생각난다. "영신형, 이거 되면 국어운동 밀어 줄게." 그래서 내가 말했다. "좋아, 나 그 말 잊지 않겠어. 이거 녹음해 두어야 하는데." 나는 아직도 '그'의 전화를 기다린다.

난세가 되풀이 되니 더 생각나는

문 영 희

나병식 선생은 1949년생이다. 태어난 해로 치면 나보다 6년 후배다. 우리는 같은 학교를 다니지도 않았고, 고향이 같은 것도 아니다. 이 사람이 그의 이름을 처음 본 것은 1974년 민청학련 사건에 관한 중앙정보부 언론 발표 때였다. 그는 이후 군사재판에서 사형선고를 받은 몇 학생 가운데 한 사람으로 내 머리 속에 남아 있었다.

그런 그를 만나 술도 마시고 세상사에 대하여 대화하기 시작한 지는 지금부터 10여 년 안팎이었다. 그런데 그가 그만 세상을 떠나고 만 것이다. 우리의 인연은 이렇듯 너무 짧았다고 생각한다. 그를 알게 된 것은 민주화운동기념사업회 상임이사 문국주를 통해서였다. 나병식은 문국주의 선임 상임이사였다. 이 사람은 어느 날 뜻밖에 함세웅 신부의 전화를 받고 기념사업회 이사로 추천된 사실을 듣게 되었다. 기념사업회 이사가 되었던 이 사람은

---

* 전 동아자유언론수호투쟁위원회 위원장

문 이사와 함께 사석에서 처음으로 그와 상면했다. 우리는 구면처럼 스스럼없이 대화하고 술을 마셨다.

2007년 여름, 대통령 선거가 있던 해이다. 어느 날 그에게서 전화가 왔다. 조선일보 근처에 사무실이 있으니 한번 들러달라는 말이었다. 그는 대통합민주신당 소속 정동영 후보를 돕고 있었다. 그와 정 후보는 서울대 국사학과 선후배 사이였다. 정동영을 데모에 끌어들인 사람도 바로 나병식이었다고 들었다. 그만큼 가까운 사이였던 모양이다. '가깝다'라는 표현보다는 그의 강한 '리더십' 때문에 정동영이 거절하지 못했을 것이라는 생각이 들었다. 그는 나에게 빈 입당원서를 한 뭉치 건네주며 당원을 모집해 달라고 부탁했다. 선거 때면 늘 하는 일이다. 이 사람도 경기도 지역 정동영돕기 팀에 가담하여 그런 일을 하고 있던 참이었다.

그리고 몇 년 후, 그가 또 전화를 했다. 이번에는 굴레방다리 어디 사무실로 놀러오라는 것이었다. 찾아가 보니 풀빛출판사 사무실이었다. 더구나 광주 송정리에서 무소속으로 국회의원에 출마했다가 낙선한 뒤끝이라 그를 보고도 싶었다. 그때는 동아투위 조양진 동지와 함께 갔다. 연말이었는데, 우리는 선물도 잔뜩 받았고, 술도 많이 마셨다.

그 후 그는 잇달아 자녀들 청첩을 보내 왔다. 예감이 좋지 않았다. 누군가에게 물었더니 그는 중병을 앓고 있다는 것이었다. 그가 서울에서 멀리 떨어진 파주 어느 산골로 요양하러 들어갔다는 소식을 들었다. 마침내 2013년 연말 그의 부음을 접했다.

이 사람과 그와의 만남은 몇 차례 되지 않는다. 그러나 그는 내 머리 속에 대인으로 남아 있다. 체격도 컸지만 마음이 아주 크고 넉넉했다. 따져보니 그는 고작 64년을 이승에서 살다가 떠난 것이다. 인생 100세를 구가하는 시대에 64세라면 이제 막 장년기에 들어선 시기이며, 전체로 보아서는 절반 남짓밖에 살지 못한 셈이다. 더구나 그가 목숨을 걸고 저항했던 독재자 박정희의 딸 근혜가 대통령이 된 나라꼴이니 그가 이 개판세상을 보고 마음이 편했을 리가 없다. 그러니 제2민주화운동이 일어나고 있는 중이다.

이 운동을 주도할 단체로 '민주주의 국민행동'이 전국적으로 조직되고 있다. 나라가 어지러울 때는 용기와 소신을 가진 인물이 필요한 법인데 그는 지금 없다. 만약 지금 그가 살아 있다면 아마 출판사 일 제쳐놓고 동분서주할 것 같다. 너무 아쉽다. 거자일소去者日疎라 하였으니 산 자는 날이 갈수록 그를 잊어버리겠지만 그는 하늘에서 더 큰 사랑을 받으며 잘 지내리라 믿는다.

만파 나병식 대형에 대한 기억

박 관 석

나병식 형을 처음 만난 것은 아마 1981년이나 1982년이었던 것 같다. 당시 나는 긴급조치9호로 징역을 살다 나와, 10.26 후에 대학에 복학하여 졸업한 뒤, 상공회의소 조사부에서 맥없이 밥벌이하고 있던 시절이었다. 내가 일하던 사무실은 부장 과장 대리 등 층층시하의 위계서열에 따라 책상들이 쭉 배치되어 있었고, 2개 부 4개 과 소속 직원들이 함께 일하던 너른 곳이었다. 어느 날, 박관석! 하며 내 이름을 부르는 큰소리가 귀에 들렸다. 신입 말단인 주제이기도 하지만, 원래 소심한 터라 내 이름을 부르는 큰소리에 내심 좀 놀랄 수밖에 없었다. 그 소리가 조용한 사무실의 분위기를 깨뜨려 놓았기 때문이었다. 눈을 들어 쳐다보니 사무실 출입문 쪽에 후줄근한 남방을 걸친 웬 덩치 큰 사내가 서서 나를 바라보며 "내가 네 고등학교 대학교 선배 나병식이다."라고 외치듯 말하는 것이었다. 얼굴색은 시커멓고, 눈매는 우락부락하

* 목포대 교수

144

고, 두터운 입술 사이로 우렁우렁한 목소리가 흘러나왔다. 아! 그 유명한 나병식 선배! 참 촌스럽게도 생겼네. 형은 긴조9호 내 동기들 이름을 나열하며, 잘 지내고 있는지 순찰하러 왔다고 했다(홍보부서 쪽에 근무하던 동향 선배에게 볼 일이 있던 참에 나한테 들리셨던 것 같은데 그 점은 기억이 흐릿하다). 형의 호방한 기세 덕분에 사무실에 폐를 끼쳤다는 나의 소심한 걱정은 어느새 사라지고, 무언가 자랑스럽고 뿌듯한 기운이 내 뱃속에서 은근히 솟구쳤다. 지금 기운찬 모습을 한 선배가, 얼굴 한 번 안 본 후배의 이름을 기억하고, 직접 일터까지 찾아와 챙겨주고 있지 않은가! 우리의 첫 만남은 이리 시작되었다.

처음 만났을 때 형은 풀빛출판사와 풀빛와이셔츠를 겸업한다고 했었다. 와이셔츠점 사장이 저렇게 입고 다녀도 되나? 시간이 좀 지난 뒤 형이 나한테 번역 일감을 맡겼다. 그리고는 나를 불러 내 이리 저리 자리를 옮기며 술을 먹었다. 운동권 이야기며 장사 이야기며 출판이야기며 송정리 이야기며 형은 끝도 없이 이야기를 쏟아 내는 것이었다. 마셔라, 원고료는 없다. 술자리는 포장마차에서 새벽녘이 되어서야 겨우 끝났다. 그 때까지도 나에겐 이런 식으로 선배와 일대일로 술을 마셔 본 것은 처음 일이었고, 그렇게 오랜 시간동안 술을 마시는 것은, 친구들 사이에서도 전혀 없었던 새로운 체험이었다. 새벽에 겨우 집에 들어와 자리에 누우니 뭔가 새로운 차원의 세계로 진입한 느낌이 들었다. 큰 체구와 우렁우렁한 목소리, 끝도 없이 쏟아지는 언어들… 꼭 좋지만은 않았지만, 그러나 큰 위안을 주는 새로운 세계를 본 것 같았다.

고향 후배에 대한 형의 사랑은 끝이 없었다. 만날 때 마다 누구는 어떻게 지내는지, 동기들 소식을 묻고, 일이 생기면 도와주려고 이리 저리 연줄을 놓고, 일자리를 주선했다. 1985, 6년경이었던가, 나는 대학원을 마치고 시간강사를 하고 있었고, 내 친구 중 한 명이 미국유학을 앞둔 때였다. 5.18 광주의 진실을 최초로 알린 책 〈넘어넘어〉를 출판하자, 곧바로 수배령 떨어지자, 잠수를 타고 있던 형에게서 연락이 왔다. 그 친구를 데리고 마포 어디 빌딩 옆으로 나오라는 것이었다. 친구하고 함께 나가보니 초췌해진 모습의 형이 나타났다. 형은 며칠 배앓이를 했다고 했다. 형의 눈이 휑했다. 선배는 저리 힘들게 싸우는 데, 후배 놈들은 이리 비겁하게 공부한다는 핑계로 뒤로 물러 서있고... 죄송한 마음에 뭐라고 말도 잇지 못할 상황이었다. 그런 내 마음을 알아챘는지 못 챘는지, 형은 그 특유의 흔연한 웃음을 지으며 말했다. 후배가 장도에 오르니 술 한 잔 꼭 사줘야겠다고. 그리고는 우리를 골목 안의 허름한 술집으로 데리고 갔다.

어찌어찌 해서 대학에 자리를 얻어 고향으로 이사한 뒤에는 주로 광주에서 형을 만났다. DJ가 두 번 대선에 실패한 뒤, 호남 사람들이 낙심하고 있을 때, 형은 고향에 희망을 주어야 한다며 광주에 자주 왔고, 여러 선후배들을 부추겨서 '균형사회를 여는 모임'을 발족시켰다. 이 때 형의 모습은 마치 수호지에 나오는 양산박 두령이었다. 형은 금남로에 위치한 수미장 여관에 자리를 잡고 사람들을 불러 모았다. 온갖 직종의 사람들이 나이와 지위를 불문하고 형의 전화 한 통에 여관방으로 모여들었다. 낮부터 만나 죽치고 있는 사람, 먼 데 갔다가 되돌아오는 사람, 자다가 심야에 전화를 받고 잠이 덜 깬 얼굴로 나타나는 사람... 화제도 이것저것 끝이 없었고, 술자리는 끝없이 이어졌다. 94~5년에 형은 균형사회를 여는 모임의 역점 사업으로 '광주전남 활로개척 시민 대토론회'를 준비하고 진행했다. 광주일보 빌딩에 사무실을 열고 신들린 사람처럼 일했다. 밤늦게까지 후배들을 다그치고 뒤풀이자리를 한 뒤에도, 아침이면 제일 일찍 사무실에 나타나, 전날 밤 훈계를 들었던 후배들이 혼 줄이 나곤 했다. 토론회에는 경향 각지의 지식인, 논객들이 몰려들었다. 몇 달에 걸친 토론회가 끝나고, 서울 가는 비행기를 여러 사람들이 같이 타고 가던 중, 저쪽 뒷좌석에서 큰소리가 들렸다. 나병식을 청와대로! 술이 덜 깬 여운 선생의 목소리였다. 나병식이 움직이고 말하면 일파만파의 파동이 일었다. 이때는 정말 '만파선생' 나병식의 모습이었다. 아마도 형의 일생에서 제일 행복한 때였을 것이다.

　DJ가 집권한 후, 형은 정치권 진출에 뜻을 두었다. 민청학련 때부터 간단없이 이어져 오던 형의 명망에다, 균형사회를 여는 모임을 중심으로 한 주변의 기대도 상당했었다. 그러나 내 생각은 달랐다. 민주화운동과 정치는 다른 차원이지 않은가? 양산박 두령 같이 사는 형의 모습이 이해관계가 다양하게 분화된 현대 사회의 정치인으로서는 어울릴 것 같지 않았다. 형이 국회의원이 되면 좋지만, 그리되면 내가 알아왔던 나병식이라는 사람이 변할 것이다. 그러면 나는 그 동안 믿고 의지하고 같이 울고 웃던 형을 잃게 될 것이다. 나병식은 원래 호걸협객이고 한량이지 정치에는 안 어울려. 그래서 형에게 말했다. 형 저희들이랑 술 마시며 죽림칠현처럼 삽시다. 형의 마지막 결심을 위해 몇몇 선후배들의 의견을 듣는 자리에서 나는 반대라고 잘라 말했다. 그리고 선거에 나가라고 적극 권유하는 한 후배에게 선배를 잘못된 길로 인도한다고 질타했다. 순간 형의 안색을 보니 상기된 눈빛이다. 이미 형님이 결심한 마당에 내가 말을 잘못 꺼냈군. 그래도 동생의 순정은 알아

147

주겠지. 선거 준비하러 형수님이 내려 오셨기에 왜 말리지 않았냐고 볼멘 소리했더니, 여유 있는 웃음으로 대답하셨다. 하고 싶은 것 해 보라지 왜 말려요? 형수님도 정말 너른 품을 지니셨어.

형과의 술자리에서 퇴짜를 맞은 후배들이 많았는데, 몇 번은 직접 보기도 했었다. 술 먹다 여러 번 내가 대들기도 했지만, 나는 형한테 퇴짜를 맞은 적이 없다. 주량이 약해 늘 내가 먼저 취했는데, 나중에 다른 사람한테 들어 보면 형이 내 흰 소리에는 늘 웃어 넘겼다고 한다. 형과 나는 선후배로는 궁합이 잘 맞았던 것 같다. 형이 광주만 내려오면 만사 제치고 일편단심 졸졸 따라다녔다. 궁합이 잘 맞지 않고서야 그럴 수 없었겠지.

암 투병이 길어지고 몇 차례 수술로 약물치료가 불가능해 자연치료를 위해 임실로 내려온다는 소식에 걱정스러운 마음으로 임실 거처에 들렀다. 몸이 많이 말랐지만 목소리는 여전히 기운이 있었다. 형은 한 시간도 넘게 치료과정에 대해 우스개를 섞어가며 이야기를 했다. 광주 후배 딸 시집 못가는 걱정도 한참 덧붙인다. 드신 것도 없으니 말씀 그만하라 해도 예전처럼 여전하다. 참 낙관적이고 호기로웠다. 아니 환자가 저래도 되나? 헤어져 산길을 내려올 때는 아무래도 마지막일지도 모른다는 생각이 들었다. 원래 형은 저렇게 호기를 부렸지. 질질 짜는 소리 한 적은 단 한 번도 없었어. 많이 좋아져서 서울로 올라간다는 형의 전화를 받고 달포가 못되어 부고가 왔다.

저 세상이 있다면 형은 거기서도 사람들을 모아 놓고 술잔을 돌리며 너털웃음을 웃고 있을 것이다. 형 때문에 이 세상에서 살만 한 순간들을 조금 누렸었어요. 기다리세요. 만파 나병식 대형.

나형의 서원, 그루터기

　　바람 같은 인연이었지요. 박성규 사장과 함께 나형을 처음 만난 곳이 장충동 태극당 옆에 있는 메종 꼬레 였습니다(최근에 보니까 없어졌더군요). 그 전까지 내게 나병식이라는 사람은 요즈음 SBS 가 방영하고 있는 연속극 〈풍문으로 들었소〉 였습니다. 풀빛출판 사로 성공한 운동권 출신으로 민주화운동에 투신한 친구들의 일 이라면 발 벗고 나서서 도와주고 있다는 정도의 얘기를 들었을 뿐입니다. 대학과 학번이 다르고 인간관계와 행동반경이 지극히 좁은 나에게 그 때까지 나형은 딴나라 사람이었습니다.

　　처음 만난 우리들은 긴 시간동안 참 많은 얘기를 나누었습니다. 우리의 역사는 물론이고 정치, 사회, 경제 그리고 특정 인물들의 가계도까지 나형은 어떻게 그렇게 환하게 꿰고 있었던지? 주로 말을 하는 쪽은 나형이었습니다. 장대한 체구가 쏟아 놓는 말은 하얗게 거품을 내며 쉼 없이 떨어지는 폭포수였습니다. 무슨 일을

성사시키기 위하여 정부관계자나 책임자를 만나 강력하게(아마 성과 열을 다하여 간곡하게) 부탁했던 일을 놓고, 나형은 거의 예외 없이 "악을 썼다"고 말했습니다. 이 말 속에는 정말 어려운 일이었는데 "악을 썼기" 때문에 해낼 수 있었다는 자부심도 들어 있었지만, 전투적인 투쟁의식을 중시하는 나형의 평소의 행동관 도 숨어있었다고 생각합니다. 그날 밤 내내 나는 그 폭포수를 온 몸으로 맞고 허우적거리면서도 폭포수 줄기 너머로 언뜻 언뜻 드러나는 맑고도 순수한 나형의 인격을 보았습니다. 우리는 얼마 지나지 않아 또 만났지요. 같은 메종 꼬레에서 박 사장과 함께. 그리고 두 번째도 우리들은 거의 새벽이 될 때까지 마시고 또 마시며 긴 이야기를 나누었습니다. 그렇게 밤을 지새며 나눈 우리 들의 얘기들이 그 후 '그루터기'의 취지와 배경이 되었습니다.

그리고 보니 그루터기도 올해로 8년째 접어들고 있습니다. 나 형이 돌아가시고 난 후에도 작년 내내 변함없이 만났습니다. 김밥 을 먹으면서 주제발표를 듣고 토론하고, 끝나면 2차 가서 돼지 삼겹살에 소주 한 잔 하는 것까지 아무 것도 변한 것이 없습니다. 변한 것이 있다면, 지금까지 사회를 맡아 왔던 만년 사회자 신철 영 형이 본격적인 생활협동조합 활동을 위하여 괴산으로 이사를 가게 되었고, 그 빈자리를 박성규 사장이 메우고 있다는 것, 나형 의 사모님이 동참하고 있다는 것 그리고 김밥 대신 샌드위치를 먹을 때가 있다는 정도입니다.

그러나 올해 들어서는 어제 처음으로 만났습니다. 내가 좀 빨리 챙겨야 하는데 오늘 내일 하며 미루어오다가 그렇게 늦어진 것입 니다. 운현궁 옆에 있는 낭만이라는 음식점에서 만났습니다. 지 금까지 박 사장이 해 왔던 일을 김찬 형과 이재호 사장이 맡기로

했습니다. 실무진이 젊은 세대로 바뀐다는 것은 모든 발전하는 조직의 특징이지만 그루터기로서는 획기적인 일로 큰 경사라고 하지 않을 수 없습니다. 그루터기의 엔진이 그만큼 젊어진다는 것을 의미하기 때문입니다. 지금까지 회의장소로 사용하던 민주화운동기념사업회가 율곡로에 있는 한국일보 건물로 이사를 갔습니다. 이번 기회에 모임 장소도 여러 가지 대안을 놓고 의논해 보기로 하였습니다. 그리고 1년에 한두 번쯤은 밖으로 나가기로 하고, 첫 번째 바깥나들이는 괴산에 있는 신철영 댁이 어떤가 하는 의견이 있었습니다. 무엇보다도 신형이 환영이라고 합니다.

병마와 싸우면서도 나형은 그루터기에 대한 관심을 놓지 않았습니다. 이제 우리에겐 그루터기가 곧 나형입니다. 나형은 우리 사회의 그루터기였지요. 그것이 우리 모임의 이름을 굳이 그루터기로 부르고자 한 이유였다고 생각합니다. 나는 그루터기에서 이 세상을 위하여 나형이 세운 誓願(서원)을 읽습니다. 모든 중생을 生·老·病·死에서 구원할 때까지 해탈하지 않겠다는 그 보살의 서원같은.

나형이 떠난 이듬해입니다. 청해진이라는 해운회사가 운영하던 여객선 세월호가 진도 앞바다에서 침몰했습니다. 탑승자 476명 중 172명만 구조되었습니다. 희생자의 거의 대부분은 이 배를 타고 제주도로 수학여행을 가던 안산 단원고 학생들이었습니다. 배가 침몰하는 순간에 제일먼저 탈출한 사람이 누군 줄 아십니까? 이 절체절명의 위기의 상황에서 탈출구를 찾고, 외부에 구원을 요청하고, 우왕좌왕하는 승객들에게 질서를 부여해야 할 선장입니다. 그 뒤에 밝혀진 바에 의하면 이 배는 과적한데다 자동차, 컨테이너 등을 단단히 고정시키지도 않았습니다. 더욱이 진도

해상교통관제센터는 이 배가 자신의 수역에 들어와 있는 줄도 몰랐다고 합니다. 우여곡절 끝에 사고가 발생한 1시간 후 꾸려진 정부의 중앙 대책본부는 탑승자 수와 희생자 수도 제대로 파악하지 못한 채 오락가락 했을 뿐 신속한 구조를 위한 어떠한 조처도 취하지 못했습니다.

세월호는 '迷惑(미혹)의 바다'에 빠진 것입니다. 이 바다에서는 권력이 정의가 되고, 돈의 많고 적음과 지위의 높고 낮음이 그의 인격이 됩니다. 또한 좋은 차, 좋은 집, 좋은 음식, 대중의 존경, 관심, 칭찬, 박수가 그의 삶의 의미가 됩니다. 그러므로 여기에서는 모든 사람들이 자신의 자랑거리를 만들기 위하여 개미처럼 분주합니다. 그리고 누구를 만나든 시도 때도 없이 자랑을 늘어놓고 자신이 이룬 것이라고 하며 이것저것 내보이려고 합니다. 미혹의 바다에서는 이렇게 신기루처럼 부유浮遊하고 있는 권력, 돈, 지위, 명성, 명예, 칭찬, 박수, 위선을 생명선으로 생각하지요.

어떻게 하면 이 미혹의 바다를 진리의 바다로 바꿀 수 있을까요? 3일 낮 3일 밤의 번개와 천둥이면 가능할까요? 노아의 홍수면 가능할까요? 아니면 소돔과 고모라를 불태운 유황불이면 가능할까요? 세월호 특별법이 국회를 통과하고 우여곡절 끝에 그 시행령도 만들어졌습니다. 이 특별법이 미혹의 바다를 하얗게 마르게 하고 불태우는 천둥이 되고, 번개가 되고, 노아의 홍수가 되고, 유황불이 될 수 있을까요?

세월호 특별법도 법에 불과합니다. 법은 정의의 세계에 속합니다. 그 세계는 "이에는 이, 눈에는 눈"이라는 복수 혹은 원상회복을 기본 원리로 합니다. 그러므로 특별법의 칼날이 자신 혹은 자신의 부처로 향할지도 모른다고 생각한 사람들이 두려워하고 이를 사전에 막기 위하여 암암리에 저항한 것은 오히려 당연한 일입니다.

세월호가 침몰한 근본원인에 한 걸음 더 다가가기 위해서는 우리는 정의의 세계를 넘어서야 합니다. 그것을 넘어설 때 우리는 미혹의 바다를 부유하는 우리들 자신을 발견할 수 있고, 그 바다 밑에 있는 부처님 같은 혹은 예수님 같은 진정한 우리를 발견할 수 있습니다. 이 발견을 두고 불교는 해탈이라고 하고 기독교는 부활이라고 합니다. 해탈과 부활 없이 우리는 결코 미혹의 바다를 헤쳐 나올 수 없습니다. 우리 모두가 미혹의 바다를 헤쳐 나오는 것, 이것이 바로 나형이 그루터기를 놓고 세운 원이였다고 생각합니다.

우리집에 같이 갑시다

박 석 률

만파 나병식과는 오랜 세월 함께 호흡해 왔다.

아마도 민청학련 사건에 관련된 이래 그가 겪고 있던 어려운 상황이 나에게도 같았으니 그 무렵부터 본격적으로 가까워진 셈이다.

만파 나병식의 어린 동생들의 갑작스러운 죽음도 이 무렵 일어난 사건인데 주위의 안타까움을 불러 일으켰던 기억이 선연하다. 1977년 초겨울, 그는 아끼는 주위 분들의 권유를 받아 들여 갓 시작하는 을지로 초입 지하상가에 조그만 가게를 내었다.

그때의 상호가 풀빛이다. 신선하게 여겨졌다.

다른 친구 한 사람과 그를 함께 만나던 날이었는데. 만파는 우리더러 자기 집에 같이 가자는 것이다. 등촌동인가 이제 갓 결혼한 지 얼마 되지도 않았을 때의 일이다.

우리는 그날 밤을 만파 나병식의 신혼 방에 가서 신혼 이불을

* 광주서중 · 일고 동문, 전 한국청년단체협의회 지도위원

같이 덮고 자야 했다. 단칸방이었으므로 신부는 다음날 아침 출근 길을 위해 입을 옷을 방문을 열고 나가 부엌에서 갈아입어야 했다.

그런데도 그 신부는 만파 나병식과 평생을 같이 하면서 단 한 번도 우리에게 싫은 얘기를 한 적이 없다.

"우리집에 같이 갑시다."

이건 만파 나병식의 단골 메뉴 중 하나이다.

유신 정권 말부터 내가 도피와 영어의 긴 세월을 보내고 나왔더니 어느덧 1980년대 말이었다.

내가 옥중에 쓴 글을 내보냈더니 그게 만파 나병식에게 가 있었고 1989년 5월 무렵 그걸 한 권의 책으로 묶어주었다.

별로 팔리지 않을 부류의 것임에도 그걸 흔연히 해주었다.

뿐만 아니라 이번에도 어느 날인가 출옥한 나에게 자기 집으로 가서 밤을 보내자는 것이다. 나병식이 새로 이사했다는 그 집에 가서 하루 밤을 묵었다.

어렵사리 생활을 하던 그 시절 벗들과 어울려 자기 집에 가서 하루 밤 같이 자지 않으면 친한 사이도 아니라는 게 만파 나병식의 생활 철학이었던 셈이다.

하기는 이 점에서는 나도 비슷했다. 아버지를 모시고 살면서도 나도 곧장 친구들을 집으로 같이 가자고 했던 모양이다. 나중에 세월 흘러 들으니 아버지와 서울 생활을 하고 있던 나에게 친구들이 한번 씩은 집에 왔던 기억이 있노라고 했다.

이화여대의 어떤 연구실에서 근무할 때는 금남의 집인 거기까지 친구들을 오게 했다는 것을 수십 년 뒤에 들었다.

지나온 세월을 돌이켜 보면서 만파 나병식과는 어울릴 수 있는 생활 철학이 비슷했다고 생각한다.

나병식과 헤어지던 날이 돼 버린 셈인데, 추석을 앞둔 그날도 이번에는 우리들 몇몇이 통고를 하고 그 집에 들러서 얘기하고 놀면서 한때를 보냈다.

이때까지 투병생활에서 아버지 장례를 치르고 두 자식의 혼사까지 치러낸 억척장사인 나병식으로만 생각했던 나는 이날 만남이 우리 사이에 마지막이 되리라고는 생각할 수도 없었다.

"우리집에 같이 갑시다."

이러하던 만파 나병식과의 한 시절이 벌써 40여 년에 이른 역사 뒤에 놓여 있다.

오랜 투옥시절을 겪고 나온 나에게 만파 나병식은 나에게 한 번은 "몸을 만들어야 한다."고 강조해 주었다.

나는 그 말을 오래 전에 듣고서도 차일피일 별로 유의하지 않고 지냈다.

그런데 우연히 다른 사정도 겹쳐서 이제 "몸을 만드는 것"이 생활에서 중요하다는 것을 실감하고 있다.

이것이 과로로 먼저 간 만파 나병식이 강조해 주었던 그 바람을 실현하는 길이라는 믿음이 이 새벽에도 날아와 꽂히고 있다.

이십 수년 전 먼저 간 김남주와 만파 나병식, 나 이렇게 셋이서 우연히 풀빛 사무실에서 찍은 한 장의 사진이 우리가 간직할 수 있는 유일한 사진으로 남게 되었다.

수배와 투옥의 시절, 사진 찍지 않는다는 습성은 이후 우리가 자유로와진 시절에도 우리를 따라 다녔다.

지금 남주도 나병식도 자리를 떠나 아픈 다리 이끌며 가다가 못가면 쉬었다 가자고 했던 것처럼 어디메에선가 쉬고 있는 지도 모른다.

　살아 있을 적 애경사를 치르면 꼭 전화로라도 고맙다는 답례를 하곤 했던 만파 나병식의 예의 바르던 모습이 그립다.

　한국청년단체협의회가 활동 중이던 1990년 대 그 시절 한 해에 한 번씩은 이 역시 먼저 간 회장 이범영을 비롯한 한청 후배들과 어울려 술잔을 기울이고 그 날의 경비는 만파 나병식이 부담했던 것들이 추억의 사진첩에 남아 있으리라.

　자녀들은 다 커서 집 떠났지만, 남아 있는 순진한 미망인, 그 사람이 오래오래 남은 사람들을 지켜주며 같이 살자는 인사말로 장례식을 치른 어느 날인가 나에게 했던 말을 곱새기며, 아직 힘든 이 시대를 헤쳐 나가는 걸 지켜보아 달라고 만파 나병식에게 다짐 아닌 다짐을 해본다.

그대를 그리워하며

박 종 렬

나병식과의 첫 대면은 1974년 2월 어느 날 아버님(박형규 목사)과의 약속으로 집근처 다방에 왔을 때였다. 아버님의 부탁으로 대신 다방으로 나병식을 만나러 갔다.

병식이는 나를 잘 알고 있었던 형처럼 아주 구수한 입담으로 잘 대우해 주었다. 내가 1971년 서울대를 졸업한 후, 1974년 1월에야 군대 제대하고 집으로 와서 인류학 대학원에 진학할 준비를 하고 있을 때였기 때문에 대학에서의 학생운동의 흐름에는 관심을 좀 피하려 하였던 시기였다. 그런데 병식이를 만나면서 학생운동의 흐름이 어떻게 돌아가고 있는지, 대충은 이해가 되었다. 그리고 병식이는 기독학생운동에도 참여하며 자신이 학생사회개발단(학사단) 활동도 하였다는 것을 나에게 강조하였다. 학사단 활동으로 종로 지역의 중국집 젊은 보이(영세노동자)들을 조직하였던 이야기를 재미있게 들려주기도 하였다. '나병식 이놈, 조직가로서

---

* 한국기독교장로회 목사

158

의 적극성과 거침없는 접근성이 대단한 친구이구나' 하는 생각이 들었었다.

잘 모르긴 해도 아버님 부탁으로 내가 전달해 준 것은 돈이었을 것이다. 그 당시 아버님이 전달해 준 돈에는 윤보선 전 대통령에게서 받는 돈도 있지만, 그 외에도 여러 방면으로 돈을 구해 학생들에게 전달 해 준 것으로 안다. 특히 윤보선 대통령의 돈은 학생운동과 인혁당을 연계하여 빨갱이로 몰아 모두 북한과의 연계된 소행으로 몰아붙이는 것을 못하게 한 결과를 가져온 것이다. 나병식도 처음에는 사형선고를 받은 줄로 알고 있다.

병식이는 나를 만날 때마다 그 이야기를 한다. 박 목사님이 윤보선 대통령의 돈을 받았다는 사실이 들어나면서 '아, 이제 살았다는 생각이 들었다.'는 말을 나와 술 먹을 때마다 항상 하곤 했다. 병식이가 돈을 전달하는 책임을 지면서 아버님에게 대한 부담과 책임감이 컸구나 하는 생각이 들었다.

나중에 알게 되었지만, 윤보선 대통령의 돈 말고도 나의 결혼(4월 6일)을 핑계로 아버님이 회사 중역에게 돈을 빌린 모양이다. 그 회사 중역을 감싸기 위해 내 결혼 축하금으로 메꾸고 아버님이 직접 돈을 준 것으로 처리하였는데, 다행히 결혼 축하금이라도 있어서 위기를 모면할 수 있었다고 어머니가 말씀하셨다.

병식이가 서울제일교회에 다니기 시작한 것이 1972년인지 잘 모른다. 아마도 한국기독학생회총연맹에서 학사단 활동을 하면서 서울제일교회를 소개받은 모양이다. 그 때는 청년회는 없었고 병식이가 참여하는 서울대생들의 한 서클이 교회의 조그만 방을 빌려 학습장소로 사용하였다고 한다. 그러다가 그는 서울제일교회 안에 청년회를 만들어야겠다고 생각한 모양이다. 서울제일교회 청년회 조직에도 일조한 것이다. 김경남 목사는 병식이가 서울제일교회에 가보라 해서 갔다는 말을 들은 적이 있다. 경남이는 서울제일교회의 제1회 청년회 회장이 되어 활동하기 시작한 것이 1973년 정도 되었을 것이다. 학생운동과 기독교운동과의 연결점을 만들고 유신독재시대에 암울한 정치 상황을 극복하기 위해 기독교의 울타리를 활용하고 이를 통해 반독재투쟁의 기반을 만들어가야 한다는 데, 그 역할에 그가 중심에 섰던 것 아닌가 하는 생각이 든다.

1973년 4월 남산 야외 음악당에서의 부활절 사건으로 기독학생들과 목회자들이 구속되는 사건이 생겼다. 박형규 목사와 권호경 목사 외 기독학생들이 꾸민 내란예비음모 사건으로 엄청나게 대단한 모의와 내란 획책을 한 것으로 보도되었다. 사실 '남산에 있는 KBS를 점령하고 국가를 전복하려 기도했다.'는 황당한 조작사건으로 오히려 기독교계의 저항운동을 야기시키고 4개월 만에 보석으로 가석방되었던 사건이다. 이를 계기로 가을학기에 서울제일교회에 다니는 서울대 학생들과 함께 유신에 반대하는 학생데모를 일으키고 각 대학에 데모가 일어나는 동기가 되었다. 여기에 나병식이 학생운동과 기독교운동을 접목시키는데 큰 역할을 하였으며, 이를 계기로 학생운동과 대외연결 관계 업무가 병식이에게 주어졌던 것으로 보인다.

병식이가 맡았던 대외연결 고리와 자금 지원 활동이 '민청학련'에서 북한과 연계된 것으로 조작되었다면, 엄청나게 중요인물로 부각되어 '사형' 언도에도 앞장에 섰을 것이다. 그런 의미에서 윤보선 대통령의 돈이 학생운동의 돈의 핵심으로 드러나면서, 1975년 2월 15일 민청학련 구속자들이 석방되어 나올 때, 그가 함께 나올 수 있었던 것 아닌가 하는 생각도 든다.

　엄청난 고문과 충격적인 사형 구형 그러나 다행히 박 목사님에게서 받은 돈이 윤보선 대통령의 자금 출처로 알려지면서 운동의 자금책으로서의 부담에서 벗어난 일, 등에서 병식이에게는 박형규 목사님에 대한 존경심과 애정은 남달랐던 것 같다.

　그의 아내는 김순진 씨였는데 가톨릭 교인이라 성당에서 결혼식을 해야 하는데, 관면혼배寬免婚配만 성당에서 하고 그 다음날 종로5가 기독교회관에서 박형규 목사님의 주례로 결혼식을 올린 것이다. 엄청난 하객이 몰려와서 손잡고 걸어가는 두 사람에게 주례자가 '모두 기립하여 박수치며 환영하자.'는 말 한 마디에 모든 하객들에 일어나 환호하며 축하해 주면서 떠밀려 식장으로 들어갔다고 한다.

　그리고 나서 을지로 지하상가에서 처음 시작한 가게가 와이셔츠 가게였는데 이름이 풀빛이었다. 몇 년 후 이를 정리하고 풀빛출판사를 하면서 사회활동을 시작했던 것 같다. 와이셔츠 가게에 한번 들려본 적이 있는데 병식이는 여전히 바쁜 사람이고 가게에 죽 붙어 일하는 분은 부인 김순진 씨였던 것 같다. 찾아가니 어디서 나타났는지 싱긋 웃으며 급히 인사하려 왔다. 너무 좁은 조그만 가게라 큰 덩치의 병식이에게는 안 어울리는 듯 했다. 조그만 아내가 가게에 앉아 있는 것이 걸맞다는 생각도 들었는데, 결국은 풀빛출판사가 제격이었던 셈이다.

　1979년 풀빛출판사가 설립된 후, 다음 해에 5.18광주민중항쟁이 일어났다. 수많은 시민들이 죽어갔고 고문받고 구속당하는 사건이 일어났다. 누구도 이 소식을 알릴 수 없는 시대에 풀빛출판사는 그 참담하고 원통한 사건의 진상을 알리기 위해 5.18의 진실을 알리는 책을 출간하여 세상에 알리는 일도 하였다. 그 후 〈한국민중사〉를 발간하면서 필화사건으로 1987년 또다시 투옥되어 옥고를 치렀다.

민주개혁국민연합을 결성해 그 동안의 민주화운동세력을 결집하고 그 결과로 2001년 민주화운동기념사업회를 나병식(상임이사) 중심으로 만들면서 초대 이사장에 박형규 목사를 모셔야 한다는 의지를 굽히지 않고 관철시켰던 일은 그만이 할 수 있었던 일이라 여겨진다. '뭐니 뭐니 해도 민주화운동의 중심은 박형규 목사를 빼고는 말할 수 없다'는 주장을 늘 하였다.

병식이가 2013년 12월 향년 64세의 나이로 돌아가기 전에 박형규 목사님을 찾아오고 나와 만날 때 마다, 앞서의 이야기는 자기의 아픈 몸에도 불구하고 그의 단골 메뉴였다.

그는 전투에 능한 장군 같았다. 그런 그가 1974년 고문과 사형선고라는 충격적인 상황을 경험하고 나와서 우회적인 전략과 몸사리는 인고의 시절을 보내면서 술이 그의 친구가 되었는지 모른다. 동지들과 함께 술잔을 나누며 민주화운동에 대한 입담이 오고 가다보면 시간 가는 줄 모르고 일차 이차 삼차를 가며 새벽을 맞이할 때가 많았다. 이야기가 끝나지 않아 몰래 도망 친 적도 있다.

그런 그를 회상하며 병식이를 그리워 해 본다. 씩 웃으며 "그래도 형님, 술 한 잔 더 하고 갑시다."고 하던 병식이가 그립다.

눈물겨운 민중사 그 자체

신 인 령

    우리나라에는 61년에 등장한 군사정권 이래 평생을 민주화의 꿈을 먹고 살다간 이들이 참 많다. 자기 삶을 온통 바치며 한눈팔지 않고 고단한 생활을 영위한 이들이 있어 오늘 이만큼이나마 민주주의를 확보할 수 있었다는 역사적 사실에 새삼 숙연해진다.

    그 중의 한 사람, 나병식 선생은 바로 그 전형의 인물이다. 나병식 선생을 생각하면 유신철권시대가 생생한 현실처럼 떠오른다. 그의 생애는 곧 70년대 이래 한국민주화의 역사이기 때문이다. 특별히 그 엄혹한 시대를 잊자고 하는 세력이 득세하고 있는 요즈음, 나병식 선생과 그의 동지들에 대한 경외의 마음이 간절하다.

    70년대란 법제도 측면에서만 본다면 헌법부재의 시대이다. 5.16군사정권이 스스로 사회경제적 위기에 처하자 자기유지를 위해 철권통치의 제도화를 꾀하여 마침내 헌법 자체를 부정하는

---

* 이화여대 명예교수

'유신헌법'을 만들어내어 헌법부재의 시대를 열었다. 군사정권은 71.12.6. '국가비상사태'를 선언하고 각종 초헌법적 조치들로 시작하여 마침내 72.10.17. 대통령특별선언(이른바 '10월유신')을 발표하고 국가비상사태의 항구적 제도화의 길을 열었다. 전국에 비상계엄을 선포하여 국회를 해산하고 정당 활동을 비롯한 일체의 정치활동을 중지시켰으며, 국회의 권한을 '비상국무회의'가 수행하도록 했다.

마침내 그해 12.27. 헌법 전면개정 형식을 취하여 '유신헌법'을 짜냈다. 어용학자들을 동원하고 변절한 지난날의 투사들을 들러리 세워 만들어낸 작품이다. 국민의 기본권과 권력분립원칙이 본질적으로 훼손되어 바야흐로 헌법이 사라진 시대가 되어버렸다. 헌법의 역사상 근대 시민사회 성립 이후의 헌법개념에 의하면 '기본적 인권보장'과 그것을 확보하기 위한 제도적 장치인 '권력분립원칙'이 제대로 담기지 않으면 헌법이 아니라고 규정하기 때문이다.

참으로 기막히지만 사람들은 그 속에서도 어떻게든 살아내기 위해 최소한의 비판조차 이불속에서만 하던 시절이다. 막걸리를 마시면서도 주위를 살피며 담소하는 정도였다. 유신헌법에 대한 비판·불만을 표시하면 바로 긴급조치위반죄로 잡혀가야 했으니 조심조심 우선 살아남으려 했던 것이다.

그런 살얼음판 가운데 젊은 청년·학생들은 과감히 일어나 정면대결을 결행했다. 얼음판에 금을 내기 시작한 것이어서 놀랍고 설레고 존경과 고마움이 넘치던 기억이다. 군사정권이 긴급조치 1, 2호를 발동하여 '반독재 민주화운동'의 선두에 선 장준하 선생 등 재야인사들을 처벌하여 그 싹부터 밟아 없애려 할 적에, 청년·학생들의 조직인 전국민주청년학생총연맹(민청학련)의 큰 저항 투쟁을 맞게 된 것이다. 이를 진압하기 위해 긴급조치 4호를 발동하고 청년·학생 235명을 비상군법회의에 송치했다. 그 중 몇 사람은 사형선고까지 받은 이른바 민청학련사건에서 나병식 선생은 군사법원에서 사형선고를 받았다.

다음해 형집행정지로 가석방됐지만 사형수로 사선을 넘나들었던 그는 전혀 굽힘없이 다시 제자리에 서서 저항하여, 같은 해 최악의 조치였던 긴급조치 9호 위반죄(75.5.22.사건)로 다시 구속된다. 유신쿠데타 정권하의 긴급조치가 아니라면 이 정도의 사건들은 고작 집시법위반 정도의 경미한 제재대상일 뿐이지만, '전 국토의 감옥화' '사법살인의 시대'로 불리던 70년대의 한가운데 나병식의 고투는 끝이 없었다.

80년대에도 그의 고난의 길은 이어졌다. 80년 신군부의 합수부에 의해 내란음모 죄명으로 체포되어 갖은 고초를 당했다. 아무리 기골이 장대한 청년이라 해도 이 지경에 그저 몸이 성했을 리 없다. 그 후 광주항쟁의 진실을 알리는 싸움 과정에서 그가 운영한 풀빛출판사에서 펴낸 5.18항쟁기록집 〈죽음을 넘어 시대의 어둠을 넘어〉를 출간하여 수배되었고, 그 수배 중에 〈한국민중사〉를 출간하여 다시 구속되어 6월항쟁 이후에야 비로소 출소한 끝없는 민주항쟁의 길 위에 서 있었던 사람! 가난한 농부의 아들 나병식의 짧은 생애는 어찌 이리도 눈물겨운 민중사 자체인가.

나는 이 위대한 인물 나병식 선생을 멀리서 바라보기만 했던 관계인데, 개인적 첫 인연은 85년 여름, 출판탄압이 한창이던 시절 풀빛출판사에서 나의 논문집인 〈여성·노동·법〉을 출간하면서부터이다. 이러저러한 사정으로 뒤늦게 대학교수직을 갖게 된 나는 연구 활동의 경우 심오한 이론보다 주로 삶의 현장에서 구체적으로 쓸모 있는 글을 쓰려고 애쓰던 때인데, 이 책은 그 시작의 하나였다. 나 사장의 권유와 배려에 의해 책으로 엮게 된 것이다. 그의 첫인상은 수많은 시련을 딛고 일어선 강인한 사람답게 여유 있고 넉넉하였다.

87년, 나 선생이 〈한국민중사〉 필화사건으로 국가보안법위반 혐의의 재판을 받고 있던 때 나는 연일 방청석에 앉아 있었다. 이 사건 당시 많은 역사학자들을 포함해서 지식인사회는 학문연구와 출판자유의 파괴에 대한 심각한 우려와 분노를 다양한 방법으로 표출했다. 법정 방청도 그 일환이었다. 그 시절 우리는 수많은 시국사건 법정방청으로 분주했지만, 특히 나 선생의 이 필화사건의 경험이 유난히 선명한 이유가 있다. 재판진행 중, 역사학자 정창렬 교수의 역사 강의 같은 유익한 증언을 듣고 있는데 뒤에 앉은 이들 쪽에서 작지만 웅성웅성 하는 속삭임이 일더니 마침내 내 귀에까지 소식이 전달되었다. 전두환 정권 말기 집권당인 민정당의 노태우 당대표가 6.29선언을 했다는 뉴스였다. 6월항쟁의 한복판에서 구속재판을 받고 있었던 나병식 피고인도 그 시간 그 소식을 들었는지는 모르겠다.

내가 나 선생과 마지막으로 만난 것은 국민의 정부 시절 민주화운동기념사업회에서이다. 나 선생은 기념사업회 발족에 헌신하여 그 사업을 바로세우고 방향을 잡은 대표적인 공로자인 줄로 안다. 그가 박형규 목사님(이사장)을 모시고 상임이사를 맡아 수고하던 때에 나도 이사 중 1인으로 참여하여 비교적 자주 만나게 되었다. 그 기념사업회조차도 이 정권 들어 지금은 말썽이 나고 말았으니 암담하고 민주인사 고인들에게 한없이 송구하다.

그리고는 한동안 만나지 못했는데 어느 날엔가 그가 투병 중이라는 소식이 들려왔다. 우리는 욕심으로, 사선도 넘나든 나병식인데 설마 일어나지 못할까 생각했다. 결국 부음을 접했을 때는 너무 가혹하고 억울했다. 지난 몇 해 동안 말할 수 없이 귀한 여러 후배님들이 먼저 세상을 떴다. 누군가가 말했다. "꼭 필요한 사람은 늘 먼저 떠나더라"고. 마땅히 있어야 할 자리에 보이지 않는 사람들의 수가 자꾸 늘어만 간다. 참혹한 고문과 옥살이로 속으로 깊이 든 골병에 투사들도 예외 없이 당하고 마는가. 참으로 비감 비통하다.

그의 부인은 나의 이화여대 후배인 국문학자 김순진 선생이다. 참 지혜롭고 따뜻한 사람이다. 나 선생이 떠나던 마지막 모습은 편안해 보였다고들 하는데, 아마도 자녀들과 모든 가간사에 있어 아내의 든든함을 믿었기에 걱정하지 않은 것 같다. 키다리 아저씨 같던 나병식 선생, 그의 유감없는 투쟁의 삶에는 늘 단단하고 의연하고 모든 것을 품어 낼 수 있는 김순진 선생의 사랑과 보살핌이 함께했을 것이라고 생각한다. 미진한 민주화조차도 동지들과 후진들을 믿고 홀가분해진 것이 아닌가 한다.

그럼에도 가난한 역사학도가 역사학자의 꿈을 접고 역사의 현장 한가운데서 세상을 바꾸는 일로 고군분투하다 병을 얻어 세상을 떴으니, 나 선생이 다 이루지 못한 꿈이 애달프기 그지없다. 게다가 지금은 긴급조치 40년, 광주민중항쟁 35년을 맞았으나 나선생을 비롯한 수많은 애국시민들의 희생으로 쌓아올린 민주정치가 퇴행, 역주행하고 있어 참담하다. 심지어 '유신회귀'적 행태까지 날로 증가하고 있으니 이를 어찌하랴.

나병식 선생이 그립다!

다정다감했던 그

밤은 한 없이 깊었고, 눈썹에 매달린 것은 이슬방울이었던가! 술 방울 이었던가? 술 방울이 맺힌 눈꺼풀은 천근만근 무거워 눈을 뜨기에도 버거운 시각이었다. 초저녁엔 와자지껄하던 목소리들이 하나 둘씩 들리지 않더니 오롯이 둘만 남았다. 전작을 헤아릴 만큼 내 정신은 이미 온전치 않았다. 굳이 차수를 더듬어 보자면 3차였거나 혹은 5차였는지도 모르겠다. 땅바닥을 안방으로 여기고 싶은 욕망이 뭉게구름처럼 솟아오르고 있었다. 당신만 그 자리에 없다면, 정말이지 당장 그 자리에서 대충 육신을 뉘이고 싶었다.

아현동 굴레방다리.

차들이 총알같이 달리는 대로에서 한 발짝 안쪽으로 들어간 곳에는 위압적인 형상을 한 아파트가 시커멓게 서 있었다. 대충 흉내만 내어 놓은 놀이터에는 벤치도 놓여있다. 고맙기가 그지없

---

* 균형사회를여는모임 회원

다. 벤치에 걸터앉았다.

　광화문에서 서대문으로 서대문에서 아현동으로, 아현동 골목
시장에서 마포대로를 걸어 헤맸을 것이다. 그중 가장 조용한 곳이
었다. 하늘은 한 밤중임에도 새까맣지도 그렇다고 환하지도 않았
다. 위대한 대한민국 수도 서울의 찬란한 불빛은 이 정도의 시각
이면 편히 쉬어도 되련만, 아직도 무엇이 그리 아쉬운지 뒷심을
발휘하는 것이 도리어 처량하고 애처로운 밝음이었다. 이상야릇
한 하늘 색깔이었다. 소리도 어중간하기 그지없다. 적요하지도
그렇다고 시끄럽지도 않다. 서울거리 대로에서 한 발짝 들어가
면, 이렇게 조용한 곳이 있다는 것을 알고, 이곳으로 인도한 당신
은 아마도 몇 번 정도 이곳을 찾은 경험이 있었던 것은 아니었을
까?

　손에 들린 시커먼 비닐봉투에는 큼지막한 캔 맥주 2통, 멸치와
땅콩이 섞인 마른안주가 들어 있었다.

　맥주를 따고, 마른안주 봉지를 술 취한 손놀림이지만 조심히
따서 시꺼먼 비닐봉지 위에 놓는다.

　밑도 끝도 없이 불쑥 던지는 말씀,

　"야, 양복입고 댕기지마."

　"예?…"

　이런 실례의 말씀을.

　상대가 가진 미의식 같은 것은 안중에도 없는 저 자비로움이라
곤 눈곱만큼도 없는 무자비. 무식하면 용감하다는 말이 맞긴 맞는
모양이네. 속으로 그런 욱하는 맘이 들지 않는 것은 아니었다.
아니, 왜! 사람 옷 입는 것까지 간섭하려 드시지? 단정하고 정갈
한 맵시에서 선한 말과 행동이 나오는 것임을 모르시고 하는 말씀

일까? 선과 악이 뒤죽박죽이 된 이 사회의 그 뿌리에는 단정치 못하고 정갈하지 못한 마음이, 그 마음에서 나온 형편없이 헝클어진 맵시가 숨어 있다는 것을 정녕 모르시고 하는 말씀일까? 내 복식예절이 얼핏 기생오라비 같다거나 브링브링한 싸구려 유행에 따른 것은 아니었을까하는 생각까지 들었다. 내가 넘어서서는 안 되는 금도 중의 하나로 여기는 기준이, 기생오라비 같아서도, 공장에서 만들어내는 싸구려 유명브랜드로 치장을 해서도, 반짝거려도 안 된다는 것이었는데, 이 양반은 나의 이런 기준을 알고나 말씀하신 것일까?

뒤통수를 한 방 맞은 것 같기도 하고, 난데없는 홍두깨가 나를 놀리는 것도 같은 느낌에 나는 어리둥절, 황당무계, 무거운 눈만 꿈뻑꿈뻑. 예리한 단도로 등짝을 찍히면 이런 느낌일까! 그러나 내색도 못하고 캔 맥주만 조몰락조몰락. 난데없는 말에 이미 내 맘은 위험을 느낀 조개마냥 앙다물고 만다. 군번으로 따지나 이력으로 따지나 애시당초 그와 나는 시쳇말로 게임자체가 안 되는 관계다. 그렇다고, 그렇게나 거칠게, 한 인격이 가진 미의식을 밑도 끝도 없이 무시하는 것은 옳지 않는 일이라고, 형편없이 찌들어 한 없이 다운된 어눌한 판단력이었지만 어렴풋이 그런 생각을 하고 있었다. 돌이켜보니 입성에 대해 가타부타 이야기를 들은 것은 돌아가신 아버지 이후로 처음이었다. 어린 시절 청바지가 그렇게 입고 싶어, 아버지 몰래 엄마를 졸라, 청바지를 사서 숨겨 두었다가, 몰래 입고 나갈라치면, 어떻게 그리 타이밍을 잘 잡으시는지, 나가려는 날 붙잡아 놓고, "쌍스럽기 그지없는 미제국주의자 놈들 옷이 그렇게도 입코푸냐!"고 야단을 치시곤 했었다. 그런 말씀을 들은 이후 처음이었다. 잠깐 잠깐 돌아가신 아버지 생각을 떠 올리며, 캔 맥주를 입으로 가져다 대면서, 나는 그것이 무슨 의미인지, 그저 그가 던진 이 밑도 끝도 없는 '양복입고 댕기지마'가 영 맘에 걸려, 이 말이 무슨 의미인지를 묻고 싶은 마음은 굴뚝같았지만, 실마리를 찾지 못하고 똥마려운 강아지마냥 낑낑거렸다. 그러나 그런 나의 마음도 순식간에 무너졌다. 이어 가타부타 대답을 하지 않자, 성질 급한 당신이 다시 속사포처럼 말을 쏘기 시작했다.

"내가, 입성이 왜 이런지 아냐?"

"……"

"나도 양복 입어야 될 자리는 입고 나간다. 근디 식구덜끼리 있는 사무실에 뭔 양복이냐? 사무실 나올 때는 입을 필요 없다."

당최 이 양반이 가진 미의식이란 어떤 모습일까? 라는 생각도 안한 것은 아니지만, 곧 이어 당신의 말씀을 잇는다.

"내가 잠바입고 운동화 신고 댕겨야, 잠바입고 운동화 신은 후배들이 맘 편히 찾아온다."

그랬다. 그를 찾아온 손님들은 유난히 잠바에 운동화를 신은 사람들이 많았다. 아마도 대부분이라 말해도 과언은 아니리라. 넥타이에 양복을 입은 사람들은 손에 꼽을 정도였다. 모두가 한결 같이 잠바에 운동화였다. 경운기로 밭을 갈다가 고장이 난 부속을 사러 부리나케 읍내에 나온 농사짓는 사람 같기도 했고, 용달차로 짐을 싣다가 밧줄이 모자라 한 타래를 허겁지겁 사러 나온 운전사 같기도 한 그런 차림새였다. 2007년 광화문 사조빌딩 뒤에 있던 사무실에는 양복쟁이들이 많이 드나들었다. 그런데 생업인 아현동 출판사 사무실에는 웬일인지 거의 모두가 잠바였다. 나는 그 차이를 어렴풋이 느끼기는 했지만, 차이점에 대해 깊이 생각하지는 않았었다. 아현동 사무실에서 나누는 대화가 범상치 않다는 것을 빼면, 그들의 입성만 보자면 마치 어느 이삿짐센터나 현장직원 소개소 같은 분위기였다. 한 두 시간, 때로는 두 세 시간 대화를 나누고 나면, 찾아온 사람도 그냥 가는 법이 없었고, 맞이한 그도 그냥 보내는 법이 없었다. 반드시, 함께 그 거대한 체구를 일으키며 일어서서는, 나를 향해 말씀을 하신다.

"일철아, 같이 나가자."

"예."하고 대답을 하지만, 나는 속으로, '오늘도 일찍 들어가서 뒹굴뒹굴하기는 어렵겠구나.'

이 양반의 무시무시한 체력은 어디에서 솟아나는 것일까를 생각해 본 적도 있었다. 하루라도 조용히 댁으로 귀가하는 것을 제대로 보지 못했다. 일주일에 단 하루도 사람을 만나지 않고 조용히 들어가시는 것을 보지 못했다. 한 달에 하루 이틀이야 댁으로 직행했을 수도 있지만, 내 기억에 그는 사람만나는 것이 마치 재미있는 놀이라도 되는 양 사람만나기를 즐겼던 것 같다. 이렇게 말하면 그를 잘 모르는 사람들은 아마 쉽게 납득하지 못하고 고개를 갸우뚱할지 모르겠지만, 정말 그는 그랬다. 사람 만나기를 즐겨했다. 어느 누가 오더라도, 대화가 끝나면 그냥 손 흔들며 보내는 것을 보지 못했다.

주종을 가리지 않는 그는 전천후였다. 그 흔한 당뇨도 고혈압도 고지혈도 없었다. 시작이 소주가 되었건, 막걸리가 되었건, 맥주가 되었건, 그에게는 고작 술을 무엇으로 할 것인지는 아무런 고민거리도 아니었다. 대개는 찾아온 이에게 무엇으로 시작할까를 묻는데, 이 부분에서 당신의 수를 발휘할 때도 있었다. 그날 당신이 드시고 싶은 술 종류를 대답하지 않으면, 안주를 거꾸로 얘기한다. "야, 저번 때, 그 집 김치찌개 돼지고기가 참 좋더라! 그쟈, 일철아." 그러면 손님은 그리로 가 보자 한다. 술자리의 화제도 하늘과 땅, 부처에서 예수까지, 고대사에서 현대사, 윤보선에서 시골 농협까지, 시공을 넘나들며 종축과 횡축이 어디까지 확장될 것인지가 감도 잡히지 않을 정도로 크고 넓었다. 대화 중에 정확한 날짜에 막혀, 이 날이었다 저 날이었다로 아옹다옹할 때는, 마지막으로 그가 나서 앞이 이랬고, 후가 이랬다면서 그 날을 정확히 짚어내면, 백이면 백, 모두가 고개를 끄덕였다. 그의 정확한 기억력에는 모두가 찬탄을 금치 못했다.

　술을 싫어하는 사람이나, 또는 일찍 들어가야 할 사정이 있는 사람을 제외하면, 1차로 끝내고 헤어지는 경우가 드물었다. 최소 2차 정도는 예의라 주장하는 그였다. 무슨 놈의 해단식은 날이면 날마다 만나면서 그리도 자주 하시자고 하셨는지. 그놈의 해단식만 줄였어도 당신의 간장이 육신이 조금은 덜 부담스러워 했을 텐데... 그러면서 헤어질 때, 주머니 사정이 여의치 않는 후배에게는 차비라도 쥐어주며 손을 흔들었다. 그렇게 다정다감한 사람을 나는 많이 보지 못했다.

　그랬다.

　그가 "내가 왜 잠바입고 댕기는지 아냐?"라 묻는 말에 무슨 의미가 있는지를 이제야 알 것 같다.

　자신에게는 한 없이 엄격하면서도, 타인에게는 한 없이 다정다감했던 그 사람. 자신에게는 한 겨울 서릿발처럼 가혹한 기율을 세워 놓고, 어금니를 질끈 앙다물며 행하면서도, 남 먹고 사는 일에는 혹여 자신의 기준에 맞지 않더라도 눈 질끈 감고 웃는 얼굴로 다시 만나 막걸리 잔을 나누는 나병식. 대중을 위해 운동에 뛰어 들었다가 배곯는 사람이 부지기수라며, '나 운동햅네!'하고 뻐기는 꼴불견이 되어서는 안 된다는 나병식.

그가 대중이 즐겨먹는 음식을 좋아하고, 서민이 즐기는 패션스타일을 고집했던 것은 아마도, 그가 말했던 운동하다가 배곯는 사람들에 대한 한없는 동조의 표현은 아니었을까! 그들 이름도 없이 뛰어들어 시대의 큰 조류를 만들어 주었던 사람들에 대한 애정은 아니었을까? 비싸고 좋은 음식을 먹을 줄 몰라 안 먹었던 것은 분명 아닐진데, 그가 유난히 비싼 음식과 비싼 옷을 거부했던 것은, 그들의 뜨거운 열정을 존중하고 존경한다는 그 나름의 강력한 의지표현이 아니었을까? 그의 이런 다정다감이, 배려심이, 깊은 사려가 그립다. 몹시도 그립다. 오로지 일신의 성공과 영달을 위해 앞만 보고 달리는 우리 사회에 이런 다정다감을 다시 찾을 수 있을까? 그가 애가 타고 달도록 그립다.

모두 고개를 끄덕였지

신 철 영

병식이! 하늘나라에서 평안하게 지내는가? 자네를 추모하는 문집을 만든다고 원고를 쓰라기에 옛날 생각을 해보며 이 글을 쓰네.

정확하게 자네를 어느 모임에서 처음 보았는지 기억할 수가 없다네. 자네는 서울대 문리대를 다니고 나는 공대를 다녔으나 1학년은 교양과정부라고 하여 공대캠퍼스에서 같이 보냈지. 1학년 때도 보았을 텐데 정확한 기억이 없네. 2학년 때부터는 교회모임이나 학생운동하는 모임에서 자주 보았던 기억은 있네. 아무튼 당시는 학생운동 세력이 무척 적었으니까 이래저래 자주 부딪칠 수밖에 없었다고 생각하네.

다방, 음식점 노동자들을 조직한 활동

1972년(3학년) 여름방학에 한 달간 당시 한국노총의 관광노련

---

* 아이쿱생협 클러스터추진위 집행위원장

조직 활동 지원의 일환으로 다방과 음식점 등 소위 접객업소의 노동자들에게 노동조합 가입원서를 받았던 적이 있네. 돌아가신 조승혁 목사님이 관광노련 노동조합 간부들과 같이 우리들에게 조직 활동을 시작하기 이전에 교육을 했었네. 내 기억으로는 기독학생총연맹KSCF의 학생사회개발단(약칭 학사단) 활동의 일환으로 기획하였던 것으로 기억하네. 아마 자네가 조승혁 목사님으로부터 제안을 받고 나에게 같이 참여하자고 권유했던 것 같네.

당시 우리들은 "우리 사회를 민주화시키려면 학생운동만 가지고는 안 되고 노동자, 농민, 도시빈민 등 민중들이 조직되고 자각할 때만 가능하며 우리 학생들이 그 일에 앞장서야 한다."는 사명감에 불타고 있었지. 그래서 민중들을 의식화하고 조직화하는 일이 우리사회의 민주화를 이루는 중요한 길이라는 자각들을 하고 있었네. 그리고 KSCF의 학사단 활동은 학생들을 노동현장에 보내기도 하고, 농촌, 도시빈민지역에 보내어 훈련시키는 프로그램이었네.

전체 참가 학생들이 몇 명이었는지는 기억나지 않지만 우리들은 2명씩 몇 조로 나뉘어 활동을 했었다고 기억하네. 훈련을 받았으나 막상 다방의 레지나 주방장, 음식점의 요리사나 음식서비스를 하는 사람들을 만나서 노동조합에 대하여 설명하고 노동조합 가입원서를 받는 것이 결코 만만한 일이 아니었네. 어느 날은 하루 종일 공친 날도 있었으니까.

지금 생각해 보면 대학생들이 다방이나 식당의 노동자를 조직한다는 것이 적절한 일은 아니었다고 생각하네. 제대로 조직하려면 이 방면의 베테랑들이 나서서 해야 할 일이었지. 다만, 학생들도 훈련시킨다는 목적이 같이 있었다고 생각하면 이해는 가지.

그때 다니면서 느낀 것은 서울에 다방이 참 많다는 사실이었네.

아쉬운 것은 우리가 일을 시작하기 전에 훈련을 받고, 매일 활동 결과를 일지로 쓰고, 평가회도 했는데 이런 것들이 기록으로 보관되지 못했다는 사실이네. 당시 우리들은 기록의 중요성을 느끼지 못했을 뿐만 아니라 기록이 보관되는 것에 대한 두려움이 있었다고 생각하네. 그런 기록들이 중앙정보부나 경찰 등 사정기관에 들어가게 되면 그것 때문에 여러 가지 불이익을 받을 수밖에 없는 것이 당시 사회였으니 말일세.

우리는 심지어 사진도 찍지 않으려고 노력했네. 나중에 일이 생겨서 도피를 할 때 사진이 있으면 기관에서 그 사진 속의 인물들을 찾아다니며 괴롭힐 수 있다하여 기피했다네. 그래서 나중에는 친구 결혼식에 참석해서도 사진은 찍지 않았었네.

어쨌든 이 활동을 통하여 우리가 관광노련 조직 활동에 기여한 것은 그리 크지 않았지만 아마 우리들이 훈련받은 것은 많았다고 생각하네.

노동자들의 노래를 부르겠다

내가 기억력이 그리 좋지 못해서 자세한 정황은 기억이 나지 않지만 20대 후반 쯤에 어느 모임에서 있었던 일로 기억하네. 왜 모였는지는 기억하지 못하나 10여명이 모여서 술을 한잔씩 하고 돌아가면서 노래를 했을 때의 이야기일세. 병식이 자네 차례가 되니 나병식이 "노동자들이 잘 부르는 노래를 하겠다."며 서두를 열었네. 참석했던 사람들이 "아마 병식이가 무슨 특별한 노동가를 하려나 보다."라며 기대를 하고 지켜보았지. 그런데 자네가 갑자기 유행가(노래 제목은 전혀 생각이 나지 않네)를 한 자락 불러재꼈다네. 처음엔 다 뻥한 표정을 짓다가 다시 생각하니 사실 노동자들이 가장 잘 부르는 노래가 유행가 아니겠나. 결국은 모두 고개를 끄덕이고 말았지.

기억력이 별로 좋지 못한 내가 이 정도 기억하는 것을 보면 그 일이 꽤나 인상적이었던 모양일세.

해태제과 8시간 노동 투쟁을 출판하다

내가 영등포산업선교회에서 일한 것은 1978년 7월부터였네. 당시 영등포산업선교회에는 양평동, 당산동, 영등포동에서 구로공단까지에 걸쳐 있는 공장에서 1천명 이상의 여성노동자들이 소모임 활동을 하고 있었다네.

많은 공장들이 하루 12시간씩 2교대로 일을 하고 있었지. 공장은 24시간 가동하고 일요일에도 쉬지 않고 일하는 공장도 많이 있을 때였지.

1979년 여름에 날씨가 워낙 더우니 해태제과의 여성노동자들이 8시간 일한 후에 퇴근을 시작하였네. 해마다 여름이면 있는 일이라서 회사에서도 별로 긴장하지 않았네. 그러나 이 노동자들이 한여름이 지나고 난 후에도 8시간 후에 퇴근하는 것을 멈추지 않았네. 노동자들과 산업선교회는 그때를 계기로 조직력이 가장 강한 해태제과에서 8시간 노동을 실현하기로 결정하고 있을 때였지.

이를 알아차린 회사에서는 압박을 가하다 안 되니 남성노동자들을 동원하여 폭력으로 8시간노동 투쟁을 저지하기 시작하였네. 그러면서 해태제과 노동자들의 8시간 쟁취 투쟁이 사회적인 이슈가 되었네. 그 와중에서 해태제과 노동자들에게는 불행하게도 YH노동자들의 신민당사 농성투쟁과 경찰의 폭력진압, 그 와중에서 김경숙이라는 노동자의 사망, 교회인사 등 소위 배후조종 혐의로 구속, 김영삼 총재의 국회의원 제명, 김재규에 의한 박정희 대통령의 사살(10월 26일) 등 일련의 사건이 일어나게 되었네.

이런 상황에서 해태제과 8시간 투쟁은 사회 이슈에서 묻히고 해태제과 노동자들의 투쟁이 고립되어 수백 명이 사실상 해고당하고 폭행을 당하는 등의 고난의 시기를 보낼 수밖에 없었네.

결국 80년 5월 1일부터 제과, 제빵 등의 10여개 회사의 노동자들에게 8시간 노동은 실현되었지만, 12.12 이후에 전체 민주노동자들에 대한 대대적인 탄압과 해고, 80년 5.17 이후의 탄압 등을 당하던 와중에서 마치 전두환 정권이 준 선물처럼 8시간 노동이 실현되었다네.

이런 투쟁을 김금순(출판은 순점순이라는 해고 노동자의 이름으로 하였네)이라는 해태제과 노동자가 기록을 하였네. 어떻게 출판할까 고민하다가 자네에게 상의하였더니 기꺼이 출판하겠다고 하여 풀빛의 현장신서로 출판이 되었네. 풀빛이 이 책을 출판하여 돈벌이는 안 되었을 텐데 자네 덕에 그 기록이 빛을 볼 수 있었네.

30년이 넘은 지금에 생각해도 자네에게 고마움을 표현할 수밖에 없네.

위의 몇 가지는 아마 다른 사람이 기억하지 못할 것이라고 생각하여 기록하여 보았네. 벌써 30~40년 전의 일이 되어버렸네.

우리들은 이러저러한 일로 여전히 분주하지만 자네는 평안하겠지. 이제 이 세상의 짐은 모두 내려놓고 안식을 취하게나.

민주화운동기념사업회의 수호장군

신 형 식

지금으로부터 32년 전 1983년 12월 초 전두환 정권의 폭압정치만큼 매서운 추위가 몰아치던 날. 허석렬 형과 함께 은평구 역촌동 풀빛출판사로 가서 나병식 형을 만났다. 출판사 취직을 하기 위해 면접을 보았던 것이다. 그날 처음 본 병식 형은 덩치가 산더미만하고 굵은 뿔테 안경 속에서 날카로운 눈초리로 상대방을 응시하면서 대화를 할 때마다 거친 숨을 몰아쉬었는데 굉장한 카리스마가 느껴졌다.

1960~70년대 박정희 독재에 저항하여 전개되었던 민주화운동은 1979년 부마민주항쟁을 거쳐 유신체제를 내부로부터 붕괴하게끔 만들었다. 부마민주항쟁이 유신체제에 파열구를 낸 것은 사실이었지만 민주화세력이 그 자체의 역량으로 유신체제를 붕괴시켰던 것은 아니었다. 그 결과 신군부세력에 의해 유신체제가 재편되기에 이르렀다. 이에 반독재민주화투쟁은 5.18민중항쟁으

---

* 부경대 겸임교수

로 다시 한 번 불타올랐다. 그러나 5.18민중항쟁도 신군부의 집권을 막지 못했다. 5.18민중항쟁에 대한 신군부세력의 잔인한 유혈진압에 의해 한 풀 꺾인 채 새로이 출발하지 않을 수 없었던 1980년대 민주화운동은 전두환 독재정권의 강력한 탄압 속에서 전개되었다. 그 과정에서 많은 피해와 희생을 감수해야만 했던 것은 너무나 당연했다.

나는 1981년 5월 27일 서울대 아크로폴리스 광장에서 "광주항쟁 1주기 추모 침묵시위"를 주도하여 보안사에 연행되어 서울지검에 구속되어서 집회 및 시위에 관한 법률 위반으로 6개월 징역살이를 하고, 1982년도에 출소하여 부산에서 사상공단 노동자들과 함께 야학을 하고 있었다.

이듬해 학생운동을 함께 했던 서울대 사회문제연구회 써클 동료들과 함께 향후 진로에 대해 깊은 고민을 하게 된다. 오랜 논의를 거듭한 이후 일부 동료들은 인천지역 노동현장으로 들어가 노동운동에 복무하고, 나와 김영호 형은 운동의 물적 토대를 마련하고 과학적 이론을 공급하기 위해 사회과학 출판사를 차리기로 역할 분담을 하기로 합의하였다. 그리하여 나는 편집 실무 등 출판사 운영 전반에 대해 경험을 쌓기 위해 풀빛출판사의 문을 두드리게 되었던 것이다.

당시 출판사에는 박인배 주간, 김태경 편집부장, 김찬 등 쟁쟁한 선배들이 영업의 달인들인 조기환 상무와 홍석 부장 등과 함께 근무하고 있었다. 면접을 본 다음날부터 출근하자마자 〈1970년대 노동현장과 증언〉의 편집 작업에 투입되었다. 70년대 노동운동과 산업선교 상황을 기술한 책인데 원고량이 5,000매가 넘는 방대한 규모의 작업이었다. 병식 형과 함께 은평구 역촌동 사무실에서 먹고 자면서 3개월 이상 철야작업을 한 끝에 1984년 4월에 드디어 〈1970년대 노동현장과 증언〉이 출간되었다.

나는 광명시 철산동에 있던 이모님 댁에서 통근을 하였는데 출퇴근 시간을 절약하고 밥값도 절약할 수 있어 철야근무를 자원했던 것이다. 아침저녁으로는 사무실 옆 식당에서 배달해 주던 백반을 병식 형과 함께 먹었고 점심에는 주로 짜장면을 시켜 먹었는데, 병식 형은 참으로 짜장면을 좋아했다.

당시만 해도 노동운동을 본격적으로 다룬 책이 없었고, 전두환 정권의 공안 당국으로부터의 탄압을 막아 내기 위해 한국기독교 교회협의회의 25주년기념대회 자료편찬위원회 이름으로 출간되었지만, 실제 필자는 나병식인 셈이다.

이 책은 1970년대의 한국 기층 노동자들이 인간답게 살기 위하여 어떻게 몸부림쳤으며 또 그들의 꿈과 희망을 가로막은 정치 · 경제 · 사회적 억압의 실체가 무엇이었는가를 노동현장의 당사자와 단체 실무자들의 육성과 기록 그리고 자료를 통하여 명쾌하게 보여주고 있다. 또한 해방 이후 1960년대까지의 노동 상황과 노동운동을 개괄하고 1970년대의 전반적 정치 · 경제정세, 노동 상황과 노동운동, 조직노동운동과 정치체제와의 관계, 민주노동운동과 노동 현장과의 연대, 교회와 연대한 노동운동의 성장과 수난, 주요 노동운동사 사례들을 포괄적으로 분석 · 비판하고 있다.

그리고 당시 학생운동권의 스터디 교재였던 일본 서적 〈資本制 經濟の構造と發展〉(일명 "자구발")의 번역과 편집 작업을 하여 〈자본주의 경제의 구조와 발전〉이라는 제목에 '신석호'라는 필명으로 출간했다. 이 책은 자본주의의 원론적인 측면들을 살펴보면서 제국주의 이후의 발전에 대하여 서술하고 있다. 먼저 자본주의를

상품화된 임노동을 기초로 하는 상품경제로 보면서 자본의 생산과정 · 유통과정 · 분배과정으로 나누어 분석하며, 19세기 말 이후 새롭게 전개되기 시작하는 독점자본주의를 생산관계의 모순이 격화되어 가는 최고의 자본주의로 보면서, 그것의 성립과 특징을 분석하고 있다. 〈자구발〉은 베스트셀러로서 풀빛출판사 초창기의 효자 노릇을 톡톡히 하였다.

풀빛출판사에서의 8개월간의 지옥훈련을 거치고 나서 1984년 8월에 녹두출판사를 창립할 수 있었다. 병식 형으로부터의 지도와 도움이 없었다면 녹두출판사의 탄생은 아마 불가능했을 것이다. 이후 풀빛과 녹두는 병식 형의 표현대로 '초록은 동색'이라는 명분으로 자주 만나서 엄혹한 시국 걱정을 많이 하였다. 또한 서대문구 북아현동 능안빌딩의 3층과 4층에 나란히 입주하여 사회과학 출판계의 전성시대를 함께 만들어 나갔다.

1980년대는 학생운동권 출신의 사회과학 출판계 진출과 이념서적 출판이 활성화되었던 시기이다. 전두환 정권은 다양한 방식으로 출판탄압을 지속하였는데, 이는 역으로 엄혹한 상황에서도 출판을 통한 운동이 그만큼 이루어졌다는 반증이기도 하다. 학생운동 출신 인물들은 소규모 자본으로도 가능한 출판사를 창업하였으며 함께 모여 사회과학 출판사 집단을 형성하였다. 사회과학 출판사 대표들은 관련 정보를 교환하고 서로 격려하며 유사시 집단적 대응을 하기 위해 '금요회'를 만들었는데 병식 형과 나도 함께 하게 된다.

1980년대 출판문화운동에서 한 획을 그은 것은 1985년의 한국출판문화운동협의회의 창립이다. 한국출판문화운동협의회의 창립 배경에는 전두환 정권의 강력한 출판탄압이 존재하였다. 정권의 거센 탄압에 공동 대응하는 과정에서 조직적으로 맞설 단체가 필요하다고 판단한 출판관계자들이 한국출판문화운동협의회를 결성하였던 것이다. 출판사 발행인들의 모임인 '금요회'와 편집자들의 모임인 '문맥회'에 더하여 영업자들의 모임인 '인문사회과학영업자협의회', 서점들의 협의체인 '인문사회과학서적상연합회' 등의 연합체로서 정부의 출판 탄압에 대항해 강력하게 투쟁을 전개하게 된다.

병식 형은 한국출판문화운동협의회 회장으로서 나는 대외협력위원장으로 함께 열심히 투쟁하였다. 전두환 정권 수호의 앞잡이들인 남영동 대공분실, 홍제동 대공분실, 장안평 대공분실이 사회과학 출판사 대표와 편집장, 서점 대표들을 무자비하게 구속하게 되는데, 병식 형은 1986년에 〈한국민중사〉 건으로 구속되고, 나는 장편 서사시 '한라산'이 수록된 〈녹두서평〉과 〈세계철학사〉 등의 출간 건으로 국가보안법 위반으로 1987년에 구속되었다.

병식 형과의 인연은 이후 민주화운동기념사업회로 이어진다. 2005년 봄 어느 날 병식 형이 문국주 형과 함께 저녁식사를 하자고 하였다. 마포에서 셋이서 회동을 하여 민주화운동기념사업회 내부 상황에 대하여 함께 점검하였다. 그리고 나서 상임이사인 국주 형을 보좌하라는 병식 형의 명을 받들어 8월부터 기획실장으로 근무를 시작하게 된다. 이후 기념사업본부장과 기획조정실장 등을 거치면서 병식 형의 조언을 받아서 민주시민교육사업과 국제교류협력사업을 민주화운동기념사업회의 핵심 사업으로 수행하였다. 이제는 민주화운동기념사업회가 한국은 물론 아시아에서도 민주시민교육과 국제교류협력으로 이름이 널리 알려지게 된 데에는 병식 형의 혜안이 있었던 것이다. 그리고 병식 형의 권유로 박상철 교수가 원장으로 있던 경기대학교 정치전문대학원에 진학하여 5년 만에 박사학위 논문 '한국 시민사회와 민주시민교육의 제도화 방안'도 완성하게 되었다.

민주화운동기념사업회의 이사장 문제로 민주화운동기념사업회 임원진이 곤란을 겪을 때에는 항상 병식 형이 물불을 가리지 않았다. 2010년 가을 민주화운동기념사업회 이사회는 이사장 후보를 복수로 안행부에 제청했으나 정권에서는 이사회에서 제청한 후보와는 다른 인사를 이사장에 내정하여 상호 대립이 3개월 정도 지속되었다. 이때에도 병식 형이 온갖 노력을 기울이게 된다. 결국 이사회의 안과 정권의 안을 타협과 조정을 거쳐 제3의 인물인 정성헌 한국DMZ 평화생명동산 이사장으로 합의를 보게되었다. 그래도 '구관이 명관'이란 말은 이런 때 어울리는 것 같다. 왜냐하면 그때에는 정권과의 소통이 충분치는 않을지라도 어느 정도는 가능했기 때문이다.

정권 교체시마다 이사장 문제가 이슈가 되자, 2013년 가을 민주화운동기념사업회 이사회는 정권과의 관계 등 제반 상황을 고려하여 함세웅 신부님 등 전직 임원들의 총의를 모아서 정성헌 이사장의 연임을 추진하였다. 이사회는 정성헌 이사장을 복수 후보로 안행부에 제청하였다. 그러나 정권은 민주화운동기념사업회의 법과 정관, 규정을 무시한 채 이사회가 제청한 후보와는 다른 인사를 일방적으로 내정하였다. 병식 형은 당시 대장암 말기 진단을 받고서 여러 차례의 수술을 받는 등 투병 와중에서도 이사장 인선 문제 해결에 동분서주하였다. 마지막 항암치료를 앞두고 입원하는 날 아침까지 이사장 인선문제 해결을 위해 노심초사하였으나, 결국 '유종의 미'를 보지 못한 채 2013년 12월 20일 숨을 거두고 말았다.

장례 마지막 날인 12월 23일 그날도 역시 매서운 추위가 기승을 떨쳤다. 영결미사를 지내고 나서, 그렇게도 열과 성을 다해 수호장군 역할을 했던 민주화운동기념사업회 건물 앞마당에서 노제를 진행했다. 아들 힘찬이가 든 영정이 정동빌딩 사무실을 거쳐 건물을 한 바퀴 돌고 나서, 운구 행렬은 벽제 화장터를 거쳐 파주나자렛 공원묘원으로 향했다.

비록 지금 병식 형은 가고 없으나 민주화운동기념사업회에 남은 직원들은 민주화운동기념사업회의 설립정신을 수호하기 위해 최선을 다할 것이다.

병식 형! 저 하늘에 올라가서도 민주화운동기념사업회를 계속 굽어 살피시리라!

남사당男寺黨 나병식 동지를 추모함

안 재 웅

고 나병식 동지 추모문집발간을 준비하는 분들로부터 글 청탁을 받았다. 나는 주저하다가 이내 회고의 일단을 쓰기로 하였다. 우리들이 자랑하던 나병식 동지가 유명을 달리한 지도 벌써 2년이 되어 간다. 나병식 동지와 함께 했던 옛일을 들추어 보기로 하였다.

나는 1970년대를 한국기독학생회총연맹KSCF의 간사와 총무로 일했다. 이 시기에 만난 사람이 바로 나병식 동지이다. 그는 서울대학교 국사학과 학생이었고 나는 KSCF 간사였다. 우리의 인연은 교회로 이어졌다. 1972년, 서울제일교회에 부임해 온 박형규 목사님은 내게 제일교회로 나올 것과 KSCF 회원들을 교회로 끌어오라고 말씀하셨다. 나는 김용준 목사님이 담임하고 계신 수송교회에 출석하던 때였다. 하지만 나는 박 목사님의 말씀대로 서울제일교회를 다녔고 교회대학부를 조직해서 대학부장을 맡기도

---

* 목사, 전 한국YMCA전국연맹 이사장

하였다. 그리고 KSCF 소속 학생들을 교회로 인도하였다. 1973년 12월 7일, 나는 박형규 목사님의 주례로 이경애와 태화기독교사회관 채플에서 결혼식을 올렸다. 그 후 우리 부부는 백부 안광국 목사님이 담임하시던 북아현교회로 옮겼다.

나병식 동지는 심성이 부지런하고, 토론하기를 좋아하며 소신에 따라 행동하는 기개가 넘치는 인물이다. 그는 우리 연맹사무실을 수시로 들르고 서울대생 회원 숫자를 늘려 주었다. 이때가 아마도 KSCF의 전성기가 아니었나 싶다. 그는 긴박하게 돌아가는 학내 분위기를 내게 요약해 주었다. 또한 그는 틈틈이 일본의 매판자본이 한국민족경제를 뒤흔든다는 것과 남미를 중심으로 번지는 종속이론을 꼽으며 밖으로는 외세를 경계하고 안으로는 유신독재 타도를 우선 과제로 삼아야 한다고 역설하였다. 그의 이런 식견은 널리 알려진 터였다.

1974년 초, 그가 내게 긴요한 얘기를 나누고 싶다기에 둘이 만났다. 그의 이야기는 이러했다. "봄 학기가 되면 학원이 크게 요동칠 것이다. 전국적인 데모가 준비되고 있다. 함께 모여 공부하고 거사를 준비 할 공간 확보가 시급하다. 전세방 두 개가 필요하다. 30만원을 마련해 주었으면 한다." 나병식 동지는 연맹에서는 KSCF 회원이고 교회에 가면 대학부 회원인지라 나와 자주 만나 협의하는 사이였다. 하지만 자금 마련이 어찌 그리 쉬운 일인가? 나는 엉거주춤 노력해 보겠다는 말을 하고 헤어졌다.

막상 궁리를 해보았으나 뾰족한 방안이 떠오르지 않았다. 결국 송정동 박형규 목사님 댁을 찾기로 하였다. 마침 목사님이 계셨다. 나는 거두절미하고 나병식 동지가 부탁한 사안을 박 목사님께 말씀드렸다. 조금이라도 더 보태주고 싶은 마음으로 32만원을 부탁드렸다. 박 목사님은 별로 놀라지 않았다. 3일만 기다려 보라기에 고맙다는 인사를 드리고 집을 나섰다. 후에 안 일이지만 나병식 동지가 한 차례 목사님과 상의를 했던 모양이다. 그럭저럭 3일이 지나 다시 박 목사님을 찾았다. 그러나 목사님은 돈을 마련하지 못했다고 했다. 이틀만 기다렸다 오라기에 나는 허전한 마음으로 돌아왔다.

이틀 후 다시 박 목사님 집을 방문했다. 박 목사님은 두툼한 봉투를 내게 건네주시며 말씀하셨다. "돈 구하기 정말 힘드네."라면서 흐뭇한 미소를 지으셨다. 책으로 가득 찬 목사님의 서재가 마치 돈으로 꽉 찬 돈방석 집으로 느껴졌다. 나는 기분 좋게 목사님과 인사를 나누고 집을 나섰다. 나는 종로5가 기독교회관으로 발길을 재촉했다. 이 빌딩은 KSCF사무실이 자리 잡고 있는 곳이다. 나는 동료 정상복 간사에게 돈을 건네고 나병식 동지에게 전해 달라고 부탁한 후 광주로 출장을 떠났다.

1974년 3월 31일 새벽, 동대문경찰서 정보과 소속 형사들이 북아현동 전셋집을 덮치고 나를 연행하였다. 평소 안면이 있는 정보과 형사들이었다. 나는 결혼 3개월 차 신혼 때였다. 놀란 아내를 위로할 겨를도 없이 집을 나섰다. 나는 종로세운상가에 붙어 있는 감미옥에서 설렁탕을 얻어먹고 관할인 동대문경찰서로 갔다.

나는 어리둥절 잠시 앉아 있었고 형사는 9시가 되기를 기다리는 눈치였다. 형사는 중정으로 전화를 걸었다. "여기 안재웅의 신병을 확보하고 있습니다."라고 말하자 곧바로 데려오라는 명령이 떨어졌다. 나는 남산에 위치한 중앙정보부 6국 2층으로 인계되었다. 한 중정 직원이 나의 인적사항을 확인하고 중정남산분실

지하실로 데려갔다.

나는 무슨 영문인지도 모른 채 불안한 마음을 달래며 앉아 있었다. 얼마쯤 지나자 말끔하게 생긴 수사관이 나타났다. 그리고 자신의 취조실로 데려갔다. 책상 하나가 있고 거기에 나를 앉으라고 했다. 수사관은 세 사람이었다. 한 사람이 수사를 전담하고, 다른 한 사람은 옆에서 감시하고, 또 한 사람은 수사 진행을 수시로 체크하면서 윗사람과 조율하는 구조였다.

우선 자술서부터 상세하게 쓰라고 했다. 내가 살아온 삶의 궤적 모두를 빠짐없이 쓰라고 했다. 나는 제법 두툼하게 자술서를 썼다. 또 한 차례 더 쓰라며 밤잠을 못 자게 했다. 계속 반복해서 여러 차례 자술서를 쓰라고 했다. 잠 못 자게 하는 것이 피를 말리는 고문이란 사실을 몸소 체험한 것이다.

이제 본격적인 수사가 시작되었다. 1973년 12월, 광주 가톨릭 피정센터에서 한국기독학생회총연맹 동계대회 겸 총회가 "기독교와 역사"라는 주제로 개최되었다. 주제 강사는 이화여자대학교 고 현영학 교수였고 성서연구 강사로는 박형규 목사님을 모셨다. 그리고 특강 강사로 김지하 시인을 초청해 시국에 관해서 듣는 시간도 마련하였다. 마침 장준하 선생님과 백기완 선생님이 주도한 '100만인 개헌청원 운동'이 전국적으로 번지던 때였다. 광주동계대회에 참석한 KSCF 회원 모두가 '민주화를 위한 100만인 개헌서명'에 동참하였다. 이점을 집중적으로 문제 삼았다. 나에게 유신헌법에 관해서 소견을 쓰라하고 서명 받은 문건은 어떻게 했느냐? 며 추궁하기 시작했다. 광주동계대회의 주된 결정사항과 74년 KSCF 운동방향을 어떻게 세웠는지도 캐물었다.

그런데 갑자기 뒤숭숭한 분위기가 감지되었다. 취조실을 오가던 사람이 나의 수사관을 불러냈다. 꽤 오랜 시간이 흘렀다. 상기된 얼굴로 돌아 온 수사관은 다짜고짜로 내게 "나병식에게 돈 줬지?"라고 언성을 높였다. "안재웅 제대로 걸렸네"라면서 수사의 초점이 바뀌기 시작했다. 나는 전혀 예상치 않았던 사건이 터졌으므로 순간 머리를 굴렸다. 문제는 돈의 출처인데 내가 박 목사님을 댈 순 없다고 판단했다. 수사관이 잠깐 자리를 비웠다. 4월에는 박 목사님의 장남 박종렬(후에 목사가 됨)의 결혼 날짜가 잡혀 있지 않은가? 만일 내가 박 목사님을 대게 되면 결혼식은 어떻게 될 것이며 또한 목사님과의 신의는 깨지게 되는 것 아닌가? 나는 도저히 입을 열어서는 안 된다고 다짐하였다.

아니나 다를까? 수사관은 돈의 출처를 추궁하기 시작했다. 나는 결혼식 때 들어온 축의금의 일부라고 둘러댔다. 나는 결혼한지 불과 3개월 밖에 안 된 신혼 때가 아닌가! 수사관은 나의 수사를 서둘러 종결하려는 눈치였다. 아마도 그에게 중대한 수사명령이 떨어진 모양이다. 매우 긴박한 분위기를 감지할 수 있었다.

1974년 4월 3일, 수사관은 나를 불러냈다. 그리고 책상 위에 여러 신문을 보라고 했다. 대통령긴급조치4호 발동이란 글씨가 대문짝처럼 눈에 띄었다. 신문에는 신직수 검찰총장의 사진이 크게 보이고 소위 인혁당재건사건 인물들의 사주를 받은 민청학련 사건이 대대적으로 도배질해 있었다. 인혁당사건 관련자와 민청학련사건 관련자의 사건전모라면서 도표와 함께 사진이 실려 있었다. 평소 듣지도 못했던 민청학련사건의 조직도를 살펴보니 나는 "자금책/배후조종"으로 떡 적혀 있었다. 그리고 KSCF 동료인 이직형 총무대행과 정상복 간사도 비슷하게 "배후조종"으로 도표에 나와 있고 KSCF 회원이던 나병식, 황인성, 정문화, 김효순, 서경석, 나상기, 이광일 등도 민청학련사건 주모자 32명 속에 얼굴이 올려 있었다. 도저히 상상하기 어려운 일이 벌어진 것이다. 그러나 나는 내심 이건 아니라고 생각했다. 사실이 아닌 조작사건이기 때문이다. 그리고 생소한 인혁당사건의 인물들을 신문에서 보았다. 박O식 수사관은 나를 보고 이렇게 말했다. "어떻게 하다가 대남 간첩조직에 연루 되었는가? 큰일 났다. 애석하게 생각한다."면서 측은한 눈빛으로 나를 바라보았다. 그리고 나를 지하실로 돌려보냈다.

나는 지하실 음산한 방에 앉아 충격적인 사건의 전말을 생각해 보았다. 민청학련은 도대체 무엇이며 인혁당사건과는 어떻게 연계되었다는 건가? 의문에 꼬리가 잡히지 않았다. 우선 두려움이 엄습했다. 나야 이렇게 잡혀 왔다지만 갓 결혼한 아내가 걱정되었다. 그러나 나는 독안에 든 쥐가 아닌가? 틈틈이 기도로 하나님께 매달리니 한결 마음이 평온해졌다. 나는 다시 취조실로 불려갔다. 수사관은 중정남산분실이 모자라 나의 수사를 종결하고 다른 곳으로 옮겨가게 되었다고 하였다.

그런데 도착한 곳이 바로 악명 높은 서빙고보안사분실이었다. 나는 군복을 지급받고 입감되었다. 하루 쯤 지난 후 수사관이 나를 불러냈다. 그리고 건물에 위치한 엘리베이터로 데려갔다. 엘리베이터에 있는 의자에 나를 앉게 하였다. 수사관은 내게 이렇게 말했다. "여기는 남산과 다르다. 이곳은 간첩 잡는 곳이다. 수틀리면 죽어 나가는 곳이다. 이 엘리베이터가 지하로 내려가면 한강으로 통한다. 알겠지?" 일단 겁을 단단히 주고 수사실로 데려갔다. 수사관은 아마도 남산에서 작성한 나의 조서를 자세히 읽은 모양이다.

역시 문제는 나병식에게 건네 준 자금의 출처였다. 나는 남산에서 진술한대로 자술서를 작성했다. 그러자 수사관은 내게 결혼식 때 받은 축의금 내역을 쓰라고 했다. 하객의 이름과 축의금 액수를 적으라고 했다. 나는 시키는 대로 적어 내려갔다. 쉽게 30만원을 훌쩍 넘겼다. 사안으로 볼 때 이만하면 됐다는 표정이었다. 그리고 조서작성에 공을 들였다. 어느 날 저녁, 윗분이 순찰을 한다면서 바른 자세로 기다리라고 했다. 아마도 군보안사 서빙고 분실 책임자가 순시하는 모양이다. 그는 키가 크고 후리후리한 몸매에 스포츠머리를 하고 날카롭게 생긴 분으로 내방 앞에 멈추어 섰다. "네가 안재웅인가? 그래! 우리 요원이 북아현동 전셋집을 다녀왔다. 결혼축의금을 내놓을 만큼 신심이 강한 사람이 바로 여기 있구먼! 밥 잘 먹고 지내라."는 말을 남기고 지나쳐 갔다.

그리고 다음 날 나는 서대문 구치소로 입감되었다. 나는 독방을 배정받았다. 방에는 아무것도 없었고 백열등만 희미하게 비추고 있었다. 차라리 살 것 같았다. 남산중정분실과 서빙고보안사가 어떤 곳인가? 그동안 수사에 시달리며 온갖 조바심과 불안과 공포에 떨던 처지를 벗어났으므로 해방된 기분이었다. 나는 무료하게 하루하루를 지냈다. 어느 날, 아침을 먹고 나자 교도관이 나를 불러냈다. 나는 구치소 강당으로 호송되었다. 몇몇 연루된 동지들이 하나 둘 모이기 시작했다. 그리고 우리는 호송버스를 타고 검찰취조를 받기 위해 덕수궁 옆 검찰청으로 갔다.

고 최명부라는 검사가 나를 맡았다. 키가 작고 깐깐해 보였다. 중정을 거쳐 보안사가 만든 나의 조서를 보았던 모양이다. 그는 기소를 위해 공소장을 만드는 참이었다. 그는 육하원칙에 따라

심문을 하였고 나는 묻는 대로 진술하였다. 옆에는 검찰서기가 일목요연하게 공소장을 꾸미고 있었다. 비교적 순조롭게 진행되었다. 어떤 때는 할 일 없이 검찰심문에 불려 나갔다. 나는 그곳의 밥은 구치소 밥보다 훨씬 나았고 밖으로 나가 콧바람도 쐴 수 있어서 오히려 즐기기까지(?) 했다. 하루는 최 검사가 공소장에 자술한 나의 모든 진술을 읽어 보라고 했다. 그리고 내게 손도장을 찍으라고 했다. 명실상부 공소장이 완성되어 기소가 되는 순간이다. 최 검사는 내게 담배를 피우냐고 묻기에 나는 안 피운다고 했다. 그러자 그는 창밖을 내다보며 "거북선" 담배를 꺼내 물었다. 그동안 보지 못했던 새 브랜드 담배였다. 그는 내게 "구치소 식사는 어떤가? 지낼만한가?" "운동은 하는가?" "건강은 어떤가?" 등을 묻고 이제 "검찰조사는 모두 마쳤다. 법정에서 만나자." 는 말을 하더니 교도관에게 나를 인계하였다.

　나는 이제 검찰기소가 끝났으므로 재판을 기다리는 신세가 되었다. 나는 구치소 생활이 차츰 익숙해지면서도 아내가 나의 소재를 알고 있는지 궁금해지기 시작했다. 하지만 밖에 있는 사람들이 한두 사람인가? 차차 알게 되겠지! 라며 스스로를 위로하였다. 마침 구치소에서 신약성경 한권을 넣어 주었다. 그 밖에 책은 아직 불허된 상태였다. 나는 반가웠다. 나는 일주일에 한 번 신약성경을 통독하는 기쁨을 얻게 되었다. 서울구치소는 나로 하여금 17번 신약성경을 통독하게 만든 피정의 집이었다. 나름대로 매우 유익한 시간을 보냈다. 불행 중 다행이란 말은 이런 때를 두고 쓰는 것 아닌가 싶었다.

　얼마쯤 지났을까? 교도관이 나를 불러냈다. 보안과로 나가보니 이직형과 정상복이 나와 있었다. 갑자기 불길한 느낌이 들었다. 우리는 창문을 가린 봉고차에 실려 어디론가 끌려갔다. 도착한 곳은 바로 서빙고보안사분실이었다. 들어서자마자 지하실로 끌려가 나를 수사한 한○○ 대위에게 인계되었다. 그는 이○극 준위와 함께 나를 보는 순간 두들겨 패기 시작했다. 한 대위와 이 준위는 분을 참지 못하고 개 패듯 나에게 매타작을 퍼부었다. 얼마쯤 지났을까? "이자를 차라리 전기고문 합시다."라며 식식대다가 숨을 돌리더니 쓰러져 있던 나에게 씻으라고 소리를 질렀다. 아니나 다를까! 전기고문 시설이 눈에 번쩍 띄었다. 아이고, 이제 죽는구나! 싶었다. 나는 비틀거리며 세면대로 걷다가 푹 주저 앉고 말았다. 천만다행 전기고문은 당하지 않았다.

한참동안 넋을 놓고 팽개쳐있던 나를 수사관실로 끌어갔다. 창문 밖에는 노란 개나리꽃이 활짝 피어 있었다. 그날이 바로 부활주일이었다. 참으로 기구하다는 생각이 들었다. 나는 신심을 쌓기 위해 더욱 정진하기로 결심하였다.

한 대위는 "나의 오랜 수사관 생활에 결정적인 흠집을 남게 한 것이 바로 안재웅"이라며 분을 새기다가 커다란 도표를 내밀었다. "이거 알고 있었지?" 나는 처음으로 자금전달 체계 도표를 보았다. 도표는 "해위 윤보선 전 대통령–이우정 교수–박형규 목사–안재웅–정상복–나병식" 이렇게 되어 있었으나 나는 박 목사님 만 알 뿐 해위로부터 돈이 나와 이우정 교수를 통해 박 목사님께 전달된 사실은 금시초문이었다.

나병식 동지는 민청학련사건이 인혁당사건과 연계되면 생명이 위태로워질 것으로 판단하고 자금의 출처를 박형규 목사님이라고 밝혔던 모양이다. 박 목사님도 같은 생각을 하다가 결국 중정 남산분실에 연행되어 사실대로 진술하고 민청학련 "배후조종"으로 구속 수감되었다. 박 목사님의 진술을 근거로 이 도표가 그려졌고 민청학련 관련자들은 위험한 고비를 넘길 수 있었다. 한 대위는 내게 이런 말을 하였다. "큰 데모 뒤에는 반드시 정치인의 자금이 있게 마련이다. 어쩌다 그만 내가 안재웅에게 속았다." 그리고 한 대위는 주섬주섬 보강수사를 마치고 나를 구치소로 돌려보냈다. 그 후 나는 다시 검찰청으로 불려나가 자금출처에 관한 공소장 변경수사를 받았다.

　1974년 7월, 비상보통군법회의(재판장 박희동 중장)가 육군본부 콘세트 법정에서 열렸다. 이철을 수괴로 한 민청학련사건의 공범은 유인태, 여정남, 김병곤, 나병식, 김영일, 이현배, 정문화, 황인성, 서중석, 안양노, 이근성, 김효순, 유근일, 정윤광, 강구철, 이강철, 정화영, 임규영, 김영준, 송무호, 김정길, 이강, 윤한봉, 김수길, 구충서, 정상복, 이직형, 나상기, 서경석, 이광일, 안재웅 등 32명이다. 나는 대부분의 학생 관련자들을 처음으로 법정에서 보았다. 그리고 피고인 한 사람당 한 명의 가족만 법정에 참관토록 제한하였다. 나의 아내는 내가 구속 기소되자 스스로 혼인신고를 마쳤고 법정 뒷자리에 앉아 환한 모습으로 나를 보며 손을 흔들었다. 그리고 아내는 교도소 수발도 성심껏 해 주었다. 여러 차례 재판을 하는 동안 내 노라 하는 유명변호인단이 우리를 변론해주었다. 하지만 사형과 무기, 그리고 20년과 15년의 중형이 피고인들에게 선고되었다. 이 때 나병식 동지는 사형선고를 받았고 나는 15년이 선고되었다. 그동안 나는 독방에서 지내다가 형이 확정되자 일반 수형자들과 합방하게 되었다.

　그 해 9월, 비상고등군법회의(재판장 이세호 대장)는 일부 피고인에게 감형을 하였으나 대체로 중형을 선고받은 피고인들은 원심을

196

그대로 확정하였다. 그 후, 중형을 선고 받은 동지들을 제외하고 대부분의 관련자들은 상고를 포기하였다. 나도 상고를 포기하고 안양교도소로 이감하게 되었다. 방을 배정받아 신고식을 마쳤다. 그런데 인혁당사건에 관련된 이창복 선생과 한방을 쓰게 되었다. 물론 초면이었다. 그는 교사출신으로 인자한 성품을 지닌 분이었다. 인지상정이랄까! 우리는 서로 위로하면서 수형생활을 이어갔다. 나는 서울구치소에 있을 때 합방생활을 하다가 심한 피부병을 얻게 되었다. 온몸이 가렵고, 쑤시고, 아팠다. 마치 구약성경에 나오는 "욥"이 연상되었다. 나는 매일 의무실에 들러 치료를 받았다. 나를 간병해 준 분은 이인수 대령으로 원충연 반혁명사건 주범 중의 한분이었다. 나는 발가벗고 그분 앞에 섰다. 그분의 정성어린 치료 덕분에 완쾌될 수 있었다.

하루는 교도관이 내게 짐을 싸라고 하였다. 다른 방으로 옮기라는 것이다. 가서보니 김동길 교수님과 서경석, 김병곤, 나상기, 이광일, 이원희 등 민청학련 관련자 12명을 한 데 모아 놓았다. 옆방에는 나병식 동지 등 비슷한 민청학련 인사들이 모여 있었다. 김동길 교수님은 시간이 나는 대로 역사, 시, 기독교와 관련한 이야기를 들려주었다. 매우 유익한 시간이었다. 김옥길 총장님이 매일 찾아와 넉넉하게 영치물을 넣어주셨고 풍족한 영치물은 옆방 나병식 동지를 비롯한 친구들에게 전달되었다. 1974년 11월, 나는 처음이자 마지막으로 한복을 예쁘게 차려입은 아내와 면회를 하였다. 그리고 1975년 2월 15일, 소위 2.15 대통령특별조치에 따라 형집행정지로 안양교도소에서 석방되었다.

나는 나병식 동지와 많은 일을 같이 했다. 나는 고 조승혁 목사님과 나병식 동지와 함께 중국집 종업원을 조직하는 KSCF 학생

사회개발단(학사단) 프로젝트를 구상하였다. 물론 나병식 동지가 그의 남사당패거리를 묶어 행동의 중심으로 나서 일을 총괄 진행하였다. 그러나 한국노총 고위 간부가 고 조승혁 목사님를 만나 난색을 표하는 바람에 결국 중단하고 말았다. 나병식 동지는 "남사당男寺黨"이란 이름을 좋아했다. 그는 내게 "남사당"하면 "나병식 이렇게 아세요!"라면서 스스로를 남사당패라 불렀다. 하지만 남사당 나병식 동지의 거대한 꿈과 그의 민중을 향한 애환은 우리의 혼을 깨우는 메아리로 남게 되었다.

나병식 동지가 민주화운동기념사업회 상임이사로 재직할 때이다. 2003년, 해외에서 한국의 민주화를 도와 준 인사 44명을 초청해 감사를 표시하는 프로그램인데 우리 부부를 초청해 주었다. 대부분 외국인이었고 일부 한국인이 포함되어 있었다. 나는 홍콩에 본부를 둔 아시아기독교협의회CCA 총무로 근무 할 때였다. 나의 아내는 구속자가족협의회 초대 간사로 활동하는 동안 이런저런 일로 종로경찰서와 중정남산분실에 연행되어 고초를 겪기도 하였다. 해외초청인사는 미국, 캐나다, 일본, 홍콩, 호주, 독일, 프랑스, 영국, 스위스 등으로부터 선정되었다. 우리는 수유리 아카데미하우스에 머물면서 다양한 프로그램을 경험할 수 있었다. 그리고 광주 망월동 5.18 묘지를 참배하였고 청와대로 노무현 대통령을 예방해 만찬을 함께하는 일정도 잡혀 있었다. 한국을 떠날 때는 우리 부부에게 감사패가 주어졌다. 나병식 동지와 김경남 목사(기념사업회 사업본부장) 듀오가 주선해 준 것이다. 감사패에는 이렇게 적혀 있다.

감사패

안재웅 이경애

한국민주화운동에 기여해 주신 선생님 부부의 노고에 깊은 감사를 드립니다.

On behalf of the Korean people, we present this Tablet in recognition of your effort and contribution towards advancing democracy in Korea.

2003년 9월 23일

민주화운동기념사업회

이사장 박형규

아직도 못 다한 이야기가 많이 남아 있다. 고 나병식 동지를 회상한다면서 나의 이야기만 잔뜩 늘어놓아 민망스럽다. 그러나 분명 나병식 동지는 이렇게 말할 것 같다. 그는 특유의 웃음을 씩 지으면서 "잘들 노시네요! 동해루에 가서 짜장면이나 드시지요."

요즘 부쩍 거인 나병식 동지가 그리워진다.
삼가 고인의 명복을 빈다!!!

더듬어 보는 잔상들

오 상 훈

그다지 길지 않은 이야기를 꾸려 나아가 본다. 마치 기억의 바다에 널린 모자반 더미들을 어루만지며 나아가는 서툰 유영처럼.

동숭동에서의 날들

우리는 일 년의 교양과정부 기간을 마치고 2학년이 되어 동숭동 교정으로 통학하게 되었다. 그러니깐 1971년 학기 초 3월경이던 것 같다. 당시 학과연구실들이 각각 있었지만, 학부학생들은 출입을 어려워했다(교수들은 물론 선배인 조교선생까지도 근엄하게만 느껴졌기 때문이다. 사학과 연구실들이 특히 그러했다). 당시 동양사학과 연구실은 다른 과에 비해 그 공간이 좁은 편이었고 그런 만큼 고서들이 사면에 들어차 있는데다가 침침하기까지

---

* 부산대 교수

해서 학부 초년생들은 들어서면 주눅이 들기 마련이었다.

교수들과의 신입생 간담회가 열리고 있었다. 교수와의 대화자리라고 하지만 초년생들은 막상 주뼛거릴 뿐이었다. 그때였다. 웬 질문이 침묵을 흐트려 놓았다(왜 그때 타과 학생인 그가 자리에 있었는지는 의문이다). "선생님! 저 책들 다 읽어 보셨습니까?" 학생들은 사뭇 당황스럽고 어리벙벙한 상태였던 것 같다. 잠시 동안의 침묵과 긴장. 교수의 답변이 돌아왔다. "대충"(이 답변은 엉겁결에 나온 것 같지만, 연구실 장서 중의 상당수가 구태여 통독할 소지가 없는 사전류, 개인문집, 총서류들이었기에 선생의 대답은 '대충' 맞다고 해석된다). 이것이 나 사장과의 첫 만남이었던 것 같다.

당시 학교 안팎으로는 반정부시위가 빈번했다. 시위가 있게 되면 학교 근처 개천을 낀 가로수길이 최루탄 가스냄새로 뒤덮이기 일쑤였다. 그러던 어느 날이었다. 평소에 이용하는 중앙도서관 옆 식당에서 산 도시락 국물을 곁들여 점심을 먹고 나온 무렵이었다. 개천 건너 시위학생들의 투석전이 한참이어서 소란한데다, 최루탄 연기가 플라타너스의 푸른 잎을 타고 피어오르고 있었다. 그때였다. 바로 옆에서 누가 고함을 지르며 후다닥 뛰어나갔다. 바로 나 사장이었다. 빈 음료수병 상자를 들고 돌진하고 있었던, 그렇지 않아도 그의 건장한 체구를 나는 멍하니 보고만 있을 뿐이었다(나름으로는 과하다 싶기도 했다).

나는 연구실의 한 귀퉁이에 안주하고 있었다. 점심때면 도시락 국물에 도시락 먹는 것을 낙으로 여기면서. 늘 침침하고 책 냄새 퀴퀴한 연구실은 건물 구석에 있기도 해서 유난히 조용한 편이었다. 드문드문 나 사장은 그러한 학과 연구실을 찾아와서는, 막상

대하기 어려운 선배들과 거침없이 대화를 나누기도 하고 학교 바깥세상의 흥미로운 이야기도 들려주곤 했는데, 언젠가는 무좀이 심한 발가락을 드러내놓고 성냥개비로 후비기도 했던 것 같다. 나 사장의 그 모습이 지저분하다기 보다는, 풋풋하고 정겹게 느껴졌다.

부산에서의 여러 날 (8박 9일?)

80년대 초 정확히 말하자면 81년 봄이었다. 난 부산의 대학에 취직하여 낯설은 부산 생활을 막 시작한 터였다. 이 무렵 나 사장이 부산을 방문하였고, 근처에 있는 또 다른 동기 집에 머물며 식사 때가 되면 우리 집에 와서 늦은 아침을 먹기도 했다. 바둑이 취미인지라 맞수인 다른 동기와 바둑을 많이 두곤 했다. 상대방이 바둑을 신중하게 두느라 시간을 끈다싶으면 "나는 있지, 전투바둑이다. 빨리 둬!"라고 나 사장은 나무랐다. 그리고 목욕하느라 물을 헤프게 쓴다 싶었는지 "야! 감옥에서는 물 한바가지 갖고도 목욕한다."라고 일러주기도 했다. 또 이야기 중에는 이러한 그의 어린 시절 풍경도 있었다. 땔감이 귀한지라 어린나이에도 송정리(현 광주시 광산구, 나 사장 고향)역 오가는 석탄 실은 차량에 올라가 석탄을 퍼 나르고 도망치기도 했다는 이야기는 지금도 아련히 내게 남아 있다.

이 무렵 나 사장은 풀빛출판사를 운영한 지 얼마 안 되었던지라 출판에 정력적으로 집중하며 이미 여러 권의 인문사회관련 책을 내고 있었다. 나 사장에 따르면 이를테면 '자전거 논리'라는 것이었다. 즉 서둘러가지 않으면 자빠져 버린다는 뜻.

3박 4일이 지나고 5박 6일이 지나도록 웬일인지 나 사장은 떠나려고 하지 않아서, 다른 동기가 "빨리 가라 마"라고 웃으며 재촉하기도 했다. 아마 8박 9일째에야 그는 마산으로 간다면서 떠났다.

못 지킨 약속

한동안 연락이 없었다. 그런데 1995년인가에 나 사장으로부터 출판 관련 제안이 있었다. 요는 중국사 전반에서 전기가 될 만한 사건이나 인물 등 사항들을 추려서 이른바 개요 형식의 저술을 엮어 내보지 않겠느냐는 취지였다. 대신 일 년 정도의 기간 안에 출판했으면 한다는 것이었다. '전투적' 출판 계획인 셈일까? 아마 당시는 중국과의 수교가 이뤄진지 얼마 안 된 국내 사정을 고려한 기획이었다고 짐작된다. 썩 자신은 없었지만 이러한 요청에 맞추어 수십 개의 주제를 선정, 계획을 진행하고자 했으나 역시 '전투적'이 못 된 나로서는 역부족이었다.

하지만 얼마 후 한 선배로부터, 풀빛출판사에서 공동번역서를 내기로 했으니 같이 해 보면 어떠냐는 제안이 있었다. 다른 선배들과 공동번역서 출판 작업에 동참해서 이뤄진 것이 중국 사학사 관련 개설서인데, 오늘날도 사학사 관련 참고서로 더러 이용되고 있는 것 같다.

(여담으로, 또 몇 년 뒤 국내에서 내볼만하다 싶은 전족관련 양서가 있어서 풀빛출판사 편집진에 번역 추천을 은근슬쩍 한 적 있었는데, 완곡히 난색을 표했던 것 같다. 내용 검토도 안 해본 상태였는데, 애로물로 비춰졌는지 모르지만 그 책 제목에

'핑크'란 말이 들어 있어서 '풀빛'과 맞지 않다는 것이 이유였다.)

짧은 만남

이후 수년 동안 서로 만나는 일 없이 지내었다. 어쩌다 통화할 때는 "야, 요즘도 누구랑 술 깔짝거리냐?"라고 놀리곤 하였다. 그런데 2010년 말경인가, 나 사장이 많이 아파서 수술하고 요양한 지 꽤 되었다는 소식을 들었다. 조심스레 전화를 했더니, 수술 후 항암치료 받으며 시골에서 요양한다고는 했지만, 걱정과는 달리 힘찬 목소리는 예전과 다름없어서 일단 안심은 되었다. "항암주사 비싼 거 맞다야. 한 번에 기백만원짜리다." 약효가 있으니 경과를 보면서 내년 봄에 부산 한번 가겠노라는 이야기였다.

과연 상태가 호전되어 부산까지 나들이 할 수 있을까 싶었지만 2011년 봄 어느 날 일행들과 더불어 어떤 행사참석차 내려왔다. 병에 시달려 예전같이 힘차 보이지는 않았으나, 병색은 두드러지지 않았다. 일행들과 자갈치 시장 꼼장어집에서 반가움에 이런저런 이야기를 나눴다. "나 금주 전도한다."고 농담 섞어 이야기하면서.

같은 해 여름 오랜만에 한 상경길에서 나 사장을 만날 수 있었다. 무교동 근처에서였는데, 유난히 큰 비가 쏟아지고 있는데도 (문화행사 참석 겸) 성치 않은 몸으로 파주에서 나와 한참동안 자리를 함께할 수 있었다.

이후, 병세가 걱정되어서 가끔 전화통화로 안부를 묻곤 했다. 그럴 때마다 암이 번진 것 같지만 괜찮을 거라고 하였다. 워낙 심신이 강건한 나 사장이라 괜찮은가 보다고 여기곤 했다.

이듬해 그러니까 2013년 12월 초순이었던 것 같다. 여느 때와 다름없이 예사롭게 전화를 했는데 고향이라고 하면서 하는 목소리가 들려왔다. 잔뜩 잠겨 있어서 겨우 나오는 소리였다(그런 중에도 괜찮다고 하는 것 같았다). 짧은 통화를 마쳤다. 나도 모르는 눈물이 흘렀다. 1971년 봄의 그 모습이 어른거리고 있었다.

아! 떠남이 너무 빠르지 않았는가?

이 강

빠름과 늦음이 꼭 좋고 나쁨으로 규정지어지는 것은 아니라고 본다. 왜냐면 우선 나병식이라는 후배 벗이 이렇게 빨리 떠남이 꼭 좋은 것이라고 볼 수 있겠느냐? 혹시 우리처럼 천천히 더 살다가 떠남이 꼭 나쁜 것이 아니라고도 볼 수 있기 때문이다. 일찍이 우리나라의 오랜 가치관에서 "신언서판身言書判"이 바로 한 사람을 알아보는 품격의 기준이라고 한다. 그러한 기준치에서 본다면 아마도 나병식이야말로 "신언서판"의 최적격자 중 한사람으로서 누구보다도 오래 버티고 살아갈만한 사람으로서 가장 모범적인 인물이 아닐까? 라고 생각되기 때문에 더욱 어리둥절하고 안타까워하고 있다.

나병식에 대한 추억은 아쉽고, 그립고, 안타깝기가 높이로는 하늘이요, 넓이로는 바다라고나 할까? 나는 우선 나병식과는 1973년 전남대 함성喊聲지 사건 재판과 1974년 민청학련 사건을

전후로 재판과정에서 군사법정에서 함께 군법회의 공범으로서 만나서 인연이 얽히고설키었다고 본다. 군사법정에서 서울대학교 국사학과 학생인 나병식에게도 법정 최고형인 사형이 선고되었다. 한마디로 미치고 환장할 노릇이었다. 같은 사건 같은 군사법정에서 전남대학생 중에서 벌써 고인이 된 "합수合水 윤한봉", 김정길, 이강은 각기 징역 15년을 선고받았다. 민청학련사건은 우리나라의 많은 대학생 젊은이들에게 새로운 사회변화의 가치관으로 만나게 하였고 연속적인 인간관계의 소중함을 일깨워주기도 하였다고 본다.

1975년 2.15 형집행정지 조치로 민청학련 관련자 대다수가 석방되었다. 민족시인 김지하는 인혁당 관련자들에 대한 수사 과정에서 중앙정보부에 의하여 저질러진 폭행, 고문의 불법 행위의 반민주적, 몰인권적 만행에 대하여 폭로하는 기사를 언론에 발표하기도 하였으나, 김지하는 불행하게도 다시 구속되기도 하였다. 그러나 불행하게도 인민혁명당 운운의 고문 폭행을 통한 조작에 의하여 도예종 선생을 비롯하여 여정남에 이르기까지 8명의 민족민주인사들께서 사형死刑으로 대법원 단심으로 확정 집행하여 세계 사법司法 사상史上 엄청난 몰인권沒人權적 범죄를 박정희 유신정권은 저지르고 마침내 수 년 후에는 박정희 자신도 스스로 만든 중앙정보부장中央情報部長 김재규의 총탄에 의하여 스스로 몰락하기도 하였다.

전남대 민청학련 출신들은 전남민주회복구속자협의회를 조직하여 주로 옥중에서 시달리는 민주인사들에게 옥바라지, 민청 내부 학습, 후배들 운동관계 유지하기, 각자 노동, 농민, 학생, 여성 등의 운동으로 분야별로 자리잡기 등의 일에 전념하기도

하였다. 나는 광주에서 살면서 농민운동에 직간접으로 참여하고 있을 때, 나병식은 부모님을 모시고 가난을 짊어진 채 송정리에서 서울로 상경하였다. 우리는 서울이나 광주를 오가면서 함께 만나서 진지한 대화를 이어갔다. 광주에 와서는 나병식이 거창한 체구에 잠자리가 매우 불편함에도 불구하고 나의 좁은 방에서 양모서리를 가로질러 잘 때도 여러 차례 있었다. 아마 술, 담배는 거의 잠시도 줄이지 않고 즐겼다고 볼 수 있다. 나병식은 체력이 워낙 좋으니까 광주에 와서 일정한 대화가 끝나고 나면 자신의 광주일고 동기동창인 김정길과 함께 주로 바둑을 두었는데, 언제나 꼬박 날새기 바둑을 두곤 하였다. 물론 술, 담배를 밤새도록 이어가면서...

나는 가톨릭농민회에 가입하여 1978년 4월에 광주 북동성당에서 함평고구마 피해보상투쟁의 현장에서 약 50명의 농민들과 집단적으로 1주일간의 단식투쟁을 하면서, 박정희 군사독재 출현 이래 최초의 농민항쟁의 승리였다고 하는 투쟁을 전개하였다. 그리고 전라남도 처처의 농촌에서 농민자체교육 요청이 물밀듯이 밀려와 거의 1주일에 하루 정도나 목욕하고 옷 갈아입기 위하여 집에 한 번이나 들리고 잠시도 쉴 틈이 없이 가톨릭농민회 교육으로 밤이 가고 날이 새기도 하였다. 이러한 와중에 나는 1978년에 광주 기독병원에서 진찰한 결과 폐결핵, 나의 아들 청천도 폐결핵이라는 충격에 스스로 모든 운동을 중지하고 목포 결핵요양원을 운영하시는 여성숙 선생을 찾아가서 요양에 들어가기도 하였다.

특히 잊을 수 없는 나병식 다움이라고 할까? 전라도 전통음식의 맛에 대한 그리움과 그 간절한 맛을 즐기고자 초 봄 쯤일까?

하는 철에 나병식은 나에게 광주 양동시장에서 "보리쌀"나물과 "홍어애간장"을 사 보내라고 요청하기도 하였다. 물론 내가 양동시장의 가게를 찾아가서 문의하기도 하였으나, 그분들께서 혹시라도 날짜 소모 때문에 음식이 변질되면 큰일 난다고 절대로 그러한 원료를 무작정 보내다가는 재수 없으면 큰일 난다고 절대로 반대하였고, 내가 생각해 보아도 그분들의 의견이 매우 적절하다고 여겨져서 보내는 일은 어쩔 수 없이 포기하기도 하였다. 나중에 내가 서울에 가서 나병식을 만나서 함께 나병식 집으로 가면서 커다란 시장에서 음식물 원료 사는 것을 보았는데, 그 때 나병식은 보리나물, 홍어애간장, 막걸리 등을 구하였다.

또 한 가지 나에게 광주의 어느 분이 자신의 초등생 자녀들이 날마다 방과후에 PC방에 찾아가서 해가 지도록 한마디로 온종일 PC만 한다고 비분강개하기도 하여서, 내가 나병식에게 이러한 청소년 문제에 대하여 물었더니, 나병식은 아주 간단하다고 가볍게 이야기 하였다. 자기 자신의 아들도 초등학교 저학년 시절에 매일 방과 후에 PC방에서 종일 소일하였는데, 나병식은 "언젠가는 다시 공부하게 되리라고 믿는다."고 아들에게 가끔씩 말하여 주었다고 한다. 아무튼 일정한 시간(1~2년)이 지나니까 아들이 스스로 알아서 PC방 오락을 줄이고, 다시 공부도 하고 다른 놀이방식을 찾아가는 것이 성장과정의 어린이들의 자연스런 현상이니 너무 고민하지 않아도 된다고 하기에 나는 그분에게 그리고 나 자신에게도 나병식의 말을 전하여주었다. 일정한 기간이 지나고 보니 나의 자식들에게도 나병식의 말이 실제로 참으로 나타났다. 나는 대단한 발상의 자세라고 확신하면서 나병식에 대한 신뢰가 더욱 깊어졌다.

오랫동안 나병식과의 관계는 농도 짙게 유지되었으나, 내가 1979년 가을 남민전 사건으로 징역을 살고 있었고, 광주에서는 1980년 5.18민중항쟁이라는 어머어마한 피눈물 항쟁으로 많은 사람들(500명~1,000명?)이 계엄군 공수특전단의 총칼에 의한 학살 만행으로 운명을 달리하고, 법적으로는 '폭도' 운운의 허위 언론의 만행에 의하여 마치 사회적 불한당으로 취급을 당하는 피눈물의 세월이 약 10년간 계속 되었다. 아마 나병식은 스스로 민주화 운동가로서, 특히 광주출신으로서 아마도 한 많은 세월을 일정기간 보냈으리라고 본다. 나병식은 스스로 풀빛출판사를 경영하면서 많은 사회과학 서적을 출판 보급하면서, 광주에서의 5.18민중항쟁에 대하여서도 〈죽음을 넘어, 시대의 어둠을 넘어〉라는 최초의 5.18민중항쟁자료집을 출간 보급하였다.

1980년대 초중반의 세월동안 학생운동이 매년 5.18민중항쟁을 전후하여 5.18 민중영웅들의 애국심과 민주정신에 대한 투쟁이 전국적으로 확산되면서, 나병식은 풀빛출판사를 통하여 수많은 사회과학 서적을 출판 보급하였고, 많은 후배들에게 함께 일하는 직업을 베풀기도 하였다. 나는 운동가로서, 바르게 살고자 하는 생활인으로서 나병식과는 오랫동안 인간관계 유지를 하였으나, 나병식의 결단에 의한 광주에서의 정치적 진출에 대한 꿈의 실현이 누차 좌절되는 문제의 해결에는 아무런 도움을 주지도 못하였다. 이 점이 가장 아쉽고, 분하고, 억울하기도 한다.

유가족인 김순진 씨, 아들 힘찬 씨, 딸 빛나와 슬기 씨의 앞날에 아빠 나병식이 바라고 바랬던 민족, 민주화, 인권화 세상의 꿈과 현실이 함께하는 세월이 찾아오길 바라면서 나의 추억담을 마친다.

형을 그리워하며...

이 계 안

"삼촌과 조카 같애..."
나병식 형이 나를 처음 만나 다정하게 껴안을 때
김용희 선생님이 하신 말씀이다.

아마 그것은 1987년 어느 좋은 날이었으리라.
아내와 병식 형의 배우자인 김순진 박사의 대학 선배인 김용희 선생님과 부군이신 조희웅 선생님이 우리 두 부부를 선생님 집으로 초대한 것은.
대학 4년 내내, 그 후에도 꽤 오랜 기간 풍문으로만 듣던 병식 형은, 머리통 크기로 말하면 둘째가기를 서러워하고, 키로 말해도 아내 보다 족히 30㎝는 큰 나를 그의 조카로 보이게 할 만큼 기골이 장대한 장부였다.
그렇게 삼촌 같은 병식 형이 1993년 어느 날 풀빛출판사 회장

---

* 사) 2.1연구소 이사장

명함을 들고 회사로 찾아오셨다.

〈고구려고분벽화〉를 출판하려고 하는데 도움이 필요하다며.

국민교육헌장을 통해 '실질'과 함께 숭상받던 '능률'에 중독된 내가 보기에 〈고구려고분벽화〉 출판은 전혀 사업성이 없어보였다.

그러나 이어진 식사자리에서 형과 나눈 대화가 나를 변화시켰다.

형이 말하길 홍어는 회조차 입천장이 벗겨질 정도로 충분히 발효시킨 것이어야 진짜 홍어라고 했다.

그리고 불타는 듯한 눈빛으로 〈고구려고분벽화〉의 출판은 진짜로 숭상받아야 할 민주화 투쟁의 의미처럼 우리 존재의 의의를 찾게 해주는 일이라고, 숫자로 따질 문제가 아니라고 이야기 했다.

형의 간절함으로 〈고구려고분벽화〉는 빛을 보게 되었다.

형이 말한 의미가 〈고구려고분벽화〉 출판을 통해 잘 나타났기를 바란다.

능률에 중독되었던 그리고 아직도 벗어나지 못한 나는 해묵은 궁금증을 가지고 있다.

그 출판이 풀빛출판사 경영에 어떤 결과를 가지고 왔는지, 돈은 좀 벌었는지…

병식 형 생전에는 차마 여쭤보지 못한 일이다.

18대 총선을 앞두고 병식 형은 광주에서 민주당(새정치민주연합)의 공천을 받기 위한 경선을 준비했다.

학다리고등학교와 전남대학교를 나온 행정고시 출신으로, 노무현 대통령 정부에서 국세청장, 청와대 수석비서관, 행정자치부

장관, 건설교통부 장관을 지낸 상대방과 경쟁하는 것이니 만큼.

전쟁터와 같은 팽팽한 긴장감이 감돌 것이라는 생각을 하며 병식 형 캠프를 찾아갔다.

그러나 뜻 밖에도 병식 형의 경선 캠프는 조용했다.

마치 광주시민이, 당이 '나병식이 누구인지 알아서 후보로 세워주지 않을까?'하는 기대를 하고 있는 것 같다는 느낌조차 들었다.

그렇게 해서 결국 병식 형은 17대 총선에 이어 18대 총선에서도 민주당 공천을 놓쳤다.

겉으로만 보면 그 일이 병식 형 개인의 문제로만 보이는 일이지만, 지금에 와서 되돌아보면, 병식 형이 18대 총선 공천을 놓친 것이 지금 새정치민주연합이, 나아가서는 야권 전체가 어려운 상황을 맞게 된 단초가 된 것은 아닐까? 하는 생각을 나는 지울 수가 없다.

병식 형을 다시 만난 것은 2010년 11월 초 어느 날 아내로부터 병식 형이 암에 걸렸다는 청천벽력과 같은 소식을 듣고서다.

2012년 4월에 실시된 제19대 총선에서 실패한 나도 마음을 추스르는데 짧지 않은 시간이 걸려 병식 형을 찾아뵌 것은 텃밭에 심은 옥수수가 익어갈 무렵이었다.

아산서울병원에서 항암치료를 받으며 파주의 공기 좋고 한적한 집에서 요양 중인 병식 형을 찾아뵈었다.

암과 투쟁하는 사람이라고는 전혀 느껴지는 씩씩한 모습에서, 또 정치현실에 대해 담대하고 적극적인 의견을 제시하는 모습에서 병식 형이 싸우는 상대가 암이라고는 하나 그 또한 '그냥 스쳐가는 바람'이겠다 싶었다.

그런 바람으로 새벽예배를 드릴 때 마다 그 바람이 얼른 스쳐가기를, 그래서 병식 형이 하루 속히 건강한 모습으로 우리 곁으로 돌아오기를 간구했다.

그러나 그것은 그냥 스쳐 가는 바람이 아니었다.

2013년 12월 20일 분하게도 기골이 장대하고 훤칠한, 김용희 선생님 말씀대로 내 삼촌 같던, 병식 형이 가셨다.

이제 하늘에 계신 병식 형은 여전히 한 발을 정치판에 걸쳐놓고 있는 내게 무슨 말씀을 하실까? 지금의 우리나라 정치판을 굽어 보시며.

좀 더 자유로운 나라, 좀 더 정의로운 나라, 좀 더 평화로운 나라를 위해 목숨을 걸고 싸운 병식 형.

숫자만으로는 설명하기 어려운 출판문화사업에 존재 그 자체라며 도전한 병식 형.

목숨을 걸고 싸워 쟁취한 민주주의의 창달을 위해 한번 쯤 뜻을 펼쳐 보이고 싶었으나 현실의 벽에 막혔던 병식 형이 지금 우리에게 하고 싶은 말, 하라고 하고 싶은 일이 무엇일까?

삼촌 같은 병식 형이 보고 싶다. 아주 많이...

일파만파

이 무 성

전봇대 키

도수 높은 안경이면 되었다.

거기다가

숨차며 말 이어가면 되었다.

서울대 사학과 학생이었다가

민청학련 사건 사형짜리

몇 차례나 감옥에서 나오면

마늘장수도 하고

아버지와 아들사이도 속인다는

꿀장사도 하고

그러다가 양복점 풀빛도 차려 보았다

그러다가 출판사 풀빛차려

이 책

저 책을 내어

---

* 광주대 교수

215

그 책더미 속에서

숨차며 말 이어가면 되었다.

나병식

그는 광주가 고향이기 전에 조국이었다.

황사바람 펄럭이는데

고은 시인은 만인보에서 이젠 고인이 되신 나병식 선배를 위의 시로서 그려냈다.

영원하게 황사바람 펄럭일 것만 같았던 그가 2013년 12월 20일 오전 8시 28분 우리 곁을 떠났다.

그와의 진한 인연은 '균형사회를 여는 모임'에서 비롯되었다.

당시 나는 다국적기업 IBM 초대노조위원장으로 다국적 자본의 노조불인정으로 인하여 힘든 생활을 하고 있었다. 후레아 패션, 지멘스, 웨스트팩, 아멕스카드 등 외국계자본의 노조탄압에 외국기업노조협의회라는 결성체를 조직하여 공동대응도 하면서 저녁엔 구로공단 신명교회부설 생활야학에 참여하는 등 분주한 나날을 보내고 있었다.

마침 전교조 해직교사였던 고교 은사이신 이효영 광주지부장께서 전교조 윤영규 위원장 직무대행으로 서울에 올라오시어 신당동 지하에서 참교육사업단을 꾸리는 일에도 힘을 보태었다.

퇴근 후 무리를 지어 힘을 실어 주고 있었던 것이 참교육사업단이었다.

한겨레신문사 김태홍 이사도 해직기자출신으로 자주 그 장소에서 만나고 토요일엔 북한산 등산도 하면서 출향 호남 인사들과 잦은 교류를 하게 되었다. 이 두 사람과의 잦은 만남에 의하여 당시 풀빛출판사 대표인 나병식 선배와의 인연이 시작되었다.

그는 이미 출향인사들의 흩어진 힘들을 모아 자신들의 고향인 호남지역에서 역할을 준비하고 있었던 것이다.

당시 막내 격으로 한마당출판사 최필승, 인천의 양홍영, 한국은행 정순철, 경희대 이승곤 그리고 고려대 교수로 막 부임한 장하성 선배 등과 함께 근무 후엔 매일 아현동 풀빛출판사에 모여 균형사 실무 작업을 나병식 선배와 함께 진행하였다.

그의 숨차며 쉴 새 없는 진정성 어린 말투에 우린 이미 매료되었다. 사실 은근히 그와 함께하는 술판의 분위기를 즐기었던 것이다.

그와의 만남이 없었다면 평범한 직장인으로서 사회에 대한 관심도 애써 외면하면서 소시민으로 자족하였을 것이었다.

그는 온갖 사회현장에 직접 개입하여 현장실천가로서 그의 열정을 이미 쏟고 있었다. 당시 사회과학서적 발간으로 모은 수입금을 〈문예사상운동〉 등 전혀 수익을 기대할 수 없는 분야에 아낌없이 쏟아 붓고 있었다. 나 선배는 고은 시인의 말마따나 정령 황사바람 펄럭이며 숨찬 듯 말 이어가면서 사회를 향한 그의 목소리를 내뱉었다.

그를 본격적으로 만나 거의 매일 이야기를 나누었던 것이 1991년 봄쯤이었다. 그는 균형사회를 여는 모임 결성준비를 위하여 많은 사람들을 만나고 있었다.

그는 전남 광산군 송정리가 고향이었다. 송정리에서 서중, 일고 중고등과정을 기차통학을 하였다. 어려운 집안형편으로 광주상고로 진학 후 1년 후 다시 광주일고로 진학하여 1년 후배들과 동기생의 인연을 맺기도 하였다.

김희택, 정찬용, 이낙연 전남지사 등이 그들이다. 그는 처음 맞는 후배들에게 따뜻한 형님으로 대해 준다. 그러나 자칫 정도에서 벗어난 경우엔 아주 혹독하게 엄한 선배로서 후배들에게 다가선다.

나 선배는 술을 워낙 좋아한다.

나 선배가 발산동에서 아버님을 모시고 사실 때이다.

그와 아현동 굴레방다리 풀빛출판사에서 만나 이야기를 나누고 근처 호프집에서 이야기를 계속한다.

그는 주인장에게 멸치를 주문한다.

멸치를 곁들여야 술 매상이 오른다는 그의 상투어에 주인은 추가적인 안주 대신 맥주를 내놓았다.

그에게 무거운 분위기를 술로 누그러뜨리는 재주가 있다.

때로는 격한 토론으로 고성이 오가기도 한다.

그럴 때면 그의 발산동 집근처로 다시 이동한다.

그는 격론을 다음날로 미룬 적이 거의 없다.

바로 풀어야 그의 하루일과는 끝난다.

그는 여느 운동권 선배들과는 달리 가정적으로는 자상한 가장이었다. 하루 일과 중 순 우리말로 이름을 붙인 아들 힘찬, 딸 빛나, 슬기 그리고 평생의 동지였던 김순진 여사에겐 부드러운 말투로 안부를 나눈다. 그의 커다란 몸체와는 어울리지 않게 섬세하고 자애한 어투에 처음엔 당혹스럽기도 하였다.

그에게 가족은 자신의 순탄지 못한 경제적인 가장으로서 관심을 가져주어야 하는 우선순위에 있었다.

그는 1993년 결성된 균형사회를 여는 모임을 통해 어려운 시기마다 그 시대의 권력에 굴하지 않고 역사적인 역할을 톡톡히 해냈던 호남 특히 광주의 출향인사들을 묶어 새로운 역할에 대비하고자 했던 것이다.

현재의 정치세태에서 그의 미래를 보는 통찰력을 아주 정확하였다. DJ 이후 호남의 정치공백을 대비하고자 하는 것이 균형사 결성취지이다.

그의 활동영역을 출판문화계에서 정치영역으로 본격적으로 넓히던 시기였다.

일부 출세지향적인 운동권 선배들과 달리 그는 한국의 계파보스의 후진적인 정치관행에 정면으로 맞선 것이다.

단지 국회의원 배지 몇 명이 달고자 하는 모임체가 아니어서 그런지 많은 호남의 출향인사들이 서울에서부터도 참여하였다. 그러나 철저히 광주호남 현지 활동가들의 참여를 이끌어 내기 위하여 부지런한 발품으로 서울, 광주를 수십 차례 아니 수백 차례 넘나들었다.

그가 평생을 지켜왔던 올곧은 활동력으로 박현채, 송기숙, 이명한 선생님 등 많은 분들이 기꺼이 참여하였다.

일부에서는 그의 영향력 확대로 오인하여 그가 항상 관심을 두었던 사랑하던 고향에서 예기치 않은 어려움을 겪기도 하였다.

그러나 나병식 선배는 항상 남이 불가능하다며 저어하는 것을 적극 시도하는 성품이었다.

자신의 기준에 맞지 않은 사안에 대해서는 본인의 주장을 결코 굽히지 않았다.

그의 장점이자 단점으로 일부에서는 이를 지적하기도 한다.

80년대 성북구 국회의원 공천 제안을 받았으나 정치계 밖에서 더 할 일이 있다는 이유로 이를 거절하였다. 그는 자신의 의지를 굽히면서까지 자신의 지위를 탐하지 않는 천성이었다. 결국 그는 제도정치권 진입을 통해 자신의 뜻을 펼치지 못하고 말았다.

이제는 그 스스로 직접 실행할 수 없게 되고 만 것이다.

현세에서의 그 많은 어려운 짐들을 내려놓고 영원한 영면의 세계로 먼저 떠나고 말았다.

그러나 만파라는 별명처럼 그가 던져 논 1파가 1만파의 격동으로 우리들에게 많은 사회적인 역할을 주문하고 있다.

2010년 10월 30일 대장암 판정을 받고도 그의 왕성한 활동은 멈추지 않았었다.

그런 그가 홀연히 우리 곁을 떠났다.

그는 영면의 순간에도 '먼저 간다. 잘 있어라' 맑은 정신으로 자신의 현세의 마지막 말을 남겼다고 한다.

시대의 불의에 맞서 그의 모든 것을 던진 만파, 나병식, 이젠 일파의 황사바람이 만파의 황새태풍으로 그를 기억하는 모든 사람들에게 다가서고 있다.

우리의 짐을 끝까지 지고 가던 사람

이 수 행

나 위원장, 우리의 커다란 짐을 끝까지 지고 가던 사람이, 홀연 다른 나라로 가신지 1년 반이 되었구려. 너무도 안타깝구려.

지난 날, 모진 고초 속 입은 상흔이 너무 깊었었지요?

그릇된 타래 질로 양상을 달리하며 얽혀만 가는 부조사회의 실타래를 풀어내려 세상사 급부 없이, 아직껏 몸 사리지 않고 나서게 되며 쌓인 심신의 부하도 너무 컸었지요...

나 위원장, 이제 저 세상에서, 비로소 그 모든 짐을 내려놓고, 고요히, 조화로운 평화로움의 나라에서 영원한 생을 받아 누리고 계시겠지요?

2000년 어느 여름 날, 경건한 마음을 모아, 오랜 낙후성이라는 굴레를 벗어나, 스스로의 힘으로 지역의 발전을 도모하고 나라의 밝은 미래도 제시해 보자라는 취지로 우선, 몇 동창 선후배로 시작하는 작은 모임을 결성하고자 찾았을 때, 지역모임 참여라는

---

* 전 재경 광주서중 · 일고 총동창회 회장

주위의 곡해로 인한 활동상의 제약과 불편함이 예견될 터인데도 불구하고, 찾아간 이 사람이 선배인 때문인지, 말없이 수락, 동참하여 주던 흔쾌하고 넓은 마음이 기억납니다. 서울제일포럼이라는 작은 모임이 진보 개혁적 인사들과 보수, 안정지향적 인사들이, 갈등이 아니고 상호 조화되며 문화, 경제 산업, 한반도, 지구, 지역사회 등을 논하며 유익한 모임으로 운영이 지속될 수 있기에는 나 위원장과 같은 분들의 조화를 위한 훌륭한 겸양의 덕이 있었기에 가능하였습니다.

거슬러 가, 1973년 어느 날. 당시 복학 후 다니고 있던 학교 안암동 캠퍼스로 불현듯 찾아온 서울대 문리대 학생들과 잠시 교정을 거닐며 얘기를 나누던 때가 생각납니다. 유신체제 타파와 민주사회 회복을 위해 군부 독재정권에 맞서 나서야 할 학생의 투쟁운동은 병역을 마친 복학생이 주도적으로 해야만 지속 가능할 수 있음을 역설하던 그들에게 이 사람은 아직 마음의 준비가 안 되어 있는 중에 나름의 생각이 있어, 일신상의 사정을 들어 참여키 어려움을 정중하게 답하고 헤어졌지요. 다음 해 1974년, 학생들의 투쟁운동이 본격적으로 전개될 4월, 학생과 재야, 종교계 인사들을 향한 전대미문 규모의 기막힌 공작정치 작품이 발동되었었지요.

부끄럽게도, 이 사람 나름의 생각은 그 후 정리될 기회도 갖지 못한 채, 일상적 직업과 생활 속으로 묻혀만 갔습니다. 그 때, 서슬이 퍼런 군부독재, 혹독한 정보정치 하에서 온갖 핍박과 고통을 이겨내며 오로지 민주회복과 정의실현을 위한 투쟁으로 꽃같은 젊음을 불살랐던, 나 위원장을 비롯한 그 시대의 선후배 동지들, 커다란 마음의 빚을 결코 잊을 수 없었습니다.

그리고 그들이 있었기에, 정의사회 구현을 위한 치열한 운동이 때로는 더 큰 희생도 불사하는 가운데 맥을 이어, 종래에는 군부 독재 집권을 타파하고, 얼마만큼의 민주, 자유의 진보가 이루어지게 되었습니다.

그 잔혹했던 독재의 잔상이 스며든 변용된 형태의 힘의 지배가 아직도 맥을 이어 가는, 역사를 거스르는 큰 도전에 봉착해 있지만, 그 시대 민주, 정의를 향한 꺼질 줄 모르던 그 정신의 맥들이 다른 한편에서 더욱 꿋꿋이 이어가고자 하는 의지를 보며, 정의사회 구현이 반드시 이루어지게 될 것임을 굳게 믿게 됩니다.

다만, 민주와 정의구현을 위해 누군가 필사적으로 해야만 했던 투쟁항거에 관하여, 그로 인해 가혹한 고초와 희생을 당한 의열 인사들에 대하여, 사회적 평가와 위로와 보상이 아직 온전히 이루어지지 못하고 있음을 바라보며, 개인으로서의 자신의 한계가 너무 초라해 보이고, 미안할 따름입니다.

나 위원장, 심학산 자락, 요양 중 혹 부담되지 않을까 하면서도, 용기 내어 안 사람과 함께 찾을 때면, 온후하고 자상하신 부인과 함께 반갑게 맞이하며 앞 텃밭 상추며 채소를 듬뿍 걷어 담아 주던 정겨운 모습이 떠오르는구려. 불의의 환중에서 아픔이 굉장했을 터임에도 아랫동네 식당까지 꿋꿋이 걸어 안내하여, 맛있는 음식을 골라 함께 즐거운 식사를 할 수 있도록 하던 모습이 생각나는구려. 독립문 네거리, 아현동 시장 포장마차 집, 파전, 두부전 안주에 막걸리 잔을 채워 가며, 때로 선배와 때로 후배, 지인들과 세상 이야기들로 밤늦은 줄 모르던 시간들을 잊을 수 없습니다.

나 위원장, 아직 못다 한 이 세상 염원하던 사업에 대한 미련이

혹여 남았다면, 그 모든 것 아직 여기 있는 사람들에게 맡기도록 합시다. 생전 그 염원의 힘으로, 그 덕으로 종래 여기에도 모든 부조화가 다 삭혀지고, 좋은 세상, 조화의 세상이 꼭 오고 말 터이니.

나 위원장, 오로지, 요동하지 않는 조화와 아름다움의 세상에서 부디 부디 오래 영원히 거하시기를 빕니다.

평생의 동지이시자 자상한 동반자이신 부인, 아들 힘찬 군, 딸, 가족 분 모두 건강과 평온함을 찾으시어, 훌륭한 부군의 생, 아빠의 생을 기리며, 오래 오래 유복하고 보람있는 생을 누리실 수 있기를 충심으로 기원합니다.

이번 여름에, 생전에 함께 하고 든든한 믿음을 나누었던 나 위원장의 몇 지인들과 함께, 영면하고 계신 묘소로 찾아 가, 오랜만에 지난 얘기들 나누도록 할게요.

절도와 포용을 갖춘 민주 투사
– 나병식을 기리며

이 이 화

파주출판단지 옆에 심학산이 아늑하게 자리 잡고 있다. 나병식
은 암 치료를 받으면서 이곳 산자락에서 요양을 하며 지내고 있었
다. 나는 그곳에서 가까운 헤이리마을에서 살고 있다. 가까운 마
을에 살고 있어서 반가웠지만 자주 찾아보지는 못했다. 지금 기억
을 더듬어 보니 뉘우침이 일어난다. 자주 만나 대화를 나눌 걸...

그와 나는 오랜 동지요 후배이다. 평생 동안 1년에 두세 번
정도는 만났던 같다. 그와 나는 대화를 나누면서 서로 의견이
충돌한 적은 한 번도 없는 것 같다. 서로 가슴을 털어놓았을 뿐이
다. 박정희 유신정권 때 나병식은 이른바 '민중사' 사건으로 감옥
에 간 적이 있었다. 그때 나는 재판정을 들락거리면서 나병식을
지켜보았고 이와 관련해 성명서에 서명하기도 하고 글로 써서
그 부당함을 지적하기도 했다. 이 무렵부터 나는 나병식이 누군지
알아먹었다. 그는 재판 과정에서 필자를 보호하면서 자신이 모든

* 역사학자, 역사문제연구소 고문

책임을 지는 자세를 가졌다.

5.18항쟁이 일어난 뒤 김동원 등 몇몇 광주 인사들과 서울의 작은 호텔에서 이틀 밤을 세운 적이 있었다. 우리는 술을 진탕 마시고 분노와 한탄을 토해냈다. 광주 일행이 간 뒤에 그와 나는 돈을 걸고 바둑을 밤새 두었다. 다음 날 오후에 헤어져 택시를 타고 아차울 집으로 오다가 옷에 오줌을 헝건하게 싸고 말았다. 내가 견뎌내지 못한 것이다.

한 가지 더, 내가 정신문화연구원(현 한국학중앙연구원)에서 전문위원으로 근무할 때 나병식을 우연히 길가에서 만났다. 전두환이 가끔 이곳에 와서 떠벌이고 갈 무렵이다. 나병식의 말, "아, 정신병원에 계시는군요."라고 이죽거렸다. 그러면서 우리는 웃어 버렸다. 1년 만에 나는 그곳을 분연히 나왔지만 나병식은 그런 말을 한 기억이 없다고 말했다. 이 점은 내가 더 생생하게 기억하고 있다.

또 한 가지 더, 2010년 우리 일행 21명은 백두산을 중심으로 북조선과 중국의 국경지대 그리고 독립유적지를 답사한 적이 있었다. 나병식이 단장, 내가 명예단장이 되어 우리 일행을 이끌었다. 나는 안내와 해설을 맡았다. 민족통일을 염원하면서 답사를 다녔다. 우리는 즐겁게 보냈지만 작은 사고가 터졌다. 백두산 남파와 서파를 차례로 올라가 보고 나서 마지막 코스로 북파에 올랐다. 기상이 너무 나빠 천지 정상에서는 바람과 눈보라에 몸이 흔들리고 눈을 뜰 수도 없었고 한 치도 앞이 보이지 않았다. 약속된 시간에 약속된 장소인 입구에 내려와 보니 모두 모여 있는데 30분이 넘어도 나병식과 서병석이 보이지 않았다. 나는 일행을 장백폭포 앞으로 보내고 최병윤과 함께 30분을 더 기다렸지만 두 사람은 끝내 나타나지 않았다.

나는 사고가 났다고 판단하고 당황해서 어쩔 줄을 몰라 했다. 최병윤은 내가 눈물을 글썽이는 모습을 보고 위로의 말을 보냈다. 그런 속에서 폭포로 갔던 어느 인사가 달려와 두 사람이 폭포 아래에 있다고 전해 주었다. 나는 나병식을 보자, 분노가 폭발해서 소리를 질렀고 나병식은 아무 말이 없었다. 그러자 최병윤이 분위기를 누그러 트리는 듯, "이이화 선생이 나병식을 사랑하는 마음을 읽었어. 눈물을 철철 흘리더라고…"라고 말했다. 아마 이게 두 사람 사이, 처음으로 화를 낸 경우가 될 것이다.

한 가지 더 얘기해야겠네. 나는 박재승 변호사가 통합민주당 공천심사위원장을 맡았을 때 그 공심위원으로 낀 적이 있었다. 이 구성은 나중에 정동익과 나병식 그리고 강금실이 뒤에서 공작한 효과라고 들었다. 그런데 나병식은 광주 광산에서 입후보하겠다는 공천신청을 냈다. 그런데 말이다. 현지의 인지도와 여론조사가 아주 나빴다. 이를 빌미로 다른 위원들이 반대표를 던져서 낙천이 되고 말았다. 박재승과 나는 당황해서 나병식에게 사전에 알려주었더니 나병식은 약간 아쉬운 표정은 지으면서도 사실 지역 관리를 하지 않았다고 서슴없이 인정했다. 그 무렵 낙천한 인사들이 별별 항의와 읍소를 하는 모습을 보아 왔는데 나병식은 너무나 뜻밖의 반응을 보이면서 담담하였다. 그리고 우리 공심위원들의 복집 저녁밥값까지 내주었다. 지금 생각해 보아도 안타까웠고 박재승은 "나병식을 국회의원 시켜주지 못해 아쉽다."고 지금도 말하고 있다.

자잘한 일화는 이만할까? 위에서 풀어본 일화에서도 짐작하겠지만 그는 민주 열정을 내면에 강렬하게 지니고 있었지만 언행은 언제나 부드러웠다. 키가 큰 인물은 싱겁다고 흔히 말하지만 그는 결코 그러하지 않았다. 날카로운 현실감각을 지니고 있으면서 말이나 행동으로는 부드러웠다 포용력이 있다는 뜻과 통할 것이다. 술자리에서도 어느 특정 개인을 매도한 경우를 본 적이 없었다. 한때 풀빛출판사에서 돈을 잘 번 적이 있었다. 어느 때에 나에게 말하길 "황 아무개에게 몇 천 만원을 주고 작품을 부탁했는데 몇 년이 지나도 작품이 오지 않는다."고 말하면서 안타까움을 토로할 뿐, 비난을 하지 않았다. 이만하면 이해가 많고 수양이 된 인물이 아니겠는가?

그는 뒷전에서 남을 돕고 끌어 주는 역할을 했다고 말해야 옳을 것이다. 그는 민주화운동기념사업회를 발의하고 조직을 꾸렸다. 그런데도 이를 두고 내가 듣기로는 자기 자랑을 한 적이 없었다. 당연한 일을 했다고 여길 뿐이다. 국민의 정부 시기, 자신은 공천헌금을 한 푼도 바친 적이 없다고 말한 적이 있었다. 그 탓으로 끝내 국회의원을 하지 못했던가? 아니면 그저 도인 풍모로 흙탕물 속에서 아옹다옹하지 않은 탓인가?

얼만 전, 정동영과 통화한 적이 있었다. 정동영은 차분한 목소리로 "나병식 형이 있었으면 조언을 받았을 텐데."라고 후회하는 말을 했다. 그 말이 맞을 것이다. 절대로 고인을 칭송하려는 게 아니라 나병식의 정세 분석과 정보량은 감탄할 정도로 수준이 높았고 객관성이 있었다고 생각된다.

인간의 운명은 함부로 말할 수 없고 누구의 탓으로 돌릴 수도 없을 것이다. 하지만 나는 나병식의 운명을 점쟁이처럼 두 가지로 풀어본다. 하나는 대학생시절부터 현실문제와 결부되어 너무나 많은 스트레스를 받았다고 보인다. 정의로운 청년 나병식이 박정희의 반역사적 · 반민족적 · 반민주적 유신독재를 보면서 정신적으로나 육체적으로 저항하는 과정에 그는 천천히 죽어 갔던 것이다. 아편 주사를 맞듯이 말이다.

다음은 술이 과도했다. 스트레스를 푸는 방법일 수는 있겠지만... 나와 만나면 어김이 없이 밤을 새워 술을 마셨고 그는 소주를 폭음했다. 중국기행의 마지막 기착지인 선양에서 밤새워 술을 마시고 이른 아침 비행기를 탔다. 그는 마지막 밤을 꼬박 새웠다. 이건 정상의 생활 패턴이 아니었다. 일반적으로 불의의 현실을 보고 참지를 못하는 것은 정의의 사도나 외곬의 삶을 추구하는 괴팍한 천재들이 가지는 버릇이었다. 그의 일상의 삶은 모범생이 아니었다.

나와 그가 어느 때 '호남정신'을 두고 대화를 나눈 적이 있었다. 내가 호남정신은, 첫째 불의에 대한 저항정신, 줄기찬 반독재 민주항쟁이라고 말하자, 그는 "평화의 방식을 추구한 민족통일의 주역이 되어야 하지 않겠느냐?"고 말했다. 물론 나도 동의했다. 이를 실현키 위해서는 지역갈등과 지역차별을 타파해야 한다고 서로 뜻을 맞추었다.

그리울 진저. 하늘나라에서 내 글을 읽는다면 피식 웃으면서 "선배님, 아직도 내 뜻을 다 모르시네요."라고 말할까? 아무튼 우리는 지금 반민주 · 반통일 · 반역사로 꼬여가는 현실을 안타까워하면서 더욱 그대를 그리고 있네.

잔인한 달 5월, 창문을 열고 헤이리의 새벽을 바라보면서.

역사, 신화 그리고 정으로 남으리

이 재 호

　심학산은 상념 덩어리다. 멀리 한강이 몸을 돌려 임진강과 만나는 지점까지가 맨 눈으로 보는 한계점이다. 산마루 바람은 탁 트인 시야만큼이나 자유롭다. 강산은 만 리인데 사람일은 늘 거기다. 저만치 약천사로 가려거든 이리 가라는 푯말이 보인다. 그 절 아래 두런두런 작은 마을이 있다. 세 해 남짓의 인내였던가? 조금은 여리게 또 조금은 가볍게 버티던 그의 막바지 시간들이 그곳에 있었다.

　파주 책동네로 이사하여 걸핏하면 오르는 심학산, 그가 좀 버텼더라면 아니면 좀 일찍 이사했더라면, 아 어긋난 시간들. 굳이 꼭대기가 아니더라도 적당한 곳에 자리 펴 봄볕 이야기를 했을까, 비바람 불던 겨울의 용기와 도전을 귀담아 더 들었을까? 한강도 보고 들판도 보고 봄볕이나 가을볕을 쪼며, 흘러가는 것과 돌이킬 수 없는 것들의 변주, 그러다 또 사는 것과 제대로 사는 것에

_____
* 리북출판사 대표

머리 궁굴리는 혼자 나들이 길. 그리고 어쩔 수 없이, 산위에서 한 시대의 파도를 떠올리기도 한다. 파도 지난 자리 그리움이 철썩이는 소리를 듣기도 한다. 풀과 열매와 꽃들의 이름도 찾아보지만, 선명한 추상이자 시들지 않는 구체의 묘한 기운, 풀빛에 대해 골몰하기도 한다.

저 산기슭에서, 무슨 꿈을 꾸었을까? 다시 세상에 나가게 되거든, 무슨 일이 하고 싶었을까? 심중의 일이야 넘치고 많았을 테지만, 분명 좀스럽지 않는 일이었을 것이다. 말로만 번드르르 한 일은 아니었을 것이다. 조금은 큰판이고 담대한 계획이라 후배들이 갸웃하는 일이었을 것이다. 오래된 일이라 지겨울 만도 한데, 아무래도 세상을 좀 바꿔보는 일이었을 것이다.

세상일이 얼마나 하고 싶었을까? 답답한 세상, 얼마나 갈라치고 싶었을까? 속절없다는 말이 기막힌 쓰임을 만나는 순간에 우리는 얼마나 돌아보고 또 돌아보며 황망했던가? 당당했고 눈물 나도록 굵직했던 사람은 가고, 이제 남은 것은 역사, 신화 그리고 사랑이다. 세 갈래를 남겼으니, 호인들이야 누리는 넘볼 수 없는 호사라면 호사다.

먼저 역사다. 그는 오롯한 마음으로 한 가지 일을 했다. 우리들의 역사에 민주화운동의 전사에 자신의 발자국을 가졌다. 우리 사회의 거대한 변화, 그 한복판에 그의 이름과 행적과 수행했던 과업이 분명하다. 역사는 그의 눈물과 고통과 다짐들을 이름과 날짜와 사건과 의미와 파장과 성과로 성기게나마 기록하고 있다. 그가 큰 걸음으로 가쁜 숨으로 했던 아름다운 일들은 또 많은 사람들의 기억에 깃들었다. 기억은 기록보다 생생하다. 언제든 꺼내들어 교훈도 격려도 채찍도 될 수 있다.

민주화운동과 그를 생각한다. 결단과 헌신의 오랜 고투, 승산도 감내의 크기도 가늠하기 어려운 긴 싸움, 운동이 본디 모두를 위해 여럿이 싸우는 일이라 공도 과도 같이 떠안아야 하는 일이지만, 그래도 그가 빠졌다면 어딘가 뭔 일 하나쯤은 잘 안 되었을 것 같은 그의 성취들. 그는 늘 개선장군처럼 당당했지만, 빛바래게 될 훈장에 매달리진 않았다. 아이들이 손자들이 어느 날 역사라는 거울 앞에 서서 만나게 될 아름다운 장면들, 어떤 찬연한 순간들에, 그의 목소리와 몸짓은 두텁게 잠겨 있을 것이다. 그것이 진짜배기 훈장일 터, 기록을 넘어 시대의 배반을 넘어, 그렇게 그는 넘어넘어 역사의 복판을 당당하게 걸었다.

다행스럽게도 손에 잡히는 많은 역사도 남겼다. 책 800권, 두렵기까지 한 압권들이다. 그 중 많은 것들이 사람들을 역사 앞에 정직하게 서도록 했고, 또 거친 세상과 싸울 때 대단히 요긴한 것들이어서, 사람들 머릿속에 들어가 아직도 꿈틀대고 있다. 세상을 바꾸는 책을 만들었던 그것만으로도 그는 충분히 위대하다.

둘째는 신화다. 역사에 피가 돌고 있지만, 신화는 피가 돌고 술이 제법 섞인다. 거친 시대를 당당하게 살았던 사람들은 이야기꾼들을 먹여 살린다. 세대에서 세대로 이야기들이 전해지며 때론 부풀리기도 소멸되기도 하겠지만, 그는 온갖 늠름한 이야기들을 실컷 남겼다. 신화, 너무 거창하다면, 그가 뿌려놓고 간 서사쯤으로 해도 괜찮다. 술자리 일화들이야 이미 소문난 것이고, 혹자들은 철야 바둑에서, 민주화 투쟁의 영역에서, 책을 무기로 만들며 호탕하게 휘두르던 출판쟁이의 호기들에서, 그가 남긴 거친 신화소들을 만지작거리고 있을 것이다. 유신독재, 그 두껍고 시린 얼음벽에 다들 눈부셔 할 때 쨍그랑 돌멩이를 쳐대던 10.2 첫 데모도 그럴 것이고, 단기필마 고향 땅에 공천장도 없이 고은 선생 만인보 시 한 장 들고 내려섰던 것도 한 편의 신화일 것이다. 책 만드는 일도 무기가 될 수 있음을, 책으로 세상을 뒤엎자던 출판문화운동의 깃발에도 몇 토막은 아로새겨져 있을 것이다.

척박한 땅에서 가난하게 태어나 우뚝 맞서 싸웠던 삶은, 굵은 이야기로 남아 역사의 성긴 자리를 메우며, 많은 이들이 역사 앞에 당당하게 걷도록 성찰하는데 콕콕 찌르는 뭔가로 오르내릴 것이다. 머지않아 망월동으로 자리를 옮겨 고향의 간절한 영혼들 과 이웃하게 된다니, 그의 못 다한 꿈도 호탕한 이야기도 전승되 고 기억되고 여럿에게 자주 들려지게 될 일이다.

세 번째는 사랑 또는 정이다. 마지막 숨 흩어지고, 뒷일은 영영 세상에 맡겨버린 순간이 얼마 지나지 않아, 병실에서 나는 보고 들었다. 형수가 그 넓었던 가슴을 문지르며 "여보, 당신 참 잘 살았어. 잘 살았어요." 그는 그렇게 부활하고 있었다. 사랑으로 긍정으로 당당함으로. 남편으로 아버지로 선배로 친구로 동지로.

사랑이나 정이 현실의 힘이 되는 것은 사람들이 인연의 집을 지을 때다. 그가 남기고 간 인연들이 끝이 없다. 집을 넘어 부락이 다 부락을 넘어 도시다. 수많은 사람들이 '병식이 형'을 통해 서로 만나고, '병식이 형' 때문에 뭔가를 시작하고, '병식이 형'이랑 같 이 뭔가를 했다. 그리고 '병식이 형'하고 술을 마셨다. 그가 이리 연결하고 저리 맺어준 인연의 그물로 서로 엮이어 많은 이들이 운명이려니 하고 살아갈 것이다. '병식이 형 때문에'를 되뇌며. 유독 한 사람이 있어 사람들 인연이 깊어지고 얽히게 된다면, 그는 일을 많이 했거나 그릇이 컸거나 사람들을 정말 사랑한 사람 일 것이다. 인연의 거점, 사람들은 그 꼭짓점과 어떻게든 맞닿아

정을 나누고 의기와 삶을 결국 투합했다.

　장례식 첫날, 몇몇이 늦은 술잔을 기울이며 그의 호를 이야기했다. 모두들 그 연원을 만파식적으로 짐작하는데 어려움은 없었다. 도탄에 빠진 민중의 삶을 구하고자 하는 염원이 담겼을 것이다. 허나, 만파식적에서 주인공은 대나무 피리니, 그는 정녕 어긋지게 만파의 그 일렁임과 용솟음 그리고 그 기나긴 연대의 파괴력이 되고 싶었을 것이 분명했다. 그리하여 일파만파의 그 만파에 다들 마음이 가 있었다. 그리하여, 소박한 장례 자료집을 준비하면서, 막내인 죄로 다음을 급하게 써 싣기도 했다. "그는 일찍이 만파(萬波)로 불리기 시작했다. 그가 몸을 일으키면 필시 바람이 되고 폭풍우가 되었기 때문일까. 그의 우렁찬 말이 일파만파로 세상을 움직이게 하여서일까. 우리는 어쩌지 못하고 파도가 되어 더불어 휩쓸렸다. 한줄기 물결이 솟구쳐 만개의 파도가 되었듯, 오래토록 뜨겁게 일렁이리라." 그는 파도였고, 어쩔 수 없이 우리도 파도였다. 시공을 넘어 파도의 연쇄작용이 아련했으면 참 좋겠다.

　하늘 어디 거처를 미더워 하지 않으니, 나중을 기약하기도 그렇다. 익숙해져야 할 이별, 기억만이 넘을 수 있는 이별이다. 한참의 후배라 늦었고 짧았지만 내게는 길었던 세월, 여러 가지 일이 있었고, 모두 다 고마운 일이었고 미안한 일이었다. 덕분에 쌀도 얻기도 했고, 으싸으싸 일하는 판도 생겼고, 호쾌한 술자리에 끼게도 되었고, 좋은 사람들과 인연도 맺었다. "고맙고, 미안하다." 마지막에 두루두루 전해 달라 가족들에게 부탁했다는데, 곁가지들 다 거르고 나면 오롯이 남는 것은 피차 그 말뿐인 것 같기도 하다. 다만 아버지 가셨을 때 입술 깨물며 했던 다짐, '열심히 살겠습니다.' 그 말을 여기 다시 더한다.

그렇지? 그렇지? 마셔!

이 종 률

　　며칠 전 현종철이랑 마장동에 갔더니 몇몇 정육점에 돼지껍데기가 그득 쌓여 있었다. 병식 형 생각이 났다. 가끔 광장시장이나 서대문 영천시장을 갈 때도 형 생각이 난다. 허름한 선술집에서 순대, 곱창, 돼지껍닥 따위를 안주로 술 먹을 때 말이다. 형은 담뱃재를 함부로 털다가 말 중간에 "그렇지? 그렇지?"를 섞어가며 마시는 호쾌한 '다변'의 술자리를 좋아했다.

　　내가 처음 형을 본 것은 80년대 중반 자실, 언협, 민문협, 민미협, 한출협 등의 문화6단체 농성장이나 말석의 술자리였지만 가까이서 함께 지낸 것은 민주화운동기념사업회(이하 민기사) 초창기 시절이었다. 형은 용태 형과 함께 상임이사였고 나는 기념사업과장이었는데 어찌 보면 상당히 어려운 관계였는데도 격의 없이 술자리에서 자주 어울렸다. 내가 워낙 술을 좋아해서 끝까지 자리를 지키는데다 덩치만큼이나 넉넉한 형의 성품이 사람을 가리지

* 민주화운동기념사업회 민주주의연구소

않아서였을 것이다. 형은 한 자리에 진득하게 앉아 오래 마시는 사람이었지만 언제나 해단식은 새벽 포장마차에서 끝났다. 사실 너무 힘들어서 담배 사러간다고 거짓말하고 도망친 일도 두어 번 있었다.

자주 술자리에서 어울리다보니 폭력사건(?)에 휘말린 적도 몇 번 있었다. 민기사 창립 기념대회를 마친 저녁, 참석자 응대를 도우미 아가씨들에게 맡겼다고 형이 이 모 총무부장을 혼내는데 정도가 너무 심하다 싶어 내가 좀(?) 대들었더니 대뜸 주먹이 얼굴로 날아왔다. 주먹이 축구공만큼 크게 보이고 순간, 별이 번쩍이더니 등받이 없는 의자에서 뒤로 벌렁 나가 떨어졌다. 나도 인사동 골목에서 좀 놀았던 사람이었지만 어찌 형의 펀치를 당할 수 있으랴. 또 한 번은 서산 바닷가에서 1박 2일 민기사 워크숍을 마치고 해단식을 하러 가는 북창동 길에서 벌어졌다. 병식 형과 유 모 사무처장이 말다툼 중에 맞붙었는데 안 되겠다 싶어 무조건 가운데로 뛰어들었더니 양 쪽에서 주먹이 우박처럼 쏟아졌다. 도중에 서산 새벽 바닷가에서 캔 백합조개 꾸러미가 차에 깔려 박살이 나고 주먹다짐에서 불리한 쪽이 내 가슴께를 물고 흔드는 바람에 상처가 두 달이나 갔다. 며칠 뒤 병식 형이 미안했던지 나를 빵집으로 데려가서는 빵 5만 원 어치를 사주었다. 꽤 무거운 빵 보따리를 집에 가서 풀었더니 모조리 기름기 많은 튀김 빵 종류였다. (가난한 형의 식성이 암을 부른 것이다.)

2003년, 형이 정부와 국정원 쪽 사람들과 만남이 잦다 싶더니 독일로 날아가서 송두율 교수의 방한을 성사시켰다. 분단조국의 '경계인'으로 살아온 송 교수의 고국 방문은 민기사로서는 응당 해야 할 일이고 상징성이 컸지만 그 후과 또한 컸다. 보수언론의

빨갱이 사냥이 시작됐고 당국이 덜컥 그를 국가보안법으로 묶어
버린 것이다. 수십 년 외국을 떠돌던 분단 지식인을 손님으로
초청한 민기사와 병식 형이 사회적 지탄 대상이 됐고 감사원 감사
가 세게 들어 왔다. 다음 해 예산이 30억 원 삭감되었다. 송 교수
가족들에게 미안했고 민기사로서도 타격을 입었으니 책임감 강
한 형에게는 난처한 나날들이었을 것이다. 결국 형은 그 일을
마무리 짓고 형이 만든 민기사를 떠나 총선에 뛰어들었지만 경선
에서 석패했다. YS가 불렀던 85년 2.12총선, 그 호기를 마다하고
풀빛과 출판문화운동을 지켰던 의리의 사람 병식 형의 정치 감각
과 조정력, 사자후가 국회에서 빛나기를 바랐으나 안타까운 일이
었다.

　나는 민청학련 사형수 나병식 형을 만나기 전에 신문을 통해
그를 알았고 풀빛의 책을 통해 그를 만났다. 〈한국민중사〉, 〈변
신〉, 〈노동의 새벽〉이 매개였다. 나중에 홍석 사장이 만든 이두호
선생의 만화 〈객주〉까지. 그 책들은 버리지 않고 내 책장에 여전
히 남아 있다. 그 책들을 물끄러미 쳐다볼 때 마다 형의 용기
있는 기획력과 추진력이 떠오른다. 실업의 시절, 옥상에 빨래를
널고 딸아이를 재워놓고 다용도실에서 담배 피며 살던 실의의
날들에서 나를 민기사로 불러준 것도 병식 형이어서 더욱 그렇
다.(용태 형과 남준 형이 나를 밀었고 병식 형과 국주 형이 당겨주
었다.)

　병식 형은 웅숭깊은 사람이다. 형은 이해관계가 복잡한 조직을
창립하는 과정에서 온갖 난제를 헤쳐 나가며 3년이나 묵묵히 공
을 들였고 말 많고 탈 많던 초기 민기사를 반석 위에 올려놓았으며
불편했을 수도 있는 쌍두 상임이사 체제도 기꺼이 받아들였다.

조직 내부의 싸가지 없는 놈들도 함부로 내치지 않았다. 나는 병식 형에게 은혜를 입은 사람이지만 그 은혜를 제대로 갚지 못했다. 형이 대통령 선거판 정동영 캠프에서 뛸 때 백만 원짜리 금일봉을 전달하고 술자리마다 끝까지 자리를 지킨 것이 전부다.

비오는 오후 낮술을 마시다 병식 형을 떠올려보니 자기는 술잔을 들었다 놨다 하면서도 우리에겐 "씹새끼들아 마셔!"를 재촉하던 형의 흔쾌한 지청구가 생각난다. 병식 형, 중생이 앓으니 나도 앓는다. "그렇지? 그렇지? 씹새끼들아 마셔!"

아아, 병식 형!

이 종 범

아마 대학 2학년 시작되던 1973년 초였을까? 다산 정약용 생가가 있던 양수리 근처 천주교 수도원에서 있었던 한국문화연구회 수련회에 형을 따르면서 처음 만났다. 그때 특별강의를 위하여 참석한 천관우 선생님께 스스럼없이 다가서며 넓적한 술잔을 올리는 모습이 여태껏 생생하다. 천 선생님도 우람하였지만 형 또한 기골이 장대하였던 것이다. 당시 천 선생님은 박정희의 장기집권을 반대하던 민주회복운동을 이끌었던 당대 가장 영향력 있는 언론인이었으며, 일찍이 반계 유형원을 연구한 해방 1세대 역사학자로서의 명성이 높았다.

한동안 형과의 잦은 만남은 강제징집 당했다가 제대한 1978년 봄부터였다. 그때 형은 을지로 입구 지하상가에서 와이셔츠 가게를 하고 있었는데 전에는 튀김집도 했단다. 아마 형의 소개였을 것인데, 어떤 중견 출판사 편집부에 두 달 가까이 다니기도 하였

---

* 조선대 교수

다. 그리고 초가을, 내가 이대 앞 다락방서점을 열면서부터는 하루가 멀었다. 남가좌동 근처에 살 때라서 이대 앞에 버스를 바꾸어 타며 들렸던 것이다.

신촌 근방에는 김학민, 양관수 선배가 신혼집을 꾸렸었다. 더구나 민주청년협의회 초대회장이 되어 도망 살다가 풀려난 정문화 형까지 혼자 있어도 좁은 나의 하숙방에 깃들었다. 민청학련의 용장들 틈새에서 나는 즐거웠고 견문을 넓혔다.

그러나 쉽게 지쳤다. 아침 일찍 가게를 열고 청소하면 그때 야간학생이 오고, 주문 받은 책 새로 나온 책을 찾아 오가다보면 오전 가고, 야간학생 빈자리를 휴학생에게 맡긴 것도 잠시! 저녁 시간은 정신이 없었다. 더구나 간밤의 안주 좋은 막걸리는 아침을 힘들게 하였다! 여섯 달 만에 양길승 선배가 다락방을 인수하였다.

이즈음 형은 출판사를 준비하고 있었다. 초심을 지킨다고 이름하여 풀빛출판사! 문화 형과 나도 의기투합, 책을 팔면 시간 없다, 책을 만들자! 먼저 19세기 후반 개항부터 4.19까지 쉽게 쓰인 읽을 만한 논문부터 묶자 내자! 이리하여 형의 고향 하동과 나의 고향 함평에서 한 자씩 따온 동평사가 출발하였다. 1979년 봄 풀빛과 동평사는 4.19 선배이신 김승균 선생의 일월서각에 한동안 곁들었다.

1979년은 쏜살이었다. 봄 크리스찬아카데미사건부터 여름 YH무역농성투쟁, 사상 초유의 야당총재의 국회 제명을 거쳐, 부마민중항쟁이 폭발하고 박정희가 죽음을 맞이하더니만 YWCA에서의 과도정부 수립을 위한 국민대회와 전두환 신군부의 12.12 반란으로 정신 차릴 틈이 없었던 것이다. 나는 출판사 운영에 허덕였을 따름이었다.

1980년 봄은 허망하고 서러웠고 아팠다. 이미 망가진 출판사를 되살릴까 몇 권을 기획하여 조판을 해두었지만 엄두가 나지 않았다. 간신히 졸업하였으니 대학원에 가고 싶었던 것이다. 어찌하나? 훨씬 두지 못하는 바둑으로 형을 만났다. 그때 풀빛은 동대문 가까운 종로 5가에 있었다. 그해 겨울 어느 날, 기억나지 않지만 두어 선배가 있는 자리에서 길을 주고받았다.

"대학원에 가겠소! 결혼도 하고…"

"출판사는 어떻게 하고?"

"그냥 두지 뭐!"

나의 차례가 되었을 때 제안하였다.

"한 판에 새로 조판해 놓은 판권까지 하나씩… 어떤가요?"

"서로 몰아주자고? 그러자!"

나는 한판을 질 때마다 이미 출간된 〈변혁시대의 한국사〉를 비롯하여 조판이 끝난 〈제3세계와 한국기독교〉 〈전통시대의 민중운동 1, 2〉 〈한국근대의 민중운동〉을 넘겼음을 선언하였다.

형은 처음에 장난인 줄 알았단다. 그러나 이리 하지 않으면 대학원에 가지 못한다는 하소연(?)을 받아들였다. 나는 웃었다.

"형이 있어 내가 공부할 수 있게 되었으니 나의 얄팍한 꾀에 넘어간 것은 형이요. 얼마나 팔릴지 모르는 책의 조판 비용까지 형에게 물어야 하오."

그래도 형은 어떻게 해서든지 내가 쉽게 공부할 수 있도록 비용을 마련하려고 하였다. 그러나 형의 출판 사업은 운동이 되어 풍파를 탔고, 나는 빠르게 안정하였다.

1984년 봄 광주로 내려와 생활하면서부터는 서울에 가면 어디

쉽게 갈 데가 없었다. 누가 친구가 아니고 선배가 아닐까마는 바쁘게 사는 틈을 빼앗기도 힘들었다. 그런데 형은 편안하였다. 틈이 나면 사무실에 들렀고, 술잔을 깊숙이 나누기라도 하면, 형은 어김없이 집으로 나를 데려갔다.

형도 광주에 오면 내 집을 자주 찾았다. 그러면 사람이 가득 찼다. 하루는 관음대가 마르도록 담배를 피우며 바둑을 둔 적도 있었다. 어느덧 십여 년 전의 풍경이 되고 말았다.

나는 형에게 힘입어 사람다운 사람을 많이 만났고, 쉽지가 않는 많은 일을 엿보았으며, 형이 어떻게 사람을 모시고 일을 꾸미는지를 보았다. 중구청 앞 골목 길 허름한 사무실에서 박현채 선생을 처음 뵌 것도 형을 따라서였다. 그때 조선대학교에 내려오시기 전이었다.

선생님은 형이 균형사회를 여는 모임을 힘차게 꾸릴 때 무척 좋아하셨다. 망국적 지역균열, 비관적 계층모순, 확장하는 세대 갈등을 치유하자는 균형의 이슈를 호남에서 시작하고 호남에서 실천하자는 데에 의미가 있다고 하신 것이다!

그러나 나는 아쉬웠다. 시민사회의 자주적 각성과 선도적 돌파가 아무리 중요하지만 '김대중 카리스마'를 수용하지 않는 것으로 비친다면 향후 동교동계의 집단비토가 없지 않을 것이라고 항변(?)한 것이다. 나는 지금도 1996년 총선에 즈음한 '수혈정치'에서 형이 배제된 것은 이와 무관하지 않다고 생각한다.

그래도 형은 정권교체에 온힘을 쏟았었다. 그래서 2000년 총선의 무소속 출마가 더욱 아쉬운 것이다. 그럼에도 민주화운동기념사업회를 특수공익법인으로 출범시키는 데에 결정적 역할을 수행하였다. 형은 받을 것을 생각하고 할 일을 찾지 않았고, 받을 것을 놓쳤다고 할 일을 멈추지 않았다. 그러나 아쉬움마저 없었겠는가!

나는 세상이 형에게 큰 빚을 졌다고 생각한다. 특히 〈죽음을 넘어 시대의 어둠을 넘어〉가 간행되며 광주 오월의 빛이 널리 퍼져나가고 6월민주항쟁의 밑거름이 마련되기 시작하였고, 또한 재정적 압박에도 불구하고 〈광주5월민중항쟁사료전집〉을 선뜻 기획하고 출간함으로서 민주주의를 쟁취한 민중의 삶과 기억의 테두리를 제시하였다는 사실은 어느 누구도 부정할 수 없을 것이다.

이렇게 새긴다. "남이 웃으면 아픔도 마땅하다고 견뎠던 사람이 있다! 자신이 가질 것을 셈하지 않으며 세상에 베풀 것이 적어지지 않을까 아파하였으니, 큰 사람이 여기 있다! 형, 미안합니다!"

우렁찬 분노를 그리워하며

이 종 수

    고 나병식 동지와 나는 우연한 기회에 인연을 맺어, 짧은 기간 동안 잦은 교류 속에서 깊은 우정을 쌓을 수 있었다. 우리들은 만나면 서로가 '선생님'이란 호칭을 사용했다. 그의 경우, 내가 나이가 많으니까. 그렇게 부르는 것이 편했을 것이고, 내편에서는 비록 그의 나이는 나보다 손아래라 해도, 그의 삶 자체가 존경받아 마땅하기 때문에 '나 선생님'이라 깍듯이 호칭했다. 그리고 그는 나의 멘토이기도 했다. 지금과 같이 답답할 때일수록 더욱 그의 정확하고, 올바른 고견이 그립다.

    나병식 동지와 본격적으로 교분을 맺게 된 것은 1993년 설립된 균형사회를 여는 모임에서부터 시작되었다.

    평소 나병식 선생은 성격이 활달하고, 이야기를 좋아했던 편이었다. 나 역시 이야기를 좋아하는 편이라 만나면 몇 시간이고 대화를 나누었다. 나는 당시 한국 사회의 흐름을 잘 몰랐다. 이러

---

* 사월혁명회 연구소장

한 상황이어서 그로부터 듣는 이야기 하나하나가 신기하고, 때로는 경이롭게 들리기까지 했다. 그의 이야기는 한국의 근현대사 그 자체였다.

그러다가, 2013년 내가 KBS 이사장으로 부임한 지 얼마 안 되어 그로부터 갑작스런 연락이 왔다. 민주화운동기념사업회 상임이사로 있던 그는 내게 다음과 같은 부탁을 했다. 즉, 귀국 못하는 해외 민주인사들을 초청하려고 하는데, 마지막으로 "세 명 만이 귀국을 거부하고 있다."며, 그 중 한 명은 미국의 정 모 목사이고, 다른 한 명은 일본의 정경모 선생인데, 그의 말에 따르면, 이미 미국과 일본은 다녀왔고, 마지막으로, 독일의 송두율 선생을 만나 귀국에 관해 상담하기 위해 독일 출장을 가는데, 함께 동행했으면 좋겠다는 언질을 주었다. 그러나 당시 상황 때문에 내심 썩 마음에 내키지는 않았다. 그리고 누구보다도 그간 내가 당국으로부터 고통당하는 모습을 지켜본 아내가 이를 극구 반대 했다. 그러나 나는 해외민주인사들이 민주화와 통일운동을 했다는 사실 때문에 귀국 못하고 있는데 대해 가슴 아프게 생각하던 터였다. 그래서 불이익을 감수하고라도 동행하겠다고 결심했다.

그리고 독일에 가서는 잠시도 그의 곁을 떠나지 않고, 밀착 동행을 했다. 왜냐하면, 내가 1989년 귀국해서 경험을 해 보니, 한국 사회에서는 누구를 만나는 것 자체가 때로는 '큰 화근'이 된다는 사실을 깨닫게 되었기 때문이다. 그리고 우리들은 베를린에 도착한 후 송두율 교수도 수차 만났고, 주독대사도 만났다. 한 번은 대사관 주재 만찬에서 나병식 동지는 50도가 넘는 독한 중국술 한 병을 혼자서 다 마시는 것을 보고 놀랐다. 그러고도 자세하나 흐트러지지 않고, 논리정연하게 대화를 이어 나가는 모습을 보며, 그의 체력과 정신력에 감탄했다.

　나는 송 교수를 만날 때 마다, 내가 귀국해서 겪은 경험담을 이야기 했다. 즉 당국에서는 해외에서 한 민주화운동에 관해서는 크게 신경 쓰지 않고 있다는 것과 그들은 북과의 관계 즉 국가보안법으로 엮으려 갖은 수법을 다 쓰고 있다는 것과, 그리고 북과의 관계만 분명하면 큰 문제가 없을 것이란 이야기를 반복해서 해주었다. 왜냐하면 베를린자유대학교FU 동양학부OAS에서 송 교수와 함께 3년간 근무하는 동안 수많은 대화를 나눴지만, 북에 다녀왔다는 이야기는 단 한 번도 들어 본적이 없었다. 그리고 그와 근 20년간이란 오랜 교분 속에서 과격한 사고의 소유자라는 생각을 해 본 적이 없다. 그는 보편타당한 세계관을 갖고, 더 나은 세상을 위해 노력하는 건강한 세계관을 가진 학자라는 데는 지금도 변함이 없다. 나는 그의 저서와 기고문 하나하나까지 모두를 탐독했다. 우리들의 대화와는 관계없이 최종적으로 송 교수는 스스로가 귀국을 할 의사가 없다는 그의 의지를 최종적으로 확인한 후 우리들은 귀국했다.

　그 후 돌연 귀국한 송 교수 사건으로 인해 한동안 송 교수는 송 교수대로, 민주화운동기념사업회는 기념사업회대로 그리고 나는 나대로 보수 세력과 보수 언론에 의해 맹공을 당했다. 이처럼 몰아치는 '한국판 매카시즘'의 광풍을 바라보며 '이것이 나와 우리 자식들이 살아가야 할 조국의 현실' 임을 직시하며 나는 가슴이 아팠다. 어찌된 나라가 세계적으로 추앙받는 예술인이나 학자에게 "간첩딱지"를 못 붙여 안달하고 있으니, 양식 있는 세계인들이 이 나라를 어떻게 평가할까?

아무튼 소위 송두율 사건을 경험하며 우리들은 더욱 가까워질 수 있었다. 그러다가 내가 심장병으로 쓰러졌을 때, 나병식 동지는 그의 집근처에 단독 주책 한 채를 소개해 주어 노후를 보내려고 전남 화순의 천태산 자락에 예쁘게 지은 애정 어린 집을 정리하고 2012년 겨울 나의 주치의가 있는 병원이 가까운 곳으로 이사해 우리들은 그의 도움을 받으며 안정을 찾았고, 건강도 점진적으로 회복되었다. 그리고 시간이 날 때마다 그가 살고 있는 심학산 둘레길을 양가 가족이 함께 걸으며 담소를 나누며 우정이 깊어졌다. 그리고 산책 후 심학산 주변의 먹거리 장터에서 우리들은 함께 식사를 하곤 했다. 이러는 과정에서 내가 느낀 나병식 동지는 본시 정의로운 성품을 지녔을 뿐 아니라, 나보다 주변을 먼저 챙기는 등 배려심과 인정이 많은 사람이란 사실을 깨닫게 되었다. 그러나 그러한 그가 있기까지 그를 철저히 내조한 부인 김순진 여사가 있었기에 가능했을 것이란 사실도 깨닫게 되었다.

그리고 그토록 장대한 체구에 부인과 아들, 딸들에게 베푸는 애정은 가이 보는 이로 하여금 시샘이 날 정도였다. 외출 중이거나 그 바쁜 출장 중에 아무리 바빠도 틈틈이 부인과 자녀들에게 곰살 맞게 안부 전하는 모습은 이 땅의 모든 남성들에게 본보기가 되어 마땅한 처사였다고 확신했다. 그는 심지어 처제와의 대화에서도 마치 애인과 밀담을 나누 듯 상냥했고, 친밀감을 과시했다.

그가 아산병원에 입원해 있을 때, 침대가 작아서 발을 편히 뺐을 수 없다며 푸념을 늘어놓을 정도로 그의 체구는 대한민국에서 몇 안 되는 거구였다. 그런 그가 쓰러졌다는 것이 지금도 믿어지질 않는다.

그리고 한 번은 광주에서 그가 국회의원에 출마를 했을 때,

247

나는 우연히 그의 요청에 따라 후원회장을 맡기도 했다. 한 번은 그의 광주 선거사무실 벽에 걸려있는 대형 걸개 사진을 보고, "이 사진은 어데서 많이 보던 모습과 같다."고, 농담을 했더니, "안 그래도 안기부 지하실에서 트집 잡을 것이 없으니까 날더러 북쪽의 '김주석을 닮았다'는 이유로 죽도록 매 맞은 적이 있다."는 이야기 하는 것을 들은 적이 있다.

우리들이 그가 살던 심학산 약천사 바로 밑에 있는 집에 가면, 항상 빈손으로 돌려보낸 적이 없다. 방문객들에겐 무엇이고 꼭 손에 들려 보냈다. 그와 마지막 작별 하던 날도 가을 배추 한 포기와 무 몇 개를 직접 밭에서 뽑아 주던 기억이 지금도 새록새록 하다. 우리들은 그가 항암치료도 순조롭게 극복하고, 그래서 반드시 훌훌 털고 일어서리라 확신했다. 그러던 그가 우리들의 곁을 떠났다는 사실이 믿어지질 않는다.

그리고 기회가 되면 파주에 적당한 부지를 구입, (가칭) "민주 동지마을" 건립을 위해 나름 구체적인 계획까지 세우며 광고지 벼룩시장을 탐독하는 등 이를 위해 많은 시간을 할애했다. 후일 민주화운동에 몸담았던 동지들이 함께 모여 노후를 보낼 공동체 마을 조성을 위한 그의 구상도 이제는 물거품이 되었다. 그는 비록 이 세상에 없지만 저세상에서도 이 땅의 자주통일과 동지들의 평안을 위해 노심초사하며 하루도 편한 날이 없을 것으로 사료된다.

나병식 동지는 임종 직전 부인 김순진 여사의 권유에 따라 함세웅 신부님을 모셔다가 세례를 받고, 천주교에 입교했다. 영결미사도 함세웅 신부님의 집전으로 천주교식으로 치르고, 그의 유해는 파주의 한 천주교 공원묘지에 안장되었다. 나병식 동지의 이러한 모습을 보며 나도 천주교신자인 아내의 권유에 따라, 작년 여름 천주교에서 세례를 받았다. 이날 나병식 동지의 사모님 김순진 여사도 참석해 축하해 주셨다. 나는 매주 미사 드릴 때마다, 나병식 동지와 민주민족통일운동에 헌신하다 타계하신 모든 열사들의 명복을 빌며 기도하는 것을 잊지 않고 있다. 그리고 신부님의 강론 중에 나라의 통일과 평화를 기원하고, 구국기도를 하는 등 나라를 위한 기도를 경청하며 많은 위안을 받고 있다.

지금의 한국사회상이 마치 나병식 동지가 온 몸을 던져 활동하던 시기와 흡사하다는 이야기를 종종 듣곤 한다. 그래서 우리들이 나병식 동지의 우렁찬 분노의 함성을 그리워하고 있는지도 모른다.

모쪼록 저승에서도 눈을 부릅뜨고 이 세상을 지켜볼 나병식 동지, 그런 그를 우리들은 편히 보내며, 그가 떠난 지 2주기를 바라보는 지금 우리들은 대오각성해 부끄러움 없는 세상을 만드는데 한 치의 소홀함이 있어서는 안 되겠다는 각오를 새삼 다지게 된다.

큰 바위 얼굴

장 영 달

민주투사 나병식

1973년 10월이 맞을 거다. 박정희 유신독재로 온 국민이 몸살을 앓고 제대로 된 지식인들은 짓밟힌 민주혼의 심각한 고통을 어찌할 수 없었던 암울한 세상이었다. 서울시 중구 오장동 좁은 골목 안, 옹색하게 자리 잡고 앉아 있는 자그마한 교회가 바로 노장 민주투사 박형규 목사님이 계시던 곳이었고 나병식도 서울제일교회 소속 대학생이었던 모양이다. 바로 이곳이 박정희의 지독한 독재권력의 쇠사슬에 최초로 절단기를 들이댄 역사적 현장이었다. 박형규 목사님께서 큰 십자가를 지셨고, 나병식도 자기 십자가를 걸머지고 박정희 유신독재 반대투쟁에 떨쳐 일어났으니 안중근의 용기요, 윤봉길의 홍구공원 결단 정신이 되살아나며 민주주의 투쟁의 불꽃으로 피었다. "최초의 유신헌법 철폐투쟁, 박정희 퇴진 투쟁"이다.

병식은 서울대 재학생으로 감옥에 갇혔다가 석방되니 이제부터

---

* 전 국회의원

가 나병식의 본격적인 민주화투쟁 역사의 새로운 시작이 아니었던
가 생각된다. 유신독재 타도를 최초로 터트리며 전진했던 사나이,
거구의 몸집처럼 모든 생각과 행동이 굵고 단호했던 민주주의자
나병식은 1974년 4월, 소위 민청학련사건의 선두주자로 체포되어
'사형선고'를 받든다. 나는 이때까지도 '거물투사 나병식'을 이름으
로만 알고 있었다. 전라도 광주 송정리 출신 나병식이 민청학련사
건 와중에 두 동생을 연탄가스로 잃고 외아들이 되어버렸다는 소
식은 평생 우리 마음에도 함께 박혀있는 상처였다. 이러한 수난
속에서 가정형편은 희망 없이 어려웠던가 본데 서울대학 졸업하여
부귀영달 누릴 연구는 하나도 없이 사람이 사는 세상 "민주주의
실천"에 과감하게 선봉을 자처하며 사형직전까지 이르렀던 "의리
와 결단의 민주투사" 나병식은 분명코 후대에 전해야 할 이 땅의
민족혼이고 민주, 통일 노래 위에 당당히 이름 석자를 깊이 새겨
'나병식 정신'으로 퍼져 나가야 할 조국강산의 지킴이었다.

나는 죽어도 민족은 살아야!

감자, 고구마튀김, 무엇, 무엇 부침개들! 나의 기억으로는 그곳
이 개발 이전의 원당이라던가 '벽제' 어디라던가? 모르겠다. 가게
를 얻어서 동생들 죽어나간 광주 송정리 고향을 떠나 모든 가족이
둥지를 틀고 근근이 살아가던 모습을 나는 지켜 본 적이 있다.
전과자, 서울대 제적생, 나병식은 형편없는 변방의 어느 허름
한 가게에서 아버님, 여동생이랑 튀김집을 경영하였다. 내가 들
렀을 때는 튀김을 사 먹으러 들르는 제대로 된 손님하나 없는
한산한 곳이었다. "이렇게 해서 어떻게 먹고 살 수 있을까!" 하는

생각과 걱정이 절로 나는 세월이었다. 1975년 늦봄, 초여름 때쯤
이었을 것이다. 가게넓이보다 나병식 덩치가 더 커보이던 옹색한
가게를 돌보면서도 병식은 끊임없이 동료, 선후배들과 접촉하며
'반유신 민주화운동'을 모색하며 '나는 죽어도 민족은 살아야 한
다.'는 철저한 철학의 인생이 나병식이다.

죽음을 앞에 두고도 할 일을 하는 사람!

　나병식은 어쩌면 1974년 민청학련사건 구속 당시 박정희군사
독재체제하의 군사법정에서 사형선고를 받고 세계적 인권운동가
들의 저항으로 간신히 살아 나온 뒤 생사를 초월한 인생을 사는
사람의 모습이었다. 출판사도 그렇게 운영하였고 술을 마셔도
항상 부정한 권력의 종언을 위해 싸우는 술을 마셨다. 거구의
몸집답게 걸음도 굵고, 생각도 굵었고, 행동도 우람해서 주위
의 용기를 북돋우는 힘을 가지고 있는 민주주의 실천 운동가의
모습이었다. 1975년 11월 초, 감옥은 이미 겨울날씨도 추웠던
그 때, 나병식도 그렇고 나도 그렇고 민청학련 사건으로 구속
후 형집행정지로 풀려났다가 다시 재투옥되어 서대문 형무소를
채우고 있었다. 우리처럼 재구속되어 콩밥 신세를 지고 감옥살이
를 계속하던 중에 대표적으로 시인 김지하 형이 있었고, 나병식,
최민화같은 동지들이 서대문에 수감되어 있었다.
　박정희 정권이 간첩단으로 조작하여 사법살인을 자행한 인혁
당 사건을 조작이라 폭로하다가 되잡혀 들어온 김지하 형의 고난
은 참으로 엄청났다. 1년 6개월 동안 가족을 포함, 일체의 외부접
촉이 차단되었던 혹독한 감옥살이. 다음으로 만 1년 동안 가족면

회 등 일체의 외부접촉을 못한 것이 나도 '인혁당 조작'을 폭로했
다는 죄였다. '지하 형이 장영달의 형 재집행을 축하한다.'고 전해
주던 나병식은 올곧은 옥중투쟁이 마치 일제 독립운동의 모습
그대로였다. 청년 나병식은 이렇듯 죽음을 경험한 투사답게 일상
생활의 굵은 선을 실천하며 살아온 사람이다.

사람의 의리가 생명이다

말년에 나병식은 혹심한 암 투병으로 고생하였다. 190은 됨직
한 장신에 100킬로그램을 되어 보이는 몸무게! 그러나 병마는
그를 무섭게 빨아갔고, 얼굴색은 검게 그리고 창백하게 변하여
갔다. 수많은 주위 사람들의 기도에도 병마는 60대 중반의 민주
투사의 몸에 붙어 떨어질 줄을 몰랐다. 그렇게 힘든 육신을 하고
도 나병식은 성한 사람처럼 거침없이 다녔다. 2012년 12월말에는
대통령 선거가 있었고, 나는 국회의원에 당선될 수 있는 모든
유리한 조건을 포기하고 영남지역 동지들의 요청을 존중하여 경
남 함안, 의령, 합천지역 위원장을 맡아 영남개척의 가시밭길을
선택하였다. 정치인의 인생을 살면서 고향땅인 호남에서 4선까
지 역임한 내 자신이 정권교체에 필요하다면 국회의원 5선 정도
는 포기 할 수 있어야 한다는 굳은 결의로 나는 영남으로 떠난
것이다. 경남은 내가 13세 때, 집안의 불행한 사건이 발생하여
찾아 떠나왔던 외가 친척의 인연이었고, 그로인해 함안에서 함안
중학교를 졸업하였다. 그러한 소중한 인연 따라 나는 제1야당인
민주당의 경남도당위원장까지 맡게 되었고 18대 대통령선거를
지휘하게 된 것이다. 함안, 의령, 합천 뿐 아니라 19개 경남의

시, 군을 샅샅이 돌아다니며 선거운동을 하였다. 그런데 함안, 합천 같은 영남에서도 깊은 산골지역에 서울의 민주화 동지들이 방문하였다. 원로지도자이시며 평생 스승으로 지도해 주시던 한승헌 전 감사원장님, 이해동 원로목사님, 원로 정치인 김상현, 정대철 같은 선배님들 외에 뜻밖에도 암 투병으로 고생하던 나병식이 경상도까지 방문한 것이다. 나는 참으로 놀랐다. 아니, 죽을지도 모른다는 지경의 암환자가 창백함이 역력한 말기의 환자가 고통을 감내하며 친구를 찾아보겠다고 함안, 의령, 합천같은 시골로 나를 찾아온 것이다. 내가 놀라면서 말을 걸었다. "야, 병식아. 이렇게 아픈 몸으로 여기까지 오면 어떻게 하나!" 이렇게 그를 맞은 기억이 생생하다. "네가 고생한다는데 찾아 와야지!" 이것이 정식으로 나눈 친구, 동지, 나병식과 나눈 마지막 인사로 기억하고 있다. 겨우 거동하는 병든 몸을 이끌고 천 수백리 산골로 어려운 활동에 격려를 주겠다고 찾아온 나병식을 내가 무어라 추모해야 옳을까!

고향도 다르고, 학교도 다르고, 직업도 달랐으며 오직 민주화 투쟁 전선에서 고난으로 만났던 동지를 생각하면 지금도 그의 넉넉한 너털웃음에 살아 있는 내가 위로를 받으며 오늘을 살아간다. '나병식 장례위원회 집행위원장 장영달' 내가 병식을 만나 갖게 된 마지막 훈장제목이다. 나이는 나보다 한 살 아래인데 세상은 그가 먼저 떠나게 되니, 얼마 전 떠나간 김근태 형의 상실에 이어 고아가 되어가는 나의 처지가 점점 외로워져가는 느낌이다. 동지간의 신뢰, 친구간의 정다운 희생적 의리의 사나이, 나병식! 민주주의가 흔들리는 요즈음 세상에 거침없이 뚜벅뚜벅 전면에 서서 우악스럽게(?) 싸워가던 믿음직한 큰 바위 얼굴. 나병식 동지를 향한 그리움이 가슴에 사무치는 2015년 어느 날 밤이다!

그릇의 크기를 알 수 없었던 선배

병식 형이 가신지 벌써 2년이 되어 간다. 그렇게 장대하고, 건강해 보였던 형이라 오래, 아주 오래 사실지 어떨지는 몰라도 적어도 요즘 우리 사회 일반적인 수명이야 훌쩍 넘길 줄 알았다. 아니, 이건 사후적 이야기고, 평소에 우리가 그렇듯이 죽음과 형을 연관시켜본 적이 없었다고 해야 옳을 것 같다. 어느 날 갑자기 암 소식을 듣고, 몇 번의 수술과 치료 과정 사이에 형을 뵈면서도 설마 저 양반이 죽기야 할라고, 하는 심사였다. 형은 그만큼 강해 보였다. 스스로 내가 죽을 수도 있겠구나, 라는 생각은 추호도 해보지 않는 사람처럼 보였다. 다시 훌훌 털고 일어나 서울 거리 여기저기 어딘가에서 마주칠 사람 같았다. 다니는 술집, 출몰하는 지점들이 대체로 비슷했으니까. 살아남는 주변 사람들에 대한 형다운 배려라고나 해야 할지.

'마침내, 결국 이겨내겠지' 라는 막연한 우리의 기대를 저버리

* 전 민주화운동청년연합 의장

고 형은 세상을 뜨셨다.

형님을 생각하면 그래선지 무언가 억울하고 안타깝다. 준비가 덜 되었는데 끝나버린 느낌.

그럼에도 형과 함께 했던 시간, 일들을 생각하면 절로 웃음이 나고, 형과 그 시간들이 그립다. 여읜 육친에 대한 그리움과는 또 다른 느낌의 그리움이다.

나병식. 시인 고은 선생이 당대의 한 전형으로 만인보에 올렸으니 나 같은 후배가 형에 대한 이야기를 아무리 길게 늘어 본들 무슨 방점이 찍히겠는가! 한낱 췌사에 지나지 않을 것임이 틀림없고, 오히려 형에게 누가 되지나 않을까 저어하면서도... 이렇게 형에 대한 몇 자의 글을 올리는 것은 순전히 형이 내게 베풀어주신 그 큰 도량과 사랑 때문이다. 후배들 거두기를 유난히 좋아했던 형인지라 그 베품과 사랑이 나에게만 향한 것은 당연히 아닐 터이지만, 그런 형의 풍모가 새삼 그립고, 무언가 갚을 수 없는 빚을 지고 있는 것만 같다.

돌이켜 보니 많은 분들이 아는 일들은 접어두고라도 다른 분들이 잘 알지 못할 일들이 있을 법하다. 혹여 그런 일들을 더듬어 세상에 털어 놓는다면 그만큼 가벼워질까?

병식 형은 광주제일고등학교 2년 선배다. 겨우 2년? 그렇다.

한국 사회에서 중·고등학교 선후배 사이란 1차 공동체 집단에 가깝다. 시골 출신으로 서울에 유학을 왔다면 그 친밀감의 강도는 배가되고 두 말할 필요가 없어진다.

70년대에 민청학련 사건 등으로 병식 형은 이미 동문 사회에서 저명인사가 되어 있었다. 민청학련 사건 출소 후 나와 동기인 이기승(현 주식회사 한양 회장)과 함께 진도인지 완도인지 마늘장사에 나섰다는 소식이며, 그 뒤 서울시청 인근 을지로 입구 지하상가에 점포를 하나 장만해 와이셔츠 가게를 열었다는 소식도 들렸다. 그때 가게 이름을 고은 선생께 부탁했는데 '풀빛'이라 지어주셨다고... '역시 시인은 다르구나.' 하고 그 이야기를 전해준 사람과 함께 감탄했던 기억이 난다. 그런데 솔직히 고백하자면 나는 지금도 '풀빛'이 무엇인지 잘 모르겠다. 색을 이야기하는 건지, 빛을 이야기하는 건지... 김수영 시인의 시 '풀'의 이미지에 빛을 씌운 것인지... 한참 뒤 그러니까 20년도 더 지나서 형에게 '풀빛이 뭐요' 하고 물었는데, 별다른 말없이 그냥 웃기만 하는 바람에 물어본 나만 실없는 놈이 되었다 싶은 기억도 있다.

얼마 안가 가게를 그만두고 그 이름으로 출판사를 차렸다는 소식도 들렸다.

박정희가 암살당하고, 전두환이 또 다른 쿠데타로 권력을 탈취했다. 80년 5월. 광주 민중항쟁이 일어나고 무고한 많은 시민들이 목숨을 잃었다. 참담한 세월이 계속되었다. 말도 제대로 하지 못하고 숨도 제대로 쉬지 못하던 그 시절...

그 가운데에서 김근태 선배를 의장으로 하는 민주화운동청년연합(민청련)이 공개적인 활동을 시작하고, 권력의 탄압 속에서도 민주회복과 광주 민중항쟁의 진실을 알리려는 노력이 계속되었다. 광주는 지금도 계속되고 있다. 끊임없는 집회와 시위 그리고 그에 따른 체포와 구금, 구류 처분의 연속인 시절이었다.

다들 말하기를 두려워하고 입을 닫았던 그 시절. 얼마나 팍팍하고 힘든 세월이었든지... 그런 어느 날이었던가, 김근태 의장이 민청련 간부, 활동가들에게 돼지갈비를 한 저녁을 사겠다고 불러 모았다. 그때 아직 개발되기 전인 서오릉 근처의 비닐하우스 안에서 돼지갈비를 파는 집이었다. 30여명 가까이 되었던 것 같다. 고생하는데 마음껏 먹으라고 병식 형이 이 테이블 저 테이블 다니면서 격려를 했다. 고기는 내가 가끔 살 테니 열심히들 하라고. 김근태 의장과 병식 형이 상의하여 후배들 고생하는데 고기라도 먹이자는 자리였다. 그 뒤로도 이런 자리가 두어 번쯤 더 있었던 것 같다. 그때 그 돼지갈비는 참 맛있었다.

1985년 8월초쯤 되었던 것 같다. 민청련 총회에서 김근태 의장이 물러난 직후였을 것이다. 김근태 의장이 나와 임태숙 씨를 불렀다. 무언가 권력 즉 정보기관의 낌새가 좋지 않아 민청련 내 주요 활동가들이 조심하던 때였다. 지금은 바뀌었지만 당시 서울역 건너편, 남대문 쪽으로 가는 길목에 세브란스 안경원이 있었는데 그 건물에 들어있던 다방에서였다. 아마 김근태 선배는 당신한테 다가올 시련을 예감하고 있었던 것 같다. 그러나 그처럼 참혹하고 혹독한 시련일 줄 어떻게 알았겠는가? 어쩔 수 없이 당신이 반드시 거쳐야만 할 통과의례 정도로 각오하고 계셨던 것은 아니었을까?

당신이 아무래도 구속될 것이라는 것, 민청련에도 곧 어려움에 닥치게 될 것이라는 것, 그때를 예상하고 우리에게 마지막 당부를 하려고 그날 자리를 마련한 것이었다.

그날 김근태 선배가 민청련이 어려움에 부딪치고 힘들게 될 때 상의 할 사람 두 분을 일러 주었는데, 그 중 한 분이 병식 형이었다. 왜 그러셨을까?

나중에 내가 확인한 바로는 그 두 분과 사전에 조율하거나 깊은 상의를 한 것은 아니었던 것 같다. 돌이켜 보면 그 두 분에 대해 김근태 선배가 가지고 계셨던 인간적 신뢰의 표현이 아니었을까

하는 생각이 든다. 병식 형에게 김근태 선배가 그렇게 말씀하시더라고 전했을 때 그냥 웃기만 할 뿐 별다른 이야기가 없었으니까. 꼭 그 때문만은 아니었겠지만 민청련 활동이 지하로 들어가고 여러 가지 어려움에 부딪쳤을 때, 병식 형은 알게 모르게 많은 도움을 주었다. 우리가 기댈 수 있는 넉넉한 기둥이었고 그때마다 김근태 선배 말씀을 들먹였는데…

그날 이야기들을 마치고, 낮에 만난 터라 더운 여름날 오후의 햇볕 아래로 걸어가던 김근태 선배의 쓸쓸해 보이는 뒷모습이 지금도 눈에 잡힐 듯 하고, 뭔가 비장한 느낌으로 아직도 가슴에 남아 있다.

며칠 뒤 김근태 선배는 연행되었고, 참혹한 고문이 시작되었다. 민청련 간부들도 연행, 구속되기 시작하여, 주요 활동가들은 대부분이 구속되고 나머지는 도피생활 속칭 도바리를 하면서 민청련 활동을 지속할 수밖에 없게 되었다.

나도 또한 당시 민청련의 부의장, 나중에는 공동의장을 하게 된 터라 집에 들어가지 못하고 긴 떠돌이 생활을 하게 되었다. 그러다 보니 한 곳에 정착하여 오래 머물기는 어려웠는데, 그 무렵 김희택, 나병식 선배도 도피 중일 때가 있어 셋이 같이 살게 된 때가 있었다. 두 선배를 모시고 한 1개월 조금 넘게 함께 살았다. 보다 정확하게 이야기하자면 두 분 선배 사는 곳에 내가 낑겨 들어간 것. 나는 잘 모르는 훨씬 위 선배님 집이었는데 2층 주택이어서 우리는 2층에서 살았다.

병식 형은 그때 광주 항쟁 기록물인 〈죽음을 넘어 시대의 아픔을 넘어〉를 몇 만권 찍어 뿌려놓고는 숨어 지내고 있는 중이었고 희택 형은 민청련 사건. 들어오고 나가는 것이 조심스럽고, 이웃들 눈에 되도록 띄지 않게 해야 했다. 그러면서도 각자들 해야 할 일들은 해야 했기 때문에 걱정이 태산만 하던 시절이었다. 그러나 병식 형은 늘 여유만만, 뭔가를 걱정하거나 비관적으로 생각하는 법이 없었다. 그런 모습을 한 번도 본 적이 없다. 무엇이든 극복하고 이겨낼 수 있다는 타고난 낙관주의는 기약 없는 유랑 생활을 버티게 도움을 준 힘이 되었다.

바둑은 또 왜 그리도 좋아하시던지... 바둑을 즐긴다기 보다는 승부를 즐기는 스타일이어서 어지간히 두었음에도 끝없이 또 두자고 하는 바람에 마침내 내가 그만 항복하고서야 끝이 나는 식이었다. 옆에서 지켜보는 김희택 선배는 그냥 비긋이 웃기만 하고...

1987년 6월 항쟁. 국민적 저항에 군부독재는 손을 든 것처럼 보였으나 노림수를 가지고 있었다. 노림수라는 것을 알면서도 결국 양김은 분열하였고, 민주화운동은 속수무책이었다. 그해 대통령선거는 형태를 바꾼 군부독재 권력의 연장으로 막을 내렸다. 해방정국에서의 혼란과는 또 다른 혼란이 시작되었고, 민주화운동은 변화하는 정세와 위장된 민주주의의 틀 속에서 다시 긴 시련기를 거쳐야 했다.

민통련은 해체되고 새롭게 전민련이 건설되었다. 당시까지의 모든 사회운동, 민주화운동을 가맹단체로 망라했다는 전민련의 활동에도 불구하고, 보수언론의 강력한 간접 지원 하에 새롭게 시민사회운동이 등장하였는데, 경실련의 출범과 활동이 그것이다. 소위 NGO의 시작이다. 얼마 지나지 않아 지금 서울시장을 하고 있는 박원순 변호사가 주도하는 참여연대가 출범하였는데, 그 무렵의 이야기다.

하루는 나병식 선배가 보자고 연락이 와서 찾아 뵀더니 새로운 말씀을 하였다. 얼마 전에 박원순 변호사가 참여연대를 같이 하자고 연락이 왔는데 당신은 다른 일을 해 보고 싶다고 거절을 했다면서, 나보고 균형사회 건설 운운 하는 약칭 균형사의 일을 해보자는 말씀 겸 제안이었다. 솔직하게 이야기하자면 당시 나는 좀 뜬금없다 싶었다. 물론 호남푸대접에서부터 재정, 인사 등에서의 지역차별과 지역감정의 심화 등등, 문제점과 부당함, 폐해에 대해서는 충분히 공감하고 동의하는 것이지만 그때 그 시기에 해결해야 할 우선적 과제는 아닌 거 같았다. 더구나 그즈음의 나는 전민련의 뒷정리와 민청련 부설 민족민주운동연구소의 뒤처리 등으로 바쁠 때였고, 김근태 선배는 또 감옥에 들어가 있을 때라 나오시기를 기다리고 있었던 시절이 아니었던가 싶다. 그런 저런 사정을 병식 형에게 말씀드리고 같이 못함에 대한 양해를 말씀드렸는데 지금 생각해 보면 후회스럽다. 그냥 이름 좀 올리는 것이 무에 그리 어려운 일이었을까?

그 뒤로도 형이 여러 일들을 계획하고, 진행한 일들이 많았지만, 그 일 이후로는 내게 뭘 같이 하자고 제안하거나 상의하는 일은 거의 없었던 것 같다. 그냥 하시는 일들을 자연스럽게 알게 되는 경우가 대부분이었다.

그때 형의 관심은 왜 '균형사회'였을까? 다시 생각해 보아도 부족한 나로서는 알 길이 없지만 그 일을 생각하기만 하면 내게는 반사적으로 고은 선생의 선배에 대한 시가 떠오른다. 한참 뒤에 나병식 선배가 현실정치에 뛰어들 때의 이야기도 비슷한 맥락의 느낌이 있다. 출마 지역 선정을 하는데 기어이 고향으로 내려가는 걸 고집하였다. 나는 공천과정의 현실적 어려움을 설명하면서

261

당시 살고 계시던 화곡동이나 김포공항 근처 지역을 강력히 주장했으나 역부족이었다. 전혀 고려하는 기색이 아니었다. 결국 고향으로 가서 어려운 선거를 치르게 되었는데 선거의 당락만을 놓고 보자면… 설명하기 어렵다. 왜 그리 고향을 고집하셨을까? 당신이 꼭 정치를 해야만 하겠다는 생각은 아니었던 모양으로, 선거에 떨어지고 나서는 훌훌 털고 홀가분하다는 모습으로 미련 없이 서울로 올라오더니 다음 선거 때가 되니 또 내려가는데… 당락만을 놓고 본다면 아무튼 이해하기 어려운 모습이었다. 황토바람 이는 남도에서 태어나고 성장한 지역에 대해 당신이 짊어진 부채의식 때문은 아니었을까 하고 생각해본 적이 있다.

당신의 마지막을 준비하면서 광주 5.18 묘역에 들어가게 될 줄 뻔히 알면서도 굳이 아버님 곁에 자리를 마련하라고 가족들에게 재삼재사 당부한 이야기도 어찌 보면 형벌과도 같았을 피맺힌 남도에 대한 끝없는 부채감을 이제는 벗어나고프다는 말씀 아니었을까?

나 혼자서 해보는 이런 생각 저런 생각에 지나지 않은 것이지만, 나 선배 생각이 어떻든 나는 선배를 광주로 모시는 것이 옳다고 믿는 쪽이다. 장례란 본래 살아있는 사람들을 위한 의식이고 절차이며 예법인 것이기 때문이다. 나는 형을 편히 모시면서 또한 살아있는 사람들의 숨결 속에서 함께 쉬시게 하는 것이 옳다고 믿는다.

이야기가 약간 옆길로 샜지만, 그 뒤의 형을 생각하면 떠오르는 웃지 못 할 장면이 있다. 내가 유일한 목격자인 그 장면. 아무래도 기록해 두는 것이 마땅하다고 생각한다.

나병식 선배가 민주화운동기념사업회를 정부기구로 만들 것을 구상하고, 그 실현을 위해 동분서주 뛰는 노력을 기울였다는 것은 모두가 다 아는 사실이다. 법안 마련을 위해서 여, 야당 가리지 않고 의원들을 만나 설명했고, 그 가시적 결과물로 김대중 정부 때 기념사업회가 출범하게 된다. 그러니까 극적(?)인 이 장면은 그 출범 전 마지막 준비과정 때 무렵의 일이었던 것 같다.

무슨 일 때문이었던지 기억이 나지 않지만 종로5가 기독교회관에서 나와 종로로 가는 골목길 옆의 술집에 들어간 것은 나, 나병식 선배 그리고 또 다른 선배 이렇게 셋이었다. 저녁이었고 어둠이 짙은 시간이었다. 체구가 좀 작은 편인 그 선배가 건너 편, 이쪽 맞은편에 나 선배 그리고 그 옆 안쪽에 내가 앉았다.

이런저런 이야기를 나누면서 아무 일 없이 평화롭게 자리에 좌정하고 술이 한 순배쯤 돌았을까? 갑자기 앞에 앉은 선배가 몸을 반쯤 일으켜 앞으로 숙이며 나 선배 멱살을 잡았다. 그러면서 큰 소리로 '너, 나한테 이럴 수 있어?' 순식간에 나 선배가 멱살을 잡혔다. 너무나 갑작스런 예기치 못한 일이었다. 나는 무슨 일이 일어나고 있는지 몰라 멍하게 쳐다보고 있는데... 나 선배도 엄청 당황했는가 보았다. 같이 몸을 일으키면서 하는 소리가 '어, 이xx 봐라. 어, 이xx 봐라' 뿐이었다. 그러면서 잡힌 멱살의 손을 떨쳐내듯이 왼손으로는 잡고 오른쪽 손으로 탁 탁 쳤지만, 그런다고 아예 작정하고 잡은 멱살을 놓겠는가?

앞자리의 선배 또한 이제는 완전히 일어서서는 계속 '너, 나한테 이럴 수 있어?' 소리치며 팔딱팔딱 뛰고, 나 선배는 내지르면 한주먹도 안 될 것 같은데 그러지도 못한 채 잡힌 멱살만 풀려고 그러는지 '어, 이xx 봐라' 손만 내리치면서 소리치고 ... 그러기를 한 2, 3분 했을까? 그 동안에 내가 두 선배에게서 다른 이야기를

263

들은 기억이 없다.

나도 일어나서 중간에 끼어 말리고 하는 바람에 5분을 넘지 못하고 천하에 다시 보기 어려울 그 진풍경 닭싸움(?)은 끝이 났고, 두 분 선배님, 씩씩거리면서 저마다 술집 문을 나섰는데, 먼저 나가신 분이 나병식 선배였다. 어허, 이건 뭐 도망치는 것도 아니고, 세상에… 한 대 쥐어 패는 시늉도 없이… 그날 술값은 내가 치렀던가? 애석하지만 아마 그랬던 거 같다.

내가 조금 늦게 술집을 나와 뒤쫓아 가 보니 나 선배는 벌써 종로거리를 홰홰 가고 있는데, 어떻게 하나, 그 와중에 새 양복인 나 선배 윗저고리 주머니가 찢겨 너덜거리고 있구나!

형수님한테 새 양복 망쳐가지고 왔다고 야단맞았다는 이야기를 뒤에 들었다. 사실대로 말씀드렸느냐고 부러 물었더니 나 선배 답변 왈, '야 임마, 그런 걸 어떻게 이야기 해!'

'그 선배한테 양복 값 받아야 하는 것 아니요?' 하고 또 물었더니 돌아온 답변이, '야, 뭘 그런 걸 가지고', 하하하…

잘잘못을 가리거나 사과를 하거나 한 것 같지는 않다. 그 일 이후 나 선배와 그 선배와의 관계는 내가 보기에 아무 일 없었던 것처럼, 마치 흐르는 물처럼 똑 같아 보였다. 군자지교는 담여수淡如水라고 했던가! 놀라운 내공들이다.

나병식 선배를 생각하면 꼭 하나 내가 기록으로 남겨두어야 할 내용이 있다. 안타깝고 가슴 아픈 일이지만 어쩔 수 없는 일이다. 사실의 문제이니까.

노무현 정부 초기에 있었던 송두율 교수 입국과 추방사건의 이야기다. 나중에 '경계인'이라고 명명되었지만 적당한 작명인지 나는 잘 모르겠다. 노무현 정부 초기에 야당의 대대적인 이념공세

에 빌미를 주고, 나중에는 국가보안법 폐지 운동에까지 영향을
미치게 되는 이 사건.

당시 나는 대통령비서실의 시민사회비서관으로 있었고 박정삼
선배는 국정원 국내담당인 제2차장이었다. 이미 작고한 서동만
씨가 국정원 기조실장을 맡고 있을 때다.

박정삼 선배는 해직기자 출신으로 참으로 다양한 경력을 가진
광주 서중, 일고의 대선배였다.

나병식 선배의 연락으로 이렇게 세 명의 동문 선후배가 모였다.
민주화운동기념사업회의 중요사업으로 그때까지 정보기관의 반
대 또는 불허로 고국방문을 못하고 있는 세칭 반정부 해외인사라
고 불리는 해외민주인사들의 초청 방문을 추진하고자 하니 청와
대와 국정원에서 도와 달라는 설명이자 청와대와 국정원에 대한
협조요청이었다. 노무현 정부의 성격, 출범초기의 의욕 등이 합
해져서 의기투합했다. 동문 선후배가 함께 모였으니 얼마나 화기
애애했겠는가!

그러나 조심스러운 구석은 있었다. 박정삼 선배가 초청인사들
에 대한 사전 정보를 달라고 요구했고, 국정원 차원에서 문제가
있는지 여부를 검토해야 한다고 했다. 나는 진행 경과를 보면서
해외 초청인사들의 청와대 초청 일정을 잡아야 하는 일이 있었다.

우리 셋은 일의 진행과정에서 그렇게 몇 번인가 종로구청 앞
한정식 집에서 만났다. 나 선배가 급히 미국을 가야 하는데 비자
가 없으니 관용비자 발급이 필요하다고 해서 해결해 주기도 하였
는데, 문제는 유럽 방문을 앞두고서 일어났다.

박정삼 선배가 독일에 있는 송두율 교수는 문제가 있으니 초청
하면 안 된다고 강력히 말씀하신 것이다. 요지는 송두율 교수에

대해 국정원에서 모든 정보를 다 가지고 있다는 거였다. 아마도 박 선배가 직접 그 자료들을 챙겨 본 것 같았다. 그러면서 송두율 교수가 중학교 동창이라고, 내가 왜 동창이 고국에 오는 것을 반대하겠느냐는 말씀도 있었다. 나는 그때 처음으로 송두율 교수가 광주서중을 나와 경기고로 진학했다는 이야기를 들었다.

박정삼 선배의 송두율 교수 초청 반대는 한 번에 그치지 않았고, 한국 정보기관의 정보수집 능력을 우습게보지 말라는 경고의 이야기도 하셨지만 그 때의 나병식 선배는 확고했다. 당사자의 이야기를 들어봐야 한다는 뜻이었다. 유럽 현지에 가서 본인의 이야기를 들어보고 결정할 수밖에 없다는 입장이었다. 나 선배는 유럽을 돌면서 송두율 교수도 만나 초청 방문을 협의했다. 그리고 송 교수의 확고한 방문의사를 확인하고 초청인사로 확정했다.

초청대상자로 확정된 후 우리 셋은 다시 만났고 진행 상황을 점검했다. 어떻게 할려고 초청하느냐라는 질문에 나병식 선배의 답변은 이랬다. "박정삼 선배의 이야기를 모두 전했다. 충분히 설명했다. 그리고 정말 북한의 노동당에 가입한 사실이 있느냐고 물었는데 본인 답변이 그런 사실이 없다고 한다. 본인이 절대 그런 사실이 없다고 하는데 어떻게 초청을 안 할 수 있는가?" 나 선배는 송 교수 말을 믿을 수밖에 없지 않느냐는 이야기였다.

송두율 교수와 국정원 간의 진실게임이 시작되었다. 나병식 선배는 내심 국정원 정보가 잘못된 것이고 송두율 교수의 이야기가 사실이기만을 바라고 있었다. 그럴 것이라 믿고 싶었던 것 아닌가 싶다. 나 선배 같았으면 당연히 그런 상황에서는 진실을 이야기할 수밖에 없었을 것이기 때문이다. 선의의 많은 사람들을 곤경에 빠뜨릴 일은 해서는 안 되는 것이니까.

국정원은 이런 모든 상황을 상세히 알고 있었다. 당연한 일이다. 박정삼 선배가 사실 그대로 전달했을 테니까 말이다. 국정원은 모든 것을 준비하고 기다렸다. 그리고 송두율 교수 입국 하루가 지나지 않아 송두율 교수가 시인했다는 이야기가 들려왔다. 그리고 48시간이 지나기 전에 상황은 모두 끝났다. 인정할 수밖에 없는 모든 증거들을 들이 밀었을 테니까. 내가 들은 것은 나병식 선배에게서였다.

나 선배는 그 뒤로도 상당기간 지속된 송두율 교수에 대한 언론과 세간의 관심에도 불구하고 정작 담담하고, 별다른 언급이 없었다. 어떻든 오랫동안 고국을 방문할 수 없었던 해외 민주인사들의 한을 풀어주고, 다른 한편으로는 한국에 민주주의가 정착하고 있음을 내외에 과시하고자 했던 나 선배의 기획은 빛이 바랬고, 더 나아가 엉망이 되었다.

그렇게 까지 모든 걸 털어 놓고 설명했음에도 전혀 사실무근이라고 귀국을 고집한 송 교수에 대해 나 선배는 어떤 심정이었을까? 나로서는 알 길이 없다. 다만 나는 그 뒤 당대의 석학이라는 송 교수에 대한 평가와 관심을 접었다. 하긴 나 한사람 어찌 생각하든 무슨 큰 의미가 있겠는가? 하지만 세상은 그렇지 않다. 강남의 제비 한 마리를 보고 천하에 봄이 온 것을 아는 법이다.

경계인? 나는 아니라고 생각한다. 이 사건은 다른 성격의 사건인 것이다. 인간으로서 또는 활동가로서의 품위와 품격, 신뢰에 관한 사건이라고 나는 생각한다. 그런 점에서 나 선배도 나와 비슷한 느낌 아니었을까?

이 송두율 사건으로 국회에서 시끄러웠다. 그때 우리 셋은 나중에 혹시 문제가 되더라도 셋이서 만나 사전 조율한 것은 절대 이야기하지 말자고 약속했었다. 그러나 아무 소용없는 헛된 약속이 되었다. 나병식 선배가 상임위에서 줄줄이 불어 버린 것. 셋이서 종로구청 앞 옥호미상 한정식 집에서 여러 차례 만나 온갖(?) 이야기를 했노라고 터뜨리는 바람에 애꿎은 당시 유인태 정무수석만 수습을 하느라 애를 먹었다. 광주일고 동문들 끼리 만나 이야기한 것이라고 설명하셨는데, 맞기는 맞는 말씀이시다. 나중에 내가 "아니, 이야기하지 않기로 한 것을 다 까놓으면 어떻게 해요?" 하고 항의(?)를 했더니 너털웃음 뒤 뭐라고 하시는가 하면, "야, 물어 보는데 그럼 어떻게 하냐? 야, 야, 술이나 한 잔 해라." 그리고 끝. 하하하.

돌이켜 보면 그립고, 또 그립다.

살면서 이런 선배들을 만나고, 배우고, 함께 어울렸던 시간들이 있었다는 기억만으로도 나는 때로 무언가 풍요롭고, 나의 삶 또한 그만큼 넉넉해지고 따뜻해지는 것 같다. 하나 둘 차례로 스러지는 이 세상살이에서 그래도 살아남는 소중한 것들이 이런 것인가? 언젠가는 이런 것들도 마저 사라질 것임을 안타깝지만 받아들이기로 하자.

이 글을 쓰면서 옛적 일들을 생각하고 있노라니, 마치 형님이 내게 이렇게 이야기하는 것만 같다.

"야, 우리 모두 인생이란 것을 살고 있는 것이지만, 살아보니 인생이란 게 별 거 아니지 않냐?"

형님, 고맙습니다.

미처 묻지 못한 질문들 속에 묻어 있는 그리움

정 근 식

1987년 파도 같은 민주화의 함성이 지나간 후, 광주에서는 한
국현대사사료연구소가 만들어졌다. 송기숙 교수가 주도하여 만
든 이 연구소는 1980년 5월의 광주시민들의 경험을 꼼꼼하게 채
록하여 항쟁의 진실과 전모를 밝히고 역사연구의 기초를 만들어
가기 위한 것이었다. 연구소는 처음에는 박석무 선생이 운영하는
시내의 고전연구소 사무실에 더부살이하다가 곧 독지가의 후원
으로 시 외곽도로변에 있는 사무실에 자리 잡았다. 당시 전남대
교수로 부임한 지 3년여가 되었던 나는 송기숙 교수의 권유로
이 연구소에 연구위원으로 합류했다. 연구소의 이사장은 리영희
교수였고, 이사로 강만길, 백낙청, 김진균, 정창렬 교수 등 서울
의 유명한 학자들과 부산대의 황한식, 전북대의 김의수 교수 등이
참여하여 전국적인 진용을 갖추고 있었다. 나병식 형도 이사로
이 연구소에 관여했다. 송기숙 교수는 이 연구소를 운영하기 위하

---

* 서울대 사회학과 교수

여 필요한 재원을 마련하기 위하여 동분서주했지만, 어떤 분들이 도움을 주었는지 밝히지 않았다. 혹시라도 발생할 지 모를 사찰이나 압력을 염려해서였다.

항쟁에 참여했던 시민군들이나 일반 시민들과 만나 당시의 활동을 듣고 증언을 녹취하여 기록으로 남기고 이에 기초하여 광주의 진실을 밝히는 작업은 거대한 프로젝트이자 한국 최초의 본격적인 구술사 프로젝트였다. 인터뷰를 담당할 조사원들을 선발하고, 이들에게 어떤 방식으로 면접과 채록을 할 것인가를 교육하는 것이 필요했다. 당시 구술사라는 장르는 매우 낯선 것이어서 어떻게 하는 것이 좀 더 정확하고 올바른 것인가를 둘러싸고 고심을 하였고, 또 조사원들과 많은 논의를 했다. 미국이나 일본에서 이와 유사한 작업들이 무엇이 있는가를 파악하는 것도 필요했고, 구술과 증언의 차이, 말해진 것의 정리와 편집 또한 쉬운 일이 아니었다.

2년간의 작업으로 500여명의 구술채록이 이루어졌다. 방대한 분량이어서 이를 누가 맡아서 출판할 것인가가 골치였다. 출판비도 건지지 못할 것이 뻔했다.

송기숙 소장은 서울에서 풀빛출판사를 운영하던 나병식 사장에게 이 무겁고 어려운 일을 맡겼다. 이 책은 광주항쟁 10주년이던 1990년 5월에 〈광주5월항쟁사료전집〉이라는 제목으로 무려 1,652쪽에 달하는 분량으로 모습을 드러냈다. 이 책의 간행사에서 리영희 교수는 이를 "죽음을 넘어선 피의 기록"이라고 표현했다. 송기숙 교수는 "이 사료전집의 발간을 맡아주신 풀빛출판사 나병식 대표의 호의에 크게 감사"한다고 적었다. 이 책이 출판되기 전에 송기숙 교수는 독자들이 좀더 읽기 쉽게 20명의 구술들을 선별하여 실천문학사에서 〈광주여 말하라〉라는 제목의 책을 출판하였으므로 더 난감했으리라는 짐작을 하지만, 나는 그가 이를 출판하면서 발생한 경제적 부담을 어떻게 덜었는지 생전에 물어보지 못했다.

풀빛출판사는 1984년 박노해 시인의 〈노동의 새벽〉을 출판했고, 1985년에는 〈죽음을 넘어 시대의 어둠을 넘어〉를 출판했다. 1989년에는 김남주 시인의 여섯 번째 시집 〈솔직히 말하자〉를 출간했다. 그 험하던 시기에 나병식 형은 한국의 출판문화사에서 반드시 기록되어야 한 기념비적 책들을 연이어 출판했다. 이 책들이 역사적으로 그렇게 중요한 것이 될 지 당시에는 몰랐을 것이다. 그러나 〈광주5월항쟁사료전집〉의 가치는 출판 당시에도 느끼고 있었다. 그 때문인지 이 책의 출판에 큰 애착을 갖고 있었고, 출판비용의 고충을 나한테 토로한 적이 없다. 어쩌면 1984년부터 1990년까지의 마음의 고뇌와 몸의 고통의 어우러졌던 그 시기가 그의 인생의 절정기였는지 모른다. 그 후에 닥치는 여러 차례의 어려움과 실패를 생각한다면...

내가 언젠가 아현동의 풀빛출판사를 방문했을 때 김남주 시인의 시집 〈솔직히 말하자〉의 표지화로 사용되었던 그림이 벽에 걸려 있었는데, 그 초상화의 잔영, 수묵 세필로 그려낸 날선 머리칼이 이 시절을 더욱 그립게 한다. 그 때의 기억을 되살리다보면 두 사람의 얼굴이 겹쳐 보인다.

나병식 형에 대한 또 다른 기억은 민주화운동기념사업회의 설립과 함께 이 조직의 상임이사로 활동하던 시절이다. 2001년 기념사업회가 설립된 후 처음 자리 잡았던 서울시청 맞은편의 한화빌딩에서 그는 활기찬 목소리로 한국의 민주화운동을 어떻게 정리하고 기념할 것인가에 관해 말했다. 그는 정치민주화운동 뿐아니라 문화운동에 대해서도 관심이 많았고, 특히 출판문화운동을 통해 자신과 자신의 동료들이 어떤 고투를 거쳐 민주화를 이루어냈는가에 대해 말하고 싶어 했다. 또한 해외동포들의 노력에 관해서도 관심이 많았다. 돌이켜 생각해 보면, 한국사회가 민주주의의 승리를 마음껏 구가하던 시절이었고, 그만큼 자신감에 차 있었다. 그러나 재독학자 송두율 교수 초청문제로 그는 '실패'를 경험했다. 이 사건의 책임을 지고 그는 민주화운동기념사업회를 떠났는데, 나는 이 사건의 결말에 대해 어떻게 생각하는지 생전에 물어보지 못했다.

세 번째 강렬한 기억은 2006년 말, 곧 닥쳐올 대통령선거를 준비하는 문제였다. 당시 노무현정부는 상당한 정치적 위기를 맞이하고 있었다. 한편으로는 뉴라이트의 끈질긴 도전과 다른 한편으로는 내부적인 지역균열 그리고 부동산문제에 관련된 정부의 무능에 대한 비판에 노출된 상태였다. 그는 한국의 민주주의와 사회의 발전을 위해서는 이런 어려움을 이겨내고 민주정부의 재창출이 필요하다고 믿었다. 그래서 그는 자신이 몸담았던 출판문화운동이나 민주화운동에 관한 관심을 넘어서서 직접 현실정치에 참여하고 싶어 했으며, 그 일환으로 대통령 후보를 만들고 지원하려고 했다. 특히 유력하게 떠오르고 있던 후보와의 개인적인 인연 때문에 나의 의견을 듣고 싶어 했고, 참여를 종용했다. 공부가 모자라서, 유감스럽게도 그 요청을 끝까지 들어주지는 못했다. 2008년에는 국회의원이 되고자 노력했지만, 한국 사회는 이를 허용하지 않았다. 그것이 두 번째 '실패'였는지 모른다.

가장 따사롭고 정겹던 기억은 그가 수술을 받은 후 임시로 거처

했던 파주의 집을 문국주 형과 함께 방문했던 일이다. 그의 안색은 별로 좋지 않았지만, 따뜻한 미소와 걸쭉한 음성은 여전했고, 건강을 많이 회복하였다는 희망 섞인 말로 우리를 맞았다. 뒷산 한 바퀴를 돌면서 건강하게 살아가는 방법에 관하여 수다와 너스레를 떨었고, 산꼭대기의 정자에 걸터앉아서 서해와 북녘 땅을 바라보며, 우리나라의 통일과 평화 그리고 건강이 회복되면 함께 가보아야 할 곳들을 손꼽았다. 그날 나뭇가지 사이로 불어오는 바람은 솔솔했고, 햇빛은 유난히 밝게 부셔져 내렸다. 그러나 그날 꿈꾸었던 미래의 땅으로의 여행은 이루어지지 못했다.

나는 2012년 8월, 그의 따님 결혼식에 주례로 초청받았다. 결혼하는 딸의 입장에서 아버지와 어머니의 존재는 무엇이었을까를 생각했다. 나병식 형의 삶은 1970년대의 유신체제와 함께 방향이 결정되었고, 1980년대의 민주화를 향한 질풍노도의 시대에 출판문화인으로 꽃피웠다. 커다란 체구와 걸쭉한 목소리, 좀처럼 역정을 내지 않는 넉넉함으로 어두운 시대의 '큰 형'처럼 살다갔다. 듬직함이 사라지고 '찌질함'이 넘쳐나는 시대에 그의 빈자리가 더욱 커진다.

현대사를 일이관지―以貫之한 역사학도

정 동 영

1972년 봄 어느 날. 삐걱거리는 동숭동 학림다방 계단을 올라 실내를 두리번거리던 나를 발견한 나병식 형이 내게 첫 인사를 건넸다. "어이, 반갑네. 자네가 정동영인가? 내가 나병식이네. 강창일이 통해서 자네 얘기 들었어."

국사학과 풋내기 신입생이었던 나에게 3학년 나병식 형은 두 계단이나 높은 선배였다. 나는 공릉동 교양과정부에 다니고 있었고 병식 형은 동숭동 문리대에 다니고 있었으니 같은 과 선후배라 하더라도 교정에서 만나기는 어려운 사이였다. 병식 형은 아마도 같은 과 신입생 중에 활동성이 있는 후배를 찾고 있는 성 싶었다. 나는 입학하고 얼마 후 치러진 교양과정부 학생회장 선거에 나왔다가 떨어진 처지였고 신입생 상견례에서 만나 친해진 1년 위 선배 강창일 형으로부터 추천을 받은 모양이었다.

나보다 목 하나는 더 있을 만큼 키가 큰 거한이 두꺼운 검은

---

* 전 국회의원

뿔테 안경을 끼고 나를 내려다보는 시선이 부담스러웠지만 목소리는 부드러웠다. 병식 형은 시국의 엄중성에 대해 한참을 설명한 다음 책 몇 권을 메모지에 적어 주며 읽어 보라고 말했다. 지금도 책 목록이 생생하게 기억난다. 영국의 좌파 경제학자 모리스 돕의 〈자본주의 발달사〉, 쿠바의 독립을 다룬 라이트 밀스의 〈들어라, 양키들아〉, 브라질 교육학자 프레이리의 〈페다고지〉 같은 책들이었다. 입시 공부에 매몰돼 대체로 세상에 무지했던 신입생들이 대학에 들어와 처음 새롭게 세상에 대해 눈 뜨는 과정에서 읽히던 교재들이었다.

내가 대학에서 역사를 공부하기로 선택한 것은 창고에 쌓여 있는 과거 전적을 뒤적거리거나 죽은 역사를 공부하기 위해서가 아니라 살아 있는 역사, 현실을 이해하는데 도움이 되는 역사 공부에 대한 흥미 때문이었다. 중 고등학교 시절 역사 과목이 제일 재미있었고 점수도 잘 나왔다.

하지만 막상 서울대학교 국사학과의 분위기는 그게 아니었다. "역사가란 자신을 죽이고 과거가 본래 어떤 상태에 있었던가를 밝히는 것을 지상과제로 삼아야 한다. 역사는 오로지 사실로서 이야기하게 해야 한다."는 랑케의 객관적 실증주의 사관이 지배적인 분위기였다. 역사 공부가 암울한 시대 상황을 극복하는데 역할을 할 수 있으리라는 기대는 빗나갔다. 나는 저으기 실망스러웠다.

그 때 내가 반색한 것은 E. H. Carr의 〈역사란 무엇인가〉를 읽고 나서였다. 책은 쉽지 않으나 "역사란 현재와 과거의 끊임없는 대화"라는 Carr의 명쾌한 설명에 공감했다. 역사가의 임무란 일어난 사실을 기록하는 것만이 아니라 이를 평가하는 것이고 역사가가 연구하는 것은 죽은 과거가 아니라 현재에도 여전히 살아있는 과거라는 해석에도 공감했다. 문명 초기에 인간이 역사를 공부하게 된 것은 과거의 일을 되새겨서 그 사회를 더 좋은 방향으로 만들고자 했기 때문이었으리라.

하지만 유감스럽게도 내가 관심을 갖고 있던 해방공간(1945~1948)에 관한 강좌나 분단시대 연구에 대한 강의는 찾아볼 수 없었다. 서울대학에서 내가 배운 것은 학교 강의 보다는 좋은 친구와 선배들을 만나 대화하고 토론하면서 배운 것이 훨씬 컸다. 국사학과에서 나병식, 김정기, 이현배, 황인범, 안병욱, 서중석, 강창일 같은 선배를 만날 수 있었던 것은 행운이었다. 물론 훌륭한 교수님들도 계셨지만 대부분은 "지금은 열심히 공부하고 준비할 때이지 밖으로 뛰쳐나가서 외친다고 세상이 바뀔 것 같으냐"는 훈계가 많았다.

1972년 10월 17일 이른바 '10월유신'으로 우리는 일순간에 존엄성을 가진 인간의 반열에서 노예나 동물 같은 처지로 전락했다. 피 끓는 청춘 시절이 암흑의 터널로 빨려 들어가는 순간이었다.

답답한 현실 속에서 길을 찾고자 헤매던 후배들에게 병식 형은 등댓불 같은 존재였다. 병식 형 같은 진정한 역사학도에게 10월유신의 폭압적 체제는 절대로 침묵할 수도 없고 침묵해서도 안 되는 대상이었다.

유신체제 첫 1년 동안 국내는 조용했다. 유신체제의 공포 분위기 속에 온 사회가 가위 눌린 상태였다. 칠흑 같은 어둠의 시대를 밝히기 위해 저항의 횃불을 든 사람은 '인간 강골' 나병식이었다. '인간 강골'이란 표현은 훗날 병식 형 추도식에서 이이화 선생이 붙인 이름이다.

1973년 10월 2일 서울 문리대 교정에서 '유신철폐', '독재타도'의 함성이 꽁꽁 얼어붙어 있던 유신의 얼음장을 깨고 전국을 뒤흔들었다. 병식 형은 구속됐고 나는 마포경찰서에 갇혀 구류 29일을 살았다. 그 이듬해 1974년 4월 3일 민청학련 사건이 발발했다. 박정희 정권은 나병식, 김지하, 이현배, 이철, 유인태, 김병곤, 여정남 등 7명에게 사형을 선고했다. 사형수 나병식의 이름은 민주화 운동의 역사에 깊이 새겨지게 되었다. 청년 나병식은 불의한 역사와 대면했을 때 회피하지 않고 양심과 정의를 앞세워 정면으로 맞섰다. 나병식 개인에게는 희생의 역사였지만 후세대에게는 뒤 따라야 할 귀감이 되었다. 역사학도 나병식에게 모든 역사는 현대사였던 셈이다.

현대사가 암흑기로 접어들 때마다 불의에 맞서는 청년의 용기와 희생이 없었다면 역사가 전진할 수 있었겠는가. 24살 윤봉길 청년이 1932년 상해 홍구공원에게 일본군 대장에게 도시락 폭탄을 투척했을 때 온 세계인이 놀랐고 당시 중국 국민당 정부의 장개석은 "중국의 100만 대군이 못한 일을 조선의 한 청년이 해냈다."며 그 때부터 김구 선생의 상해 임시정부를 도와주기 시작했다. 한일 병탄 직전 1909년에는 30살 안중근 청년이 일본인에게는 영웅이지만 조선인에게는 원수였던 이토 히로부미를 저격함으로서 조선인의 독립정신과 기개를 만방에 보여주지 않았던가.

박정희 철권통치가 무너진 자리에 다시 들어선 신군부 독재 아래서 30대 나병식은 출판운동가이자 지식인운동가였다. 1986년 그가 펴낸 〈한국민중사〉는 민중을 전면에 내세운 최초의 역사서였다. 군사정권은 나병식을 투옥했다. 책 서문에 나온 "역사의 원동력은 인간의 생산 활동에 있고, 그것의 담당자는 생산대중이었다. 현재 한국 사회에서 민중이란 신식민지 하에서 민족해방의 주체로서 노동자 계급을 중심으로 농민, 도시빈민, 진보적 지식인을 포괄하는 개념이다."라는 대목이 반국가단체인 북한을 이롭게 할 목적으로 쓰였다는 죄목이었다. 국가보안법이 얼마나 인간 정신을 말살하고 유린하는 악법인지를 보여주는 사건이었다. 한국판 분서갱유 사건이라 할만 했다. 나병식은 시대의 굴곡에 굴하지 않고 치열하게 살아왔다.

1987년 6월 항쟁의 결과로 군사독재 시대가 끝나고 민주화 시대가 도래했다. 하지만 역사학도 나병식이 꿈꾸어 왔던 세상은 아직 오지 않았다. 형식으로의 민주주의는 이루었으나 삶의 질 향상을 위한 사회경제적 민주주의는 실현되지 못했다.

역사학의 의의가 지금보다 나은 세상을 만드는데 있다면 역사학의 목적은 정치라고 말할 수 있다. 역사를 공부했고 불의한 역사를 극복하는데 앞장서온 나병식이 선택할 수 있는 길은 정치였다. 하지만 현실 정치와 나병식 간에는 운대가 맞지 않은 것 같았다. 1985년 12대 총선을 앞두고 야당은 나병식에게 서울 성북구 출마를 권유했으나 응하지 않았다. 그 후 몇 차례 기회가 있었으나 그 때마다 어긋났다.

2007년 8월 대선을 넉 달 앞두고 열린우리당과 구 민주당 그리고 시민사회가 통합한 대통합민주신당이 만들어 졌다. 나는 손학규, 이해찬, 한명숙, 유시민 등 5명의 경선 후보들과 치열한 경쟁 끝에 어렵게 후보가 되었다. 하지만 참여정부 종반에 접어들면서 차가워진 민심의 역풍 속에 선거 지형은 극도로 나빴다.

이 때 나병식 형은 민주평화국민후보 정동영 지지운동본부의 대표로서 나를 도왔다. 광화문에 차린 작은 사무실에서 시민사회와 재야를 연결하는 통로 역할을 맡았다. 후보가 되기 전까지 제도권 밖의 시민사회와 별로 접점이 없었던 나에게 병식 형의 지원은 천군만마와 같은 힘이 되었다.

병식 형이 팔을 걷어붙이고 나선 데에는 민주 정부 10년 만에 민주 평화 세력이 물러나고 다시 수구세력이 등장해 역사가 퇴행하는 것을 두고 볼 수 없다는 책무감과 함께 대학 시절부터 오래된 나와의 인연도 작용했으리라 짐작한다. 하지만 IMF 위기 이후 심화되어 온 삶의 불안과 사회경제적 양극화 속에 대중은 정치 세력의 교체를 바랐고, 나와 병식 형만의 힘으로는 불리한 판세를 역전시키기에 역부족이었다.

역사에서 가정법은 통하지 않는다지만 그래도 상상해 본다면 내가 패배하지 않고 승리할 수 있었더라면 아마도 나와 함께 병식 형은 절차적 형식적 민주주의를 넘어 청년 시절부터 꿈꾸어온 고르게 잘 사는 경제적 민주화와 복지국가를 이루는데 나름대로 기여 했을 것이다. 나는 병식 형에게 큰 빚을 졌다. 그가 못다 이룬 꿈을 생각하면 오늘도 병식 형에 대한 무거운 채무감을 느낀다.

지옥에서 민주화운동을...

정 용 화

※ 이글은 지난 2013년 12월 22일 저녁 6시, 서울 신촌 세브란스병원 장례식장에서
가진 '나병식과 나누는 마지막 만찬'이라는 추모행사에서 했던 추모의 말과 주변의
회고들을 조금씩 묶어 각색, 정리한 것입니다.

만파 나병식 선생의 일생을 구분한다면,

(1) 학창시절의 민주화운동가로서의 활동시절,

(2) 5.18의 부채의식 속에서 대응하는 출판문화운동 시절,

(3) '민주화운동기념사업회' 산파로서 그리고 조직 중추로서의
활동시절 등 통상 3가지 정도로 나눌 수 있을 것이라고 후배이자
친구인 정찬용(전. 청와대 인사수석) 선배는 말하면서, 각 시대마다 '장
사로서의 삶'을 살았다고 회상했습니다.

또 고교동창이며 동지인 김정길(광주전남6.15공동위원회 상임대표) 선
배의 증언에 따르면, "1974년 민청학련의 선봉대장은 누가 뭐래

---

* 광주전남민주화운동동지회 상임대표

도 나병식이며, 1970년대 초중반의 한국 학생운동은 나병식에 의하여 선도되었다.”고 술회했습니다.

저는 만파 선생이 돌아가셨다는 소식을 접하고, ‘병식 형이 천당에 갈까? 지옥에 가실까?’라고 자문하면서 ‘요즘 천당에 미녀가 없다니까, 지옥에 가셨을 걸.’이라고 자답하였습니다. 몇 년 전, ‘합수 윤한봉 선생이 세상을 떠나셨을 때, 합수 형은 저승에 가서도 민주화운동 하실 것’이라고 중얼거렸던 기억이 납니다. 만파 선생의 성질에 천당 가 봐야 할 일도 없고 심심할 뿐이니까, 덜 심심한 지옥에 가셨을 겁니다. 지옥에 가셔야 지옥개혁도 하시고, 지옥의 민주화운동을 할 테니까 말입니다.

– (12월 22일 저녁 7시께 세브란스병원 장례식장에 도착한 필자는 가쁜 숨을 몰아쉬며 사회 임진택이 시키는 대로 추모의 말을 한마디 하게 되었습니다. 만파 선생이 생전에 출판했던 많은 책들 중에서 〈죽음을 넘어 시대의 어둠을 넘어〉라는 책을 참석한 좌중에게 들어 보이며…)

“이 책을 기획한 사람이 저 정용화입니다.[1] 4년여의 자료수집과 분석 및 정리 끝에 〈넘어넘어〉의 초고가 완성되었을 때, 1985년 당시 전남민주청년운동협의회 의장을 맡고 있는 만파 선생의

---

[1] 1974년 민청학련 사건 때는 준비모임에 참여하였으나 선배들의 도움으로 구속 수감되지 않았고 권고휴학 후 군대에 입대하였다. 1978년 전남대 민주교육지표사건 때는 주도적으로 참여하여 구속 수감되었으며, 5.18과 관련해 구속 수감되어 5.18민주유공자가 되었다. 1984년 11월 전남민주청년운동협의회 창립준비위원장으로서 민주화운동청년연합의 전남지역 청년운동을 담당할 조직을 만들었고, 전남민주청년운동협의회 수석부의장을 맡았다. 현재 광주전남민주화운동동지회의 상임대표를 맡고 있다.

친구인 정상용(전. 국회의원) 선배를 찾아가 상의하였더니 '그런 일이라면 풀빛의 나병식 사장과 상의해야지'라며 만파 선생을 접촉했고, 그리하여 〈넘어넘어〉가 탄생된 것입니다. 만파 선생을 비롯한 기록자 황석영, 기획 총책임자 정상용 등이 책임을 지고 구류를 살았으며, 이후 1년여 동안을 줄곧 만파 선생은 수배와 도피로 점철된 시절을 살아가게 되었습니다.

총괄기획자로서 〈넘어넘어〉의 인세를 제(정용화)가 받게 되었는데, 풀빛 홍석 사장의 명의로 당시 매월 약 20~30만원씩 송금해 왔습니다. 그 돈은 광주전남지역의 학생운동, 농민운동, 노동운동 진영에 5~10만원씩 배분되어 광주전남 운동권의 휘발유 역할을 톡톡히 감당하였습니다.

그런데 인세가 한 3년여쯤 오다가 1988년 가을쯤 중단되었습니다. 저(정용화)는 만파선생에게 '왜 인세가 중단되었느냐'고 항의하면서 졸라댔습니다. 그러나 묵묵부답이었죠. 기분이 영 나쁘고, 불쾌하기까지 하였습니다.

잠깐 중간에 만파 선생과의 만남을 얘기하자면, 그와의 만남은 어떨 때는 기분이 좋고 또 어떨 때는 기분이 나쁘며, 감동을 주기도 하고 또 불쾌감을 주기도 하는 등 선후배들과의 대인관계가 거침이 없었다고 생각이 됩니다.

나중에 알고 보니, 1988년 5월 한국현대사사료연구소(소장 송기숙)를 창립하여 1990년대 중후반까지 이사로서 활동하게 되는데, (필자는 〈넘어넘어〉를 책상 위에 놔두고 다시 일천페이지가 넘는 구술채록집 '광주5월민중항쟁사료집'을 가리키며...) 이 사료집을 내기 위해 구술채록팀, 구술정리팀 등 여러 인력을 동원해야 될 일이며 경비 또한 만만치 않았습니다. 만파 선생은 이 구술채록 사업에 일억 원 이상을 쾌척하였다는 이야기를 저는 나중에야 듣게 되었습니다. 이러한 사실은 어디에도 기록이 남아 있지 않을 것입니다. 송기숙 교수님이 직접 오셔서 이 말씀을 드려야 옳으나, 현재 와병 중이라서 이렇게 제가 전달하게 되었습니다. 이 사실을 알고 난 이후부터는 제가 〈넘어넘어〉 인세를 독촉하거나 추궁할 수가 없었습니다. 무려 25년여 동안 저는 〈넘어넘어〉 인세를 주라는 말을 하지 못했습니다.

(지난여름의 끝자락인 2013년 7월 30일 오후 3~4시께 〈넘어넘어〉의 수정증보를 논의하던 몇 명이, 경기도 파주시 동패동 약천사 아랫마을에서 투병 중인 만파 선생을 방문했습니다. 정상용, 정용화, 이재의, 전용호 등 광주의 활동가들은 만파 선생이 이야기를 다 들은 후, '그래? 나도 힘껏 도울 게. 용화야! 필요하면 돈 들어 갈 준비 명세를 메일로 보내'고 호기 있게 말하던 모습이 눈에 선합니다. 형수인 김순진 여사가 내 온 팥고물 떡과 과일을 맛있게 먹던 만파 선생의 모습도 엊그제 일처럼 떠오릅니다. 우리들은 '저 정도면 한 몇 년은 더 버티겠는데...'라고 생각했었습니다.)

저는 어제(2013년 12월 어느 날) 오후인가? 전 5.18재단 이사장이셨던 이홍길 교수님을 모시고 고(故) 명노근 교수 사모님인 안성례 선생을 방문해 '사모님 자주 못 찾아 봬서 죄송합니다.'라고 인사를 올렸더니, 안 선생님께서 "어? 나는 괜찮아. 내 친구들 보니까 골골하는 남편들 수발드느라고 고생들 하드구만. 명교수가 나 고생 안 시키려고 일찍 가신 모양이야." 라며 환하게 웃으셨습니다.

　만파 선생이 광주에 와서 술을 함께 먹을라치면 일단 다음 날 아침 먼동이 터야 끝이 납니다. 아니 2박 3일을 갈 때도 있습니다. 만파 선생과의 술자리라면 저 말고도 여러 사람들이 떠올릴 테니까 이 정도로 생략하겠습니다.

　세속적인 표현으로, '살아 지옥이 죽어 천당보다 낫다.'라는 말이 있습니다. 우리들의 삶이 아무리 지옥같은 세상에서 허덕일지라도, 우리들은 이 지옥같은 세상을 개혁하고자 살아왔습니다. 만파선생이 돌아가셨다는 소식을 접하고, '형님은 천당보다는 지옥에 가서, 지옥개혁운동을 벌일 것'이라고 생각하였습니다. 그리고 만파 선생의 성질에 천당 가 봐야 할 일도 없고 심심할 뿐이니까, 덜 심심한 지옥에 가셨을 겁니다. 지옥에 가셔야 지옥개혁도 하시고, 지옥의 민주화운동을 할 테니까 말입니다.

　병식이 형, 적당한 시기에 잘 가셨습니다. 형수님과 유가족들 고생 덜 시키려고 먼저 가신 것으로 알겠습니다. 지옥에서 민주화운동 열심히 하십시오. 그리고 기다리십시오. 저희들도 지옥개혁을 위하여 곧 따라가겠습니다.

　삼가, 고인의 명복을 빕니다.

선생님 같았던 학우

진 홍 순

　　학우 나병식은 지금도 저세상 사람이라고 표현하기엔 너무 걸맞지 않게 매우 활달하면서도 우렁찬 목소리의 소유자였다. 그래서 자주 접하지는 못했지만 많은 대학교 동창생 중에서 가장 선명히 떠오르는 학우이다. 그러나 막상 고인에 대한 추모의 글을 쓰려고 하니 나병식에 대해 내가 진정 아는 것은 많지 않다는 사실에 당황했다. 대학교 재학시절 4년간 동아리활동을 함께 했고 내가 30년간의 언론인생활을 하는 동안 간간이 토론모임을 함께하며 세상 바라보는 시각도 견줘 봤던 동갑나기 친구 나병식이었지만 정작 글로써 남길만한 깊은 추억거리는 생각나지 않았기 때문이었다.

　　돌이켜보면 당연한 일이라는 생각도 든다. 고인은 큰 체구에 못지않게 생각의 품과 깊이가 어느 누구보다 넓고 깊었다. 학교 울타리 밖 세상에 대한 예비지식도 전혀 없이 대학에 진학한 나에게 나병식은 오를 수 없는 높은 산같이 보였고 국가와 사회문제에

* 전 KBS 이사

대해 과제를 던져 주는 선생님같은 존재로 여겨졌다. 따라서 고인 과의 남다른 추억거리 보다는 인간 나병식에 대한 스케치성 기억 들을 더듬으며 잠시 추모의 정을 되새겨 보려한다.

1970년 대학교 교양학부시절 때이다. 고인은 나와 함께 후진국 사회연구회 회원이었는데 농촌문제관련 연구회의 멤버로서도 열 심히 활동하고 있었다. 동양사학과생인 나는 국사학과생인 나병 식과 전공학과 수업을 같이 받는 기회가 자주 있었기 때문에 나병 식은 나에게도 입회를 권해 왔다. 나는 "지금 후진국사회연구회 회원으로서도 능력부족임을 절감하고 있다. 특히 무슨 문제연구 회라는 것이 지방 촌놈인 나에겐 아직 낯설다."라며 거절의 뜻을 비쳤다. 그러자 나병식은 "문제연구라는 것을 어렵게 생각할 필 요가 없다. 열심히 문제를 내면 되는 것이다. 문제를 내야 해답이 나오지 않겠나?"라며 현장답사활동의 중요성을 일깨워주기도 하 였다. 그 후 나는 후사연이 용두동 판자촌 철거대상 주민과 경기 도 광주군 단대리(현재 성남시)이주민에 대해 실태조사를 벌일 때 현장에서 합숙하는 등 적극 참여했다. 꿈으로 가득찬 한강기적의 그림자 뒤에는 상상하기도 힘든 서민들의 고통과 희생이 뒤따르 고 있다는 사실을 목도했다. 고인의 나에 대한 의식화교육이 성과 를 거두는 순간이었다.

영광의 탈출

나병식은 특히 언변이 뛰어나 항상 시국토론 때는 분위기를 압도하고 누구보다 한발 앞서는 대담한 발언으로 동료들을 매료 시켰다.

1971년 대통령선거후유증과 교련반대 그리고 사토 일본수상 한국방문반대 등으로 학원가에서 연일 데모와 농성이 계속될 때이다. 지금은 한국 마당극과 소극장운동의 메카로 변해 버린 서울 동숭동 문리대내 특별강의실에서도 수 일째 철야농성이 계속됐는데 나병식은 농성장 주변에서 서성이며 학생들의 동태를 감시하던 교수들에게 '님'자의 존칭을 아예 생략한 채 학생들의 울분과 충정을 이해해 줄 것을 호소했다. 당시 대학가에서 교수님은 거의 신과 같은 권위의 상징이었기 때문에 '어슬렁거리는 교수들은 들어라'는 식의 농성장 학생의 호령은 충격적인 큰 사건이었다. 그러나 농성장에 갇혀 있던 학생들의 입장에선 후련하고 통쾌하기까지 한 용기있는 일갈이었다.

고인이 남다른 착상으로 주변사람들의 의표를 찔렀던 사건 가운데 또 하나 생각나는 것은 나병식 결혼식 풍경이었다.

1977년 11월 유별나게 추웠던 날로 기억된다. 종로5가 기독교회관에서 나병식 결혼식이 열렸는데 식장에 참석한 나는 두 가지 점에서 놀라웠다.

그 하나는 경건한 분위기 속에 웨딩마치로 가득해야 할 예식장이 구창환 목사가 부르는 영화 엑소더스의 주제곡 '영광의 탈출'로 가득하여 하객들에게 전율감마저 느끼게 한 점이었다.

보통 판박이 진행으로 치러지던 당시 결혼식모습에 비하면 파격적이었고 유신말기 암울한 사회분위기에서 벗어나고자하는 젊은 지성인의 몸부림을 보는 듯 했다.

또 하나는 신부가 김순진 씨였다는 점이다. 나는 대학시절 후진국사회연구회뿐만 아니라 가면극연구회 회원으로도 활동했는데 김순진 씨는 이화여대 탈춤반 출신이었다. 서울대 가면극연구회는 서울지역 대학가에서 최초로 창설된 탈춤반으로서 고대, 이대, 연대, 성심여대 등의 탈춤반 창립에 희생적인 지원을 아끼지 않았다. 따라서 서울대 탈춤반 실기연습장인 당시 문리대 여학생 휴게실에는 타 대학 탈춤반 창립회원들이 항상 붐볐고 북과 장구 그리고 광대들의 불림소리로 가득 차 학내는 물론 동숭동 교수촌 주민들에게도 큰 화젯거리가 됐었다. 특히 이대 탈춤반이 극성스러울 만큼 실기연습에 열성을 보였는데 김순진 씨는 항상 후배들보다 일찍 나와 환히 웃는 낯으로 인사를 건네는 모습이 인상적이었다. 나병식이도 가끔 탈춤반 실기연습장에 들리곤 하였는데 그때 김순진 씨를 일찌감치 점지하였던 모양이다. 이러한 사정도 모르는 우리 회원들은 김순진 씨를 당시 서울대 탈춤반 최고참 선배의 형수후보로 천거하자는 음모(?)까지 속닥거리며 뒤풀이 회식 때만 되면 의미있는 웃음을 건네곤 하였다.

뱁새들이 봉황들의 깊은 속내를 알 수 없었던 것은 당연한 일이었을 것이다. 그러나 서울대 탈춤반 창립회원 출신 중에는 나이 70이 다 된 지금까지도 노총각신세를 면치 못한 사람이 두 명이나 있다. 당시 나병식의 발 빠른 구애작전이 더욱 돋보이는 대목이다.

현안 해결에도 남다른 안목

70년대 후반 내가 동양방송(구 TBC)에 다니던 때이다. 황인용 아나운서 진행의 라디오 프로그램 '밤을 잊은 그대에게'가 전무후무한 높은 청취율을 수년째 기록하고 있었는데 나병식이 황인용 아나운서를 소개해 달라고 부탁해 왔다. 출판문화운동을 개척하고 있지만 대학교재용이나 고담준론의 교양서적 판매만으로는 계속적인 영업활동이 어렵다고 했다. 따라서 방송 인기프로의 뒷얘기를 소재로 한 청소년대상 출판 기획을 세워 순수 영리사업용 판촉활동을 한번 벌이고 싶다는 것이었다.

또한 청소년들이 앞으로는 소비자 분야에서 중요한 영역을 차지하게 될 것이므로 청소년들과의 만남은 미래 판매 전략에도 큰 도움이 될 것이라고 강조했다. 나는 사내에서 안면이 있었던 담당 프로듀서를 소개해 줬다. 얼마가 지난 뒤 나는 책을 구입해 읽어보지는 못했지만 '밤을 잊은...' 뒷얘기가 출판계의 새로운 베스트셀러로 회자된다는 보도를 접했다. 뒤이어 나병식도 나에게 고맙다는 인사를 하면서 앞으로의 본격적인 출판문화운동 개시에 큰 도움이 될 것이라고 밝혔다. 이후 출판계에서도 방송 인기 프로의 진행자와 주변 뒷얘기를 다루는 책들이 한때 큰 유행을 이뤘다.

사회정의와 국가발전 등 거대담론을 즐겨하던 나병식이지만 눈앞에 닥친 현실적 문제를 풀어나가는 디테일한 면에 있어서도 남다른 안목아래 세심한 주의를 기울이며 최선을 다하는 모습을 보여준 사례였다.

나는 정치부 기자 생활을 하면서 나병식같은 지식인들이 정치권에 뛰어 들어 가길 기대해 왔다. 특히 박정희의 유신조치로 고초를 직접 겪었던 운동권 1세대들이 정치 일선에 나서야만 진정한 정치 개혁과 발전이 가능하고 선진국진입을 위한 사회적 대타협도 도출해 낼 수 있다고 믿었기 때문이다.

나병식의 생각도 나와 크게 다르지 않다고 느껴졌다. 그러나 80년대가 다 저물가도 나병식의 정계진출 움직임은 가시화되지 않고 있었다.

1990년 YS가 3당합당을 결행한 직후 DJ는 대선 승리를 위한

'젊은 피' 수혈정책을 추진했다. 이른바 운동권 1세대와 합리적 진보개혁세력의 흡수를 위한 사실상 마지막 영입작업이었다.

따라서 나는 어느 날 병식이가 주도하던 토론 모임 후 이렇게 말했다. "이제 우리나이도 40이 넘었다. 운동권 후배들과 계속 고행을 함께하는 것도 중요하지만 적어도 유신반대투쟁에 앞장 섰던 운동권1세대들은 우리 자식들이 앞으로 인간답게 살아갈 수 있도록 근본적인 제도 마련에 나서야 할 때다."며 고인의 정계 진출을 권유했다.

나병식은 나와 근본적인 뜻을 같이 했지만 아직 시의가 적절하지 않다는 반응을 보였다. 정치권의 목표와 제도권 밖 운동권이 추구하는 가치가 아직 큰 차이를 보이고 있기 때문에 좀 더 정치권 밖에 머물면서 정치권의 자성과 발상의 전환을 압박해야 할 때라고 말했다. 야당까지도 권위주의화 돼버린 현실정치의 높은 벽을 넘기에는 힘들다는 것을 우회적으로 표현한 말이었다. 2000년 돼서야 나병식은 정계진출을 위한 본격적인 활동에 나섰지만 정당 공천을 받지 못하는 등 연속 실패했다.

무소속후보로 나서 낙선한 나병식은 "DJ 지팡이와의 싸움에서 졌지 선거전에 패배한 것이 아니다."라며 지역주의 정치현실을 개탄했다. 현재 새정치민주연합 등 야권이 내부 갈등과 리더십 결여로 파탄위기에 직면해 있는 것을 보노라면 나병식같은 지성 인들의 정치권진입 좌절이 더욱 애통스럽게 느껴진다.

1타 3매의 행운?

2010년 11월 후사연 70동지회 총무를 맡고 있었던 오병연이 전화를 걸어왔다. 나병식이가 큰 수술을 받고 입원해 있는데 문병가자는 내용이었다. 나는 우선 전화로 환자 위로를 했는데 병식이의 목소리가 너무도 우렁차서 다소 안심이 되기도 하였다. 병원에 찾아가 면담을 해보니 큰 수술환자라고 믿기 어려울 정도로 나병식의 얼굴은 밝았고 목소리가 힘에 넘쳤다. 더욱 놀라운 것은 환자가 오히려 문병객들을 안심시키는 말을 하는 것이었다.

"주치의 선생님 말씀에 따르면 3종류의 암세포 덩어리를 한번 수술로 모두 제거했다는 거야. 얼마나 다행한 일인가? 나는 1타 3매의 행운을 얻은 셈이네." 얼마 전 위암수술을 받은 바 있는 오병연이는 그저 웃고만 있었지만 암수술에 대한 지식이 별로 없는 나에게는 병식이의 말이 사실같이 들렸다. 그 뒤 70동지들이 여러 번 병문안을 갔었는데 병식이의 목소리와 표정은 시종 완쾌돼가는 환자와 같았다고 전했다.

나병식은 병마와 싸우는데도 그만큼 의연하고 자신만만하였다.

나병식과 같은 국사학과 동창생으로 열심히 문병 다니던 오병연 총무도 뇌경색으로 쓰러졌다. 70동지회 회원들이 얼마 전 강남 요양병원에 찾아가 재활치료를 받고 있는 오 총무를 격려했다. 10여명의 회원들은 학계와 기업, 종교계, 언론계 등에서 활동해오다가 최근 들어 대부분 현역에서 물러난 상태에 있다. 왕성한 학생운동 열기를 보였던 것에 비하면 이상할 정도로 정계에 진출한 회원은 단 한 명뿐이었다. 70동지회원들의 순수성을 입증하는 사실이라고 자부하지만 행동하지 못한 양심들의 사례라는 자책감도 숨길 수 없다.

그래서 병식이가 떠나간 자리가 더욱 아쉽고도 허전하다.

그런 것쯤은 암시랑토 안 혀

최 영 희

1971년, 대통령선거 공정선거감시 참관인으로 경남 거창으로 갔다. 엉터리 투표현장에서 항의하다 멱살도 잡혔다. 며칠 후 기독교회관 강당에서 열린 참관인 보고대회가 있었다. 내가 사례발표를 한 후 몇몇 어른들과 청년학생들이 나를 격려하며 관심을 보였다. 그 중 한 사람이 키는 장대 같고 시커먼 뿔테안경이 얼굴을 반쯤 가린 나병식 씨였다. 사학과 2학년이라면 후배인데 어찌 저리 늙었나? 복학생인가?

그리곤 2학기 시작쯤이었다. 서울대 사회학과 교수실에 자료를 갖다드리러 문리대를 들어가다 나병식 씨와 마주쳤다. 근데 대뜸 "장동주 알아?" "어떤 장동주요?(아니 이 사람이 어디서 반말이야?)" "광주 장동주~ 내 친군데 동주 동생이라던데?" '이러~언~' 우리 이종사촌오빠를 들이대며 내게 하대하며 선배 노릇하려 들어? 초장엔 영~ 맘에 안 들었다. 위수령이후 망가진

---

* 전 석탑출판사 대표

학생운동을 다시 세우려 제일교회와 KSCF 등에서 바삐 활동하던 그를 자주 보게 된다.

나는 졸업을 앞둔 73년 1월부터 노동운동을 하려고 인천산업선교회를 다니다 보니 서울 사람들은 구경할 겨를도 없었다. 주로 동일방직 노동자들과 그룹 활동이나 학습, 가을부터 새로 개척한 부평수출공단 여성노동자들을 대상으로 몰래 노동교육을 하고 있었다. 그 결과 이듬 해 2월 반도상사에서 근로조건개선을 위한 대대적인 파업이 일어나 1차 성공을 한다. 그러나 다음 단계인 노동조합결성을 회사와 연맹이 야합하여 방해한 공작이 드러나 다시 파업에 돌입하자 배후가 있을 것으로 확신하고 수사가 시작되어 난 수배 아닌 수배상태로 떠돌아다녔다. 한편 '긴급조치가 시작된 겨울왕국에서 대대적인 노동자 파업이라고?' 청년학생들이 현장조사차 부평공단을 휘젓고 다닌다는 소문이 들어왔다. 이들에게 주의를 주기위해 서울 근교에서 만나 상황을 설명하고 관심 끊어주길 당부하고 보냈다.

4월 3일 민청학련사건이 났다. 이철 유인태 등이 공개 수배되면서 숨겨준 사람도 처벌한다고 으름장을 놓는데, 이게 웬 날벼락! 4월 중순경 나는 이미 떠나 있는 우리 집과 사무실에 나를 잡으러 들이 닥쳤단다. 민청학련사건 관련이라는 것이다. 졸업 후 인천과 부평에서 오직 공장노동자들과 지냈을 뿐인데… 이리 되면 반도상사 배후로 도망치기와는 차원이 달라진다. 당장 숨을 곳이 없었다. 아니 누구도 숨겨 줄 수 없었다. 지금처럼 찜질방이라도 있었으면 좋았으련만… 며칠을 동가식서가숙하며 비참하게 지내는데 수배소식을 들은 인천 내리교회 전도사님이 이리저리 연결해서 내게 메모를 보내셨다. 메모의 목적지는 캐나다 선교사

댁. 커넌 선생님 사무실에 미리 전화하고 밤 10시에 약속대로 삐삐삐~ 짧게 두 번 길게 한번 초인종을 누르고 들어갈 수 있었다. 커넌과 커런트 두 처녀선교사님이 두 개의 원룸에서 생활하고 계셨다. 그런데 그 집은 요주의 대상이었다. 아주 진보적인 캐나다연합선교회 소속이고 가장 반정부적인 기독교장로회를 돕고 있기 때문이었다. 충정로의 그 집 울타리 안에는 비챰 목사의 가족이 사는 집과 여러 곳에 흩어져 사는 소속 선교사들의 가사도우미나 운전기사들의 집이 함께 있는 곳이었다. 이미 내가 가기 전에 고용인들에게 젊은 학생들이나 이상한 사람들이 없느냐고 물어왔고 보면 신고해 달라고 했다는 것이다. 아~ 이곳도 지뢰밭이었다. 하지만 눈물이 나도록 쉴 곳이 필요했고 선생님들의 포근함이 일단 나를 편히 잠들게 했다. 선생님들은 추방당할 각오를 하셨고 도우미 아주머니는 벌 받으면 얼마나 받겠느냐며 각오하고 있으니 걱정 말라고 했다. 지금 생각해도 눈물이다. 선생님이 출근한 후에는 변기 물소리를 듣고 누군가 신고할까 봐 화장실을 갈 수도 없고 점심밥은 고양이처럼 살금살금 소리 안 나게 먹어야 했다. 나의 화장실 출입을 위해 비번에도 두어 번씩 도우미 아줌마가 잠깐 들러주셨다. 며칠 후 나의 수배 이유를 알았다. 눈곱만큼의 연결고리만 있어도 끌어다 붙여 학생운동의 불온성을 선전하는데 혈안이 된 참에 검거자들 압수물에서 2월 3월에 걸친 반도상사 파업보고서가 나왔고 이를 민청학련과 엮어볼 생각이었던 것이다. 부평공단을 헤집고 다니지 말라고 주의주면서 말해준 사건개요를 현장보고서로 잘 작성했던 것이었다. 꼼짝없이 재판이 끝나기를 기다려야했다. 이런 건은 써먹을 시기를 놓치면 흐지부지 되기 때문이다. 그래서 유신 말기의 광풍이 불 때는 하느님

빽보다 더 좋은 것이 삼십육계였다.

7월 8일 비상군법회의에서 인혁당사건, 9일 민청학련 관련자들에게 사형 무기징역을 마구 구형했다. 트랜지스터라디오로 숨죽여 듣던 뉴스에 분노로 온몸이 벌벌 떨렸다. 학생들에게, 특히 친하게 지냈던 나병식과 김지하의 사형구형은 더 충격이었다. 이대로 이 젊은이들을 죽게 놔둘 수는 없었다. 그날은 화요일이었다. 11일에는 인혁당, 13일에는 민청학련 선고다. 시간이 없었다. 난 갑자기 그들의 가족이 되어 호소문을 미친듯이 종이에 써내려갔다. 저녁에 퇴근하신 커넌 선생님께 보여드리며 유인물로 만들어 내일 뿌려야겠으니 지금 여기를 나가야겠다고 했다. 글을 보시며 눈물을 훔치시던 선생님은 고물 타자기를 내놓으셨다. 도와주겠으니 여기서 하라고.

그런데 나는 타자를 안 배웠고 선생님은 영타만 가능했다. 한참 작업 중에 삐삐삐~~초인종이 울렸다. 2주에 한 번씩 바깥소식을 전해주러 오는 요즘말로 남친 장명국 씨의 신호음이었다. 전혀 올 때가 아닌데 구원투수였다. 두 손 가락으로 더듬더듬 세 시간도 더 걸려 완성된 타자지를 그 울타리 안의 모든 사람이 잠든 새벽 한시에 비참 목사집 반지하에 있는 사무실에서 주무시다가 살금 나오신 비참 목사의 도움으로 커넌 선생님 그리고 내가 등사기를 돌렸다. 노란 편지봉투도 몇 뭉치 가져왔다. 우리 둘은 양손 가락들에 일회용반창고를 두르고 유인물 두 장을 스태프로 찍고 접어서 봉투에 넣고 풀칠까지 했다. 그동안 선생님은 내 긴 머리를 가닥가닥 물을 묻혀 핀으로 돌돌 말아 핀컬을 해주셨다. 변장을 시켜주셨다. 문제는 옷이었다. 바바리코트를 입고 핸드백 하나 달랑 들고 온 처지라 난감했다. 나는 166이 넘는 키에 깡말랐고

295

선생님은 150에 엄청 뚱뚱하시기 때문이다. 푸대 자루같은 선생님 원피스에 벨트를 매고 눈도 못 붙인 채 동트기 전에 둘이 집을 나섰다. 돌아오는 시간은 밤 10시 정각에 벨을 누르겠다고 약속했다. 목적지는 수요저녁예배였다. 일단 서울역으로 갔다. 새벽에 어슬렁거리다 불심검문 당할까봐. 공원 등에서 시간을 보내다 4시 이후에 활동을 시작했다. 명동성당, 새문안교회, 초동교회, 경동교회 등이었다. 이미 교회 청소도 끝났고 조용했다. 예배실 의자 뒤 찬송가 꽂는 곳에다 봉투를 하나씩 정성스레 꽂았다. 한 교회에 4~50장씩. 내가 돌아올 때까지 하루 종일 물도 제대로 못 넘기셨다는 선생님은 나를 안고 뱅뱅 도셨다.

그래도 사형은 선고되었다. 이놈들이 진짜 죽이는 건가? 며칠 후 퇴근하신 선생님이 사색이 되어 들어오셨다. 가족들이 남산으로 잡혀갔다고. 가족에게 고문은 못 할 거니 구속은 안 될 거라고 안심시켜드리고 교회기관에서 일하고 있는 친구 이미경을 살짝 불러달라고 했다. 내가 어찌됐는지 궁금했던 터라 만사제치고 이미경이 왔다. 난 전혀 내색하지 않고 궁금증의 하나로 연행된 가족 상황을 물었다. '김지하 엄마는 묵비권으로 버텼고 임신한 안재웅 씨 부인이 걱정이지만 가족들은 아닌 것 같다. 아무튼 모두들 숨죽이고 있는 때에 이런 유인물이 나와 용기를 준 것 같다. 사람들이 뭔가 해야 한다, 움직이자는 생각을 하게 했다'는 것이다. 만약 가족 중에서 구속될 것 같으면 바로 선생님 통해 소식을 달라고 했다. 그러면 나는 바로 후속 유인물을 할 생각이었다. 그래야 그들이 누명을 벗을 수 있으니까. 여러 명이 계속 조사받았지만 모두 무사히 석방됐다. 이 유인물은 가을부터 벌어진 구속자 석방시위나 항의집회 때 단골로 읽히는 글이었다. 하지만 이 일은 나 사장에게도 말한 적이 없다.

　기독교회관 강당에서 7월 18일부터 목요기도회가 시작되었다. 그나마 주어진 자유는 기도할 자유뿐이었다. 그것도 그들이 화나지 않는 기도만... 목요기도회는 항상 울음바다였다. 고문, 조작, 연행, 추방 등 갖가지 비민주적 탄압에 대한 사례폭로가 끊이지 않았고 구속자가족들의 근황도 서로 알게 되는 곳이었다. 나도 그들의 1심 재판이 끝나고 슬슬 외곽동정을 살피면서 8월을 지나며 커넌 선생님댁을 나왔다. 그리고 그해 겨울이었던가? 가끔 참석하던 목요기도회, 그날은 특별한 비보를 전하며 시작했다. 구속 중인 나병식 씨의 어머니와 동생 둘의 연탄가스 중독소식이었다. 어머니는 다행히 목숨을 건졌으나 어린 동생 둘은 세상을 뜬 것이다. 우리는 옥중에서 이 소식을 접할 나병식 씨의 심정을 생각하며 네 설움 내 설움에 예배드리는 내내 모두들 흐느꼈다. 그때의 기억 때문이었을까? 아니면 도계탄광에 함께 갔던 천사 같은 순진 언니의 고생길 진입을 걱정해서 일까? 3년 후 늦가을, 순진 언니와 나병식 씨가 그 목요기도회 장소에서 둘이 손을 꼭 잡고 신랑신부 동시입장을 하는데 갑자기 난 눈물이 터졌다. 남의 기쁜 결혼식에서 눈물이라니~ 근데 진정이 안됐다. 꺽다리와 땅딸이 신랑신부의 입장에 모두 웃음가득인데 나는 주체할 수 없는 눈물과 싸우는 황당함이라니... 내겐 영원히 잊지 못할 결혼식이었다.

　이 부부가 생계를 위해 을지로에서 '풀빛'이라는 와이셔츠가게를 냈다는 소식을 들은 후 얼마 안돼서 풀빛출판사를 차렸다. 나병식 씨와 전혀 어울리지 않는 이름이었다. 위수령과 긴급조치세대들이 새로이 인문사회과학출판계에 진입하던 1979년 봄이었다.

그때 노동계는 YH무역노동조합의 폐업항의 장기농성이 시작된 때였다. 그리고 긴 농성 4개월 후 이들의 신민당사 항의농성과 강제진압, 여공 김경숙의 사망, 소위 배후조종자들 검거령, 언론을 통한 도시산업선교회에 대한 흑색선전과 탄압이 시작된다. 내가 몸담고 있던 인천도시산업선교회는 설립자인 죠지 오글 목사는 인혁당은 조작이라고 폭로하여 강제 추방을 당했고, 몇 년에 걸친 처절한 투쟁을 해온 동일방직사건과 반도상사 등 세간의 관심을 끌던 굵직한 사건들 때문에 언론에 대표적으로 난도질을 당하고 있었다. '도산이 들어가면 도산한다'는 흑색선전이 바로 그것이다. YH사건 후 격랑의 소용돌이를 거치며 다시 절망의 시기를 맞게 된다. 산선 사무실은 썰렁했다. 모든 산선은 감시체계 속에 들어갔다. '노'자는 '빨'자였던 박정희시대의 노동운동은 발 디딜 곳이 없었다. 오직 하나님 품만이 그래도 보호받고 있었다. 그러나 그것마저도 끝이었다.

이제 스스로 새로운 현장을 만들어야 했다. 합법적 공간이 필요했다. 난 대학 4학년 여름방학 때 근로기준법을 한글로 고치는 작업을 한 적이 있다. 분신자살한 전태일의 일기에 '내게 대학생 친구가 한사람만 있었다면...'의 충격을 덜어보려는 뜻이었다. 하지만 현실에서는 한글로 고쳐진 근기법은 무용지물이었다. 손에 쥐어줄 수 있는 법해설이 필요했다. 바로 그것을 실현할 때가 되었다. 노동법해설 책을 쓰자! 노동현장에서 막히고 답답한 사람들이 책을 본 후 스스로 우리를 찾아오는 합법적 공간을 만드는 거다. 무료상담소를 출판사와 병행하면 된다. 난 산선을 그만 두었다. 그러나 80년 5월 이후부터는 출판사 등록이 금지되어 있었다. 수소문 끝에 만화책 두 권 내고 돈이 바닥난 석탑출판사를

100만원에 인수했다. 그리고 자료도 모으고 직접 공부를 시작했다. 목표는 내가 함께 했던 초등학교 4학년 중퇴의 여성근로자도 이해할 수 있는 책이었다. 내 노동운동경험에서 꼭 필요했던 책들이 쌓여갔다. 노동법해설 뿐 아니라 산업재해와 직업병, 노동조합 일상 활동, 노동조합 간부론 등등 지역을 초월해 전국에서 전화문의와 찾아오는 노동자들로 북적였다. 적중했다.

이때쯤 나병식 씨의 연락을 받고 점심을 먹으러 나갔다. 운동권 출신 출판사 사장들의 모임인 금요회였다. 정보를 위해서도 금요일 점심 먹으러 열심히 나갔다. 광화문 뒷골목 순두부집에서 나 사장의 큰 울림통만큼 쩌렁쩌렁한 목소리를 들으면 같이 뱃장이 커진다. 시간이 지나며 점심에 빠지는 사람들이 늘었다. 책 뺏기고 연행되는 탄압의 강도가 점점 높아졌기 때문이다.

하지만 책을 뺏기면 더 잘 팔리기도 했다. 1985년 5.18 5주기를 앞두고 출간하려던 풀빛의 〈넘어넘어〉가 그 대표적 책이다. 나병식 사장 연행은 물론 인쇄소 제본소 사장도 연행하고 제작 중인 미완성책 2만부를 압수해 갔다. 그러나 광주항쟁의 현장기록을 국민들이 외면할 리가 없었다. 책은 한쪽에서는 뺏기면서도 날개 돋친 듯 팔렸다. 나병식 사장은 직전에 일월서각 최옥자 사장, 서점 대표 3명과 함께 5월 1일에 경찰에 연행되었다가 5일에 풀려났으나 일주일 뒤 또 연행된 것이다. 문공부와 검경이 아무리 펄펄 뛰어도 언론이 제구실을 못하는 상황에서 출판운동이 민주화에 미치는 역할은 대단했다. 이 사회과학출판사들은 사장과 편집직원, 심지어 영업직원까지 감옥 가는 것쯤은 전혀 두려워하지 않는 전사들이었다. 당국은 뽕뽕 두더지 잡기를 계속하지만 이들은 온몸으로 채찍을 맞으며 출판자유의 지평을 넓혀갔다.

당국은 작전을 바꿨다. 출판사와 잡지의 등록을 취소하고 폐간시켰다. 실천문학 폐간, 이삭 아침 화다 창비 등 출판사 등록취소가 줄줄이 이어졌다. 국가보안법 구속도 속출했다. 거기에 미국이 국제저작권협약 가입을 압박하면서 영세출판계는 경제적 비상상황까지 맞게 되었다. 금요회는 직원들과 함께 출판탄압과 저작권강요 저지 싸움까지 해야 했다. 사흘이 멀다 하고 연행, 압수, 구속된 출판사에서 항의농성을 할 수밖에 없었다. 우리는 86년 6월, 한국출판문화운동협의회를 출범시키고 정동익 사장과 내가 공동대표를 맡아 이 투쟁을 이끌어 가기로 했다. 그러나 첫 투쟁은 출범 열흘 만에 공동대표인 정동익 사장과 편집장 등 세 명이 옥인동 시경대공분실로 연행, 구속된 사건에 대한 투쟁이었다. 한출협 회원들은 개인가입이지만 회사별로 전구성원들이 가입되어 있어 어떤 싸움에도 출석율이 좋았다. 의지도 높지만 자신들이 오늘 잡혀 갈 지 내일 압수 수색 당할지 모르기 때문이다.

서적상과 편집부장들이 계속 구속되더니 87년 새해 벽두부터 〈한국민중사〉 발간을 이유로 나병식 사장은 또 연행되어 바로 구속되었다. 뒤를 이어 청년사 정성현 사장이 구속된다. 검찰은 좌경서적 편집 번역 소지 탐독자까지 전원구속 엄벌하겠다고 발표한다.

엄포가 아니었다. 목록에 든 책들을 서점들에게 반품지시하고 판매중지 각서를 받고 출판사마다 장부와 책을 압수하고 이젠 말단 직원들까지 연행했다. 미래사, 인간사, 도서출판 친구, 도서출판 세계, 사계절, 거름, 동녘, 녹두 등이 그렇게 당했다. 그리고 사장과 편집장들이 구속된다. 4월 한 달 동안의 일이다. 어디서 정보를 입수했는지 교정지를 압수하는 것도 부지기 수였다. 이젠 구속된 출판사가 더 많았다. 한출협은 이 만행을 담아 출판탄압백서를 발간했다. 6.10항쟁 날에.

난 감옥보다 더 고달팠던 1년간의 한출협 회장직을 7월 중순, 한출협2기 출범총회에서 내려놓을 수 있었다. 6월항쟁 열기가 7~8월 노동자대투쟁으로 이어지면서 투쟁이 몰려오는 노동계에 전념해야 했다. 6월항쟁은 출판계에는 아직 훈풍이 아니었다. 출판의 자유, 사상의 자유를 사회과학원전들, 다음은 노동운동이나 민중운동관련서적, 그 다음은 통일과 남북관련서적이 봇물처럼 쏟아져 나왔다. 구속과 연행이 더 심해지는데 달라진 것은 안기부와 치안본부로 연행되는 것이었다.

나병식 씨는 88년 여름, 한출협 제3기 회장을 맡아 6월항쟁 이후 많이 확대된 민주운동단체나 지식인단체와 함께 물불을 가리지 않는 후배 출판인들의 출판과 사상의 자유를 위한 투쟁에 총대를 멨다.

나 사장은 정권이 경기를 일으키는 광주항쟁관련 서적을 12권이나 냈다. 30여 차례의 판금조치와 압수수색, 세무조사를 당해도 항상 큰소리 뻥뻥치는 배포가 독특했다. 근사하게 말하면 항상 낙관적이다. 후배들이 옥죄어 오는 상황에 대해 걱정하면 "그런 것쯤은 암시랑토 안 혀!" 지금도 귀에 맴도는 소리다. 학생운동과 출판운동으로 여섯 번이나 투옥되었는데도 그의 큰소리에 왜 별일 없을 것이라 마음들을 놓게 되는지 궁금했다.

85년이었던가? 금요회 사장들이 심상치 않은 시국이라 새해 각오를 다지러 계룡산을 찾았다. 정식회의를 마치고 진짜(?) 회의가 시작되었다. 비주류는 자고 주류파들은 새벽동이 트도록 말술을 마셔댔다. 후배들을 모두 넉다운시킨 나 사장이 눈도 못 붙인 채 비주류파의 산행을 따라 나섰다. 밤새 눈이 내려 찰지고 미끄러워 모두 말렸으나 막무가내였다. 운동화도 아닌 구두들을 신고 넘는 계룡산에 쿵쿵 엉덩방아 소리가 쉬지 않았다. 특히 뒤따라오던 나 사장의 넘어지는 소리에 모두들 산이 흔들린다고 배꼽을 잡고 웃었다. 나 사장의 남다른 체력이기에 그 끈질긴 병마와 씨름하며 큰일 다 치러내고 아버지 역할 잘한 후 홀홀 떠날 수 있었을 것이다.

'나 사장님! 그곳에서도 젊어서 먼저 떠났던 후배출판인 조남일, 김도연, 홍종도, 이범 등이랑 투병 중에 못해 본 술 한 잔 치고 있지요?'

모두들 그립습니다!

우리들의 형부

황 루 시

나에게 나병식 씨는 형부이다. 형부, 내가 무척 존경하고 사랑하는 대학선배 김순진 언니의 남편. 도망 다니면서 사랑하고 결혼으로 그 사랑을 지키고 가족을 일군 형부는 참 다정한 사람이었다. 그렇게 장대한 사람인데 맘은 여리고 감성이 풍부했다. 처음 만났을 때 인상은 나 역시 '와, 키 진짜 크다' 였다. 워낙 큰 분이기도 하지만 더욱 그렇게 느껴진 이유는 상대적으로 언니 키가 작아서이다. 형부와 언니 키 차이는 아마도 40센티미터쯤 되지 않을까? 언니네 집안에서 형부와의 결혼을 반대했을 때 이유 중의 하나가 "사이즈가 안 맞는다!"였지, 아마??

그런데 배포만큼은 언니 역시 형부와 맞먹는 사람이다. 늘 웃지만 심지가 굳어 외유내강의 전형인 순진언니. 그래서 우리는 두 사람이 천정배필이라고 의심하지 않았다. 형부가 어떤 일을 해도 언니는 평생 믿고 묵묵히 따랐다. 그러든 언니가 단 한번 화를

---

* 가톨릭관동대 교수

303

낸 적이 있었다. 형부가 암 진단을 받았을 때였다. 이미 많이 진전되어 완치가 어려운 상태였다. "그렇게 건강검진 받으라고 이야기했건만 무슨 고집인지 단 한번 병원을 안 가더니... 조금만 일찍 발견했으면 아무 문제없었다는데, 정말 너무 속상하고 화가 나!" 하지만 그것도 잠시. 언니는 언제나처럼 옆에서 지극정성으로 간호했다. 덕분에 형부가 투병 중에도 3남매 모두 결혼시키고 손주들을 안아 보았으며 마지막까지 환자가 아니라 가족과 민족을 사랑하는 어른으로 충실한 생을 살아냈다고 믿고 있다.

형부는 사람을 감동시키는 능력이 있다. 어느 늦가을 밤, 달빛이 내려앉은 논길의 기억이다. 〈죽음을 넘어 시대의 어둠을 넘어〉를 출판하고 도피 생활을 하던 때였다. 책이 나온 시점이 1985년이니까 아마도 그해 11월쯤 되었나보다. 사실 우리는 형부가 도피 중인 줄도 몰랐다. 언니가 워낙 의연해서 그 정도의 일은 특별히 이야기하는 성격이 아니었다. 갑자기 집에서 밥이나 먹자고 해서 따라나섰다. 언니와 형부는 원당에 살았다. 당시 원당은 거의 깡농촌이었다. 한쪽은 논을, 또 한쪽은 나지막한 산을 끼고 마냥 가다보면 논이 끝나는 곳에 새로 지어 반들반들하지만 어딘가 엉성한 벽돌집 주택가가 나온다.

그 중 한 집에서 형부가 버선발로 뛰어나오듯 우리를 반겨 주었다. 형부는 저녁 내내 밥상머리를 떠나지 않았다. 유쾌하게 떠들고 술도 제일 많이 마셔서 제일 먼저 취했다. 그리고는 막무가내로 우리를 집에 보내지 않았다. 결국 집에서 자게 되었는데 형부가 밖에 산책을 나가자고 한다. 한 밤중에 우리는 제법 쌀쌀한 논길을 걸었다. 가을걷이를 끝낸 논에는 여기저기 모양 좋게 쌓아 놓은 볏가리들이 풍요로웠다. 달이 밝아서 청정한 밤이었다. 앞서가던 형부가 문득 뒤를 돌아보더니 우리에게 낮은 목소리로 말했다. "아무래도 내가 잡힐 때가 된 것 같은데... 이제 들어가면 언제 나올지 알 수가 없어서... 언니 부탁해요!" 눈물이 핑 돌아 달이 흐려졌다. 이처럼 치열하게 역사를 사는 사람과 같은 시공에 있다는 사실에 스스로 부끄러워지는 순간이었다.

지금은 노쇠하셔서 점을 못 치지만 강릉에 제법 유명한 점쟁이 할머니가 있었다. 강릉에 놀러왔다가 재미삼아 점을 쳤던 사람들 사이에서 용하다는 소문이 어지간히 났다. 잘 맞추는 편이기도 했지만 나로서는 할머니가 괜스레 굿하라거나 부적 따위를 팔지 않고 대부분 그냥 상담만 해 주는 것이 맘에 들었다. 그래서 할머니 점집을 일종의 투어코스로 개발해서 원하는 사람이 있으면 데리고 가곤 했다. 그러나 대부분 서울 사람들인 친지들은 할머니의 적나라한 강릉사투리를 알아듣지 못했고 나는 일종의 통역으로 따라 들어가 원하든 원치 않든 수많은 사람들의 숨겨진 사연을 듣게 되기도 했다. 형부네가 강릉에 놀러왔다. 그날도 모두의 열렬한 요구에 부응하여 점할머니 집을 찾아갔다. 모두 자연스럽게 집안으로 들어가는데 형부는 차에 남았다. 그리고는 두 서너 시간 혼자 주변을 돌아다니면서 우리를 기다리고 있었다. 왜 기왕 오신 거 한번 보지 그랬냐는 사람들 말에 형부가 대답했다. "나는 국가와 운명을 함께 하는 사람인데, 일개 점쟁이가 알겠어?"

하긴 할머니가 알 턱이 없긴 하다. 기억나는 에피소드가 하나 있다. 전교조로 교실을 떠난 후 먹고 살 길이 막막하던 선생님과 마주 앉은 점할머니가 답답함에 가슴을 치면서 한 말. "아자씨요, 아자씨는 핵교에서 학상들 개르치면 교감도 되고 교장도 되시고 저 높이 올라갈 분인데 왜서 핵교를 그만뒀대요?" 형부가 점을 쳤다면 과연 할머니는 어떤 답답함을 토로했을까?

고맙게도 형부는 내 글을 좋아했다. 책 내야지! 두어 번 그런 말을 했는데 게으른 나는 네! 하고는 그만이었다. 어느 날 언니와 형부가 강릉으로 찾아왔다. 그리고는 불쑥 계약서를 내밀었다. 꽝! 도장 찍은 계약서는 저 만큼 밀쳐둔 채 우리는 즐겁게 회와 술을 먹고 마시고 진종일 잘 놀다가 두 분은 돌아갔다. 하지만 그 후 나는 빚쟁이가 되어 일 년 이상 뼈 빠지게 고생했다. 키 큰 사람 싱거울꺼라 생각했는데, 형부는 절대 약속기한을 잊지 않았고 제법 독촉까지 하는 것이었다. 덕분에 내가 책을 낼 수 있었을 게다. 그 후 지금까지 제대로 된 책을 쓰지 못한 것으로 봐서 게으른 나를 잡아줄 수 있었던 사람은 형부가 유일하지 않았을까.

형부는 내가 민속, 그 중에서도 무속문화 공부하는 것을 가치있 다고 여겨 좋아했는데 그 이유가 뚜렷했다. 언젠가 우리나라가 통일이 되겠지. 그런데 이렇게나 오래 남북이 갈라져 있는데 그 때가 오면 과연 무엇으로 남북이 만날 것인가. 황 선생이 공부하 는 민속이 그 바탕이 되어 줄 꺼라고 믿는다는 것이었다. 가슴이 확 터지는 기분이었다. 무속공부는 실상 한국문화에 대한 공부이 고, 한국인에 대한 공부이다. 내가 공부를 잘하면 얼크러져버린 우리 문화의 틀을 찾아내는데 보탬이 될 것이고 한국인의 본질을 설명해내는 단초가 될 것이며 그것이 진정한 통일에 기여할 수 있을지 모른다는 생각을 비로소 갖게 되었다.

안경알 뒤로 튀어나올 듯 강한 눈빛을 가진 사람. 그러나 한없이 따뜻하고 사람 좋아하는 사람, 나 자신도 깨닫지 못했던 내 공부의 진정성을 일러준 나병식 형부. 고맙습니다. 보고 싶습니다...

나 병 식

고 은

전봇대 키
도수 높은 안경이면 되었다
거기다가
숨차며 말 이어가면 되었다

서울대 사학과 학생이었다가
민청학련 사건 사형짜리
몇 차례나 감옥에서 나오면
마늘장수도 하고
아버지와 아들 사이도 속인다는
꿀장사도 하고
그러다가 양복점 풀빛도 차려보았다
그러다가

출판사 풀빛 차려
이 책
저 책을 내어
그 책더미 속에서
숨차며 말 이어가면 되었다
나병식
그는 광주가 고향이기 전에 조국이었다
황사바람 펄럭이는데

– 고은 시집 〈만인보〉 11권 62쪽.

젊은 마늘장수

황 명 걸

하늘 높고,
정기 가득한 철
벌에 황금 이삭 물결치고
마당의 고추 숯불처럼 타는데
더럽고 욕스럽기만 한 거리

일렁이는 황금, 물결이고자
빨갛게 타오르는 숯불이고자
떨쳐 일어나다 뒤질러진 젊음들이
다시금 꼬옥꼬옥 깍지를 낀다
배움을 빼앗기고
일자리마저 얻지 못하지만
약이 오른 독초만은 아니 되고자

억울함을 참고 분노를 누르며
우선 살아남기로 한다
어떤 학생은 공장으로 들어가고
어떤 청년은 공사판을 찾아가고
또 어떤 젊은이는 등짐장사를 떠나고

당진 서산 영덕 외성
고흥 해남 남도 천리길을
불그레한 얼굴 농립모를 눌러쓰고
큼직한 발 성큼 떼며 가는
젊고 건장한 마늘장수
빛나고 탄탄한 내일을 위해
캄캄한 오늘에는 고단한 길을 걷자고
꼬옥꼬옥 깍지 끼며 서울을 떠나온
걸음걸이는 무겁지 않다
산과 들이 새롭고
하늘과 물이 새로운
넓고 우람한 가슴에는
황금 물결 일렁인다
빨갛게 숯불이 타오른다

손에 손을 함께 깍지 끼던
공장에 들어간 학생이여
공사판에 찾아간 청년이여
그리고 그대 친구여
당신들은 우리의 희망
마침내는 성취를 맛볼 기쁨이구나

- 〈창작과비평〉 1977년 겨울.

시대의 한복판을 당당히 걷다

- 1949.02 전남 광산군 송정리에서 출생
- 1969.02 광주제일고등학교 졸업

- 1970.03 서울대학교 문리과대학 국사학과 입학(1985년 8월 졸업)
- 1971.04 대통령선거 학생참관인단으로 활동
- 1971.10 총선 학생 참관인단으로 활동
          위수령 선포 후 모든 학생자치 활동이 중단된 후 서울제일
          교회와 한국기독학생총연맹(KSCF)에서 활동
- 1973.04 남산 부활절 행사에서 반유신 유인물 배포
- 1973.10 서울대 문리과 대학 재학 중 전국 최초의 반유신 대학생
          시위 주도로 투옥. '김대중 납치사건 진상규명, 중앙정보부
          해체' 등을 주장
- 1974.03 전국민주청년학생총연맹(민청학련)의 반유신 투쟁 활동에
          서 종교계와 노동계 등의 연대활동에 주도적으로 참여
- 1974.04 긴급조치 4호 위반 등으로 투옥
          비상보통 군법회의에서 사형선고, 비상고등군법회의에서
          20년형 확정

- 1975.02 형집행정지로 가석방
- 1975.04 유신정권 고문 폭력을 최초로 폭로. 동아일보, 더 타임즈 등에 전면 게재
- 1976.01 긴급조치 9호 아래 최초 시위였던 서울대 5.22 사건과 관련하여 다시 구속됨
- 1978.05 민주청년협의회 창립 운영위원
- 1979.03 도서출판 풀빛 창사. 이후 독재정권과 한국 현실을 비판하며 민주화 운동의 이론적 발전을 이끄는 인문사회과학 출판운동 본격적으로 전개함

- 1980.05 김대중 내란 음모사건의 청년학생 주동자로 지목되어 합동수사본부에 연행, 구금
- 1981.02 금요 인문사회과학 출판인 모임 결성 주도
- 1983.09 민주화운동청년연합 창립. 지도위원
- 1984.07 한국출판문화운동협의회 창립 주도
- 1985.05 광주학살을 최초로 폭로한 〈죽음을 넘어 시대의 어둠을 넘어〉 출판. 출판과 동시에 2만부를 압수당함. 이후 이 책과 관련하여 1년여 간의 수배 생활을 함.
- 1986.12 광주항쟁을 최초로 수록한 한국사 개설서 〈한국민중사〉 1, 2 출판
- 1987.07 한국출판문화운동협의회 회장
- 1987.02 〈한국민중사〉 1, 2 출판 이유로 투옥. 징역 2년에 집행유예 3년을 선고받음
- 1988.05 광주5월민중항쟁의 연구 조사와 공론화를 위하여 '한국현대사 사료연구소' 창립. 1997년까지 이사로 활동
- 1989.02 한겨레연구소 실행이사

- 1990.05 광주5월민중항쟁 10주년 기념 전국학술대회 기획 및 참

여, 광주5월민중항쟁 10주년을 맞아 1980년 당시 항쟁 참
가자의 증언을 채록하고 항쟁의 전개과정과 당시의 상황일
지 등을 조사 연구·채록·분석한 〈광주5월민중항쟁사료
전집〉 간행

- 1991.12 한국출판문화운동동우회 회장
- 1992.02 한국사회과학연구소 이사
- 1992.09 '민주대개혁과민주정부수립을위한국민위원회' 언론대책
  특위 부위원장 및 정치연합팀장
- 1993.07 한국민주청년단체협의회 지도위원
- 1994.06 균형사회를 여는 모임 기획위원장
- 1994.09 광주전남 활로개척 시민대토론회 집행위원장
- 1997.10 정권교체민주개혁국민위원회 집행위원장
- 1998.01 풀빛미디어 창사, 발행인
- 1998.12 민주개혁국민연합 상임집행위원장
- 1999.05 민주개혁국민연합 경제청문회 국민감시단 백서 〈한국경
  제위기의 배경과 진상〉 발간
- 1999.07 민주개혁국민연합 문화개혁 센터 대표
- 1999.09 21세기 개혁정치를 위한 국민토론회 조직책임자

- 2000.04 제16대 국회의원 총선 광산구 출마(무소속, 22,462표 득표)
- 2000.06 민주화운동관련자명예회복및보상심의위원회(법률 6123호)
  국가기념 및 추모사업 분과위원
- 2001.09 (공익특수법인) 민주화운동기념사업회(법률 6495호) 설립
  위원, 설립준비 기획단장
- 2001.11 (공익특수법인) 민주화운동기념사업회 상임이사
- 2003.08 민족의 평화와 통일을 위한 8.15민족대회 방북대표단
  민주와 평화를 위한 6월난장 네트워크 OH! PEACE
  COREA 대표

- 2003.12 　광주전남경제발전연구소 대표
- 2005. 　서남해안포럼 조직위원장, 운영위원
- 2006. 　2020희망의 역사공동체 대표
- 2007.05 　민주평화국민회의 상임대표
- 2007.11 　부패정치세력 집권저지와 민주대연합을 위한 비상시국
  회의 대표단
- 2009.09 　백두산역사탐방단 21명과 함께 백두산과 중국 일대 탐방
- 2010.10 　투병 생활 시작

- 2013.12 　20일 선종

그리움과 회한을 뛰어넘어
역사를 전진시켰던 삶을 기억하겠습니다

김 순 진

　　남편이 세상을 뜨고 난 뒤 1주기를 맞아 짤막하게 추모와 감사의 글을 쓴 지가 엊그제 같은데 어느새 2주기를 앞두고 또다시 글을 씁니다.

　　망자에 대한 살아있는 이들의 마음은 늘 두 가지로 귀결되는 듯합니다. 끝없는 그리움과 그가 살아 있을 때 왜 더 잘해주지 못했나, 왜 그만큼 밖에 사랑하지 못했나, 왜 그 순간 그를 그토록 서운하게 했나 등등 입니다. 잘해 준 것도 있었을 텐데 그런 것은 하나도 생각나지 않고...

　　오직 그리움과 회한만이 살아있는 이들의 몫인가 봅니다.

　　저 역시 남편의 삶이 당당하고 시련을 두려워하지 않았다고 믿고 있기에 되도록이면 무상한 듯 일상을 지내면서도 예외 없이

---

* 고 나병식의 아내

회한과 그리움 속에 날마다 그와 함께 지내 왔습니다.

무엇보다 천하장사의 풍모를 지녔던 그가 알 수 없는 운명의 힘에 이끌려가듯 무력하게 우리 곁을 떠나고 마니 절망과 허무가 더 큰 것이 사실입니다.

그러나 젊은 날 부모님의 반대를 무릅쓰고 사랑하며 결혼한 일, 통행금지에 쫓겨 우르르 친구들을 신혼 방에 몰고 와 단잠을 깨우며 라면을 끓이게 했던 일, 망원동 지하 셋방에서 머리를 맞대고 풀빛출판사의 첫 책을 교정보던 일, 책 만든다고 몇날 며칠 집에 오지 않아 삼단 찬합에 도시락과 내의를 싸가지고 시어머니 모시고 세 아이 앞세워 출판사에 찾아가니 맨바닥에 라면상자 깔아놓은 침상(?)은 아랑곳없이 러닝셔츠 바람으로 반색을 하던 일, 80년 5.18때 예비검속으로 한밤중 귀가 길에 사로잡혀가 거의 한달 만에 풍문으로 그의 생존을 확인했던 일, 〈넘어넘어〉 사건으로 수배 생활을 하던 그를 몰래 몰래 찾아가 밥도 해먹고 필요한 물건도 사다주며 바깥소식을 전하던 일, 〈한국민중사〉 사건으로 구속되어 다섯 살 막내를 이끌고 서울 구치소 면회소를 드나들던 일, 편한 기회 다 마다하고 뒤늦게 정치에 뛰어들어 무소속 후보로 광주 광산구를 샅샅이 누비던 일, 심지어 기약 없는 가난으로 툭하면 빚 얻어대던 일까지 방금 전에 일어난 일처럼 생생하고 활기가 있습니다. 요즘 젊은이들에게는 그 무슨 희한한 나라 이야기냐 싶은 일들이죠. 그런 가운데도 그의 태도와 목소리는 늘 희망차고 낙천적이어서 인생이 뭐 대수냐 하는 심정으로 온전히 의지했던 것이 사실입니다.

그래서 돌이킬 수 없이 깊은 병에 사로잡히자 위로는커녕 "이게 뭐냐?"며 "속았다"고 악을 썼던 기억이 납니다.

세상 떠나기 마지막 3년여의 세월은 저 개인에게는 더 없이 아름답고 행복한 시간이었으나 너무 슬프고 한편 위대해서 아직 필설에 담기에는 시기상조입니다.

이제 부모님과 선조들 곁에 있던 고인을 5.18국립묘지로 다시 모시며 그의 삶을 되새기는 글을 모아 책을 헌정하게 되었습니다. 그의 고향이며 역사의 현장으로 망자를 모시는 데는 동지들의 간곡한 권유와 인내가 아니었다면 불가능했을 것입니다. 평생을 벗들과 함께 거리에서 살아온 가장을 사후에나마 가족 곁에 머물게 하고 싶었던 유족들과 우리나라 민주화의 성지라고 할 수 있는 망월동 5.18묘역으로의 안장을 통해 민주화운동가로서의 그의 삶을 완성시키고자 했던 동지들의 희망이 비로소 다 이루어지게 되었습니다. 더욱이 이 자리에서 그를 기리는 책을 바치게 되었으니 지하에서 얼마나 기뻐할지 가늠하기 어렵습니다. 아니면 그의 성정에 비추어 볼 때 더 치열하게 살다 가신 민주 선열들을 거론하며 쑥스러워 할지도 모르겠습니다.

그래도 1부에서 일목요연하게 정리된 자신의 삶을 본다면 후손과 역사에 부끄럽지 않다며 좋아할 것 같습니다. 저 역시 손자 손녀 들이 장성했을 때 "너희들의 할아버지가 이렇게 살았노라, 그 시대가 이토록 험난했노라. 그럼에도 우리는 멈추지도 않고 포기하지도 않았노라"고 말할 수 있을 것 같습니다. 약관의 학생 신분으로 무시무시한 유신의 얼음장을 깨는 첫 시위를 할 때 얼마나 두려웠을지, 사회과학 출판을 통해 사상과 출판, 나아가 언론의 자유를 쟁취하기 위해 얼마나 많은 시련과 피나는 대가를 치렀는지, 우리나라 민주화운동의 분수령이라고 할 수 있는 5.18광주민주항쟁을 최초로 알리는 일이 얼마나 가슴 떨리고 꼭 필요한 일이었는지, 그 후의 대가는 얼마나 가혹했는지 기억과 기록이 얼마나 중요한지 새삼 느끼게 되었습니다. 무엇보다 그는 혼자가 아니었고 항상 동지들과 함께 있었으며 남은 동지들이 먼저 간 동지의 삶을 역사에 누가되지 않도록 조심스럽게 정리하고 가닥을 잡아주시니 이런 복을 누리는 이가 얼마나 될까 송구할 따름입니다.

2부에서는 무조건 후배를 사랑하는 마음으로, 일찍 세상을 떠난 친구이자 동지에 대한 피 끓는 안타까움으로, 선배에 대한 사모의 정으로, 한때의 곡진한 인연으로, 아련한 추억과 때로는 강렬한 기억의 일단을 꺼내 퍼즐을 맞추듯 많은 분들이 글을 써주셨습니다. 글을 주신 여러분께 진심으로 감사의 말씀을 드립니다.

각자가 가지고 있는 기억과 인연의 조각들을 통해, 70년대 이후 우리가 겪었고 마침내 성취했던 민주화운동의 큰 그림이 보다 선명해지고, 속절없이 흘러버린 세월 탓에 머릿속에서 뒤엉킨 시간과 사건들도 보다 또렷해졌습니다. 많은 분들이 증언해 주시고 인터뷰에 응해 주시고 착종된 기억들을 바로잡아주시고 작업 과정을 격려해 주신 덕에 오늘이 있게 되었습니다.

죽은 이에 대해서는 늘 관대해지는 것이 보통이지만 그라고 살아생전 허물이 없었을 리 만무하건만 이처럼 한권의 책을 묶을 수 있었던 것은 결국 그의 허물마저도 사랑하신 분들의 너그러움과 애정이 있었기에 가능했다고 여겨집니다. 마침내 남는 것은 결국 사람에 대한 사랑이라고 생각하니 나병식 씨는 참 행복한 사람이구나 하는 마음뿐입니다.

이토록 일이 이루어지기까지 장례식이 끝난 뒤부터 바로 편집위원회를 꾸려 한여름에도 쉬지 않고 달려 왔던 것으로 알고 있습니다. 미약한 조력자로 종종 편집위에 참여했던 저로서는 늘 감사할 따름이었습니다.

임종의 순간까지 병실 밖에서 그의 곁을 지키며 유족들을 위로해 주셨던 많은 분들과 1주기 묘소 참배에 이어 추모문집을 추진하고 출간하는데 몸을 아끼지 않은 분들께 진심으로 감사드립니다. 특히 추모문집 전반을 총괄해 주신 문국주 선생님과 원고 수집과 편집 진행을 맡아주신 신일철, 홍용학, 이재호 선생님과 풀빛의 홍석 사장님 그리고 편집위원회 대표를 맡아 주시고 머리글을 써주신 정동익, 정찬용 선생님께 거듭 유족을 대신해 머리숙여 감사드립니다. 그리고 기록된 자료들을 열람할 수 있도록 도와주신 민주화운동기념사업회에도 감사드립니다.

앞으로도 그리움과 회한을 뛰어넘기는 쉽지 않겠지만 이제 망월동 국립묘지에서 영원한 안식을 누리게 된 고인이 침묵 속에서 말하고자 하는 것이 무엇인지 귀 기울이고자 합니다. 아울러 평소 고인과 민주화운동의 동지들이 그러하였듯이 떳떳하고 힘차게 역사를 전진시켰던 삶이 어떠했는지 늘 기억하고자 합니다. 또 그 어느 상황에서도 사람에 대한 사랑이 우선이라는 것을 잊지 않도록 노력하겠습니다.

❶ 고교 시절 증명사진(1968)
❷ 광주일고 3학년 교정에서
   (1968)
❸ 서울대 4학년 재학시 학생증
   (1973)

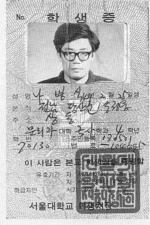

❶ 10.2 데모로 구속되었다 출소하는 날. 정문화 · 김병곤 · 강영원 등과 함께(1973)
❷ 동지들의 환영을 받으며(1973)

❶ 1980년대
❷ 1990년대
❸ 2000년대

❶ 한국출판문화운동협의회(1988) ❷ 한출협 농성장에서(1987)
❸ 균형사회를 여는 모임 현판식

❶ 러시아 여행(1995)
❷ 어등산 자락에서(2000)

❶ 광주 광산구 국회의원 무소속 출마 후원의 밤(2000)
❷ 광주 시민들과의 대화(2000)

❶ 민주화운동기념사업회
   창립식(2001)
❷ 5.18 국제학술대회(2003)
❸ 민주화운동 사료전시회
   (2002)

❶ 독일의 송두율 교수 집에서(2003)
❷ 미국방문 중
❸ 8.15 범민족대회 방북대표단 평양 방문
(2003)

❶ 김대중 대통령과 함께
❷ 해외민주인사 청와대 초청행사에서 노무현 대통령과 함께(2003)

❶ 6월 난장(2003)
❷ 한일 평화포럼 일본 방문 중(2003)
❸ 해외민주인사 초청 행사

❶ 함세웅 신부님과 함께
❷ 박형규 목사님과 함께